AF593125

LA PATRIE NOCTURNE

Philippe Hermann

LA PATRIE NOCTURNE

AVERTISSEMENT

Les personnages, les lieux, les situations de ce roman sont fictifs. Toute ressemblance avec des personnes, des lieux ou des situations existant ou ayant existé serait pure coïncidence.

ISBN 978-2-9561237-1-2

Couverture/illustration Marie-Sophie Moreau

Pour Bootsy, Caramel, Bethesda et Berlioz

À la terrasse du Magis, les chauffeuses au gaz ont été allumées dès les premiers froids, au début de l'automne. Karl se sent mécontent et irrité, seul parmi les buveurs de tisane vêtus de lodens ou de peaux de bêtes, tassés dans leurs fauteuils en osier. Lui, au moins, se dit-il avec orgueil, circule en pull ou en veston jusqu'au cœur de janvier, les doigts bleus et la face couperosée, peut-être, mais plus vivant que tous ces amateurs d'eau tiède, infiniment occupés des appartements qu'ils ont possédés, possèdent ou posséderont dans l'avenir.

Le cliquetis des petites cuillères et les bruits de gosiers empêchent de bien suivre les conversations. Karl lève les yeux vers les grands arbres du parc frissonnant de leurs dernières feuilles, et songe qu'il n'aura jamais les moyens d'investir dans un quelconque projet immobilier. Des millions d'êtres humains ont contemplé avant lui ces végétaux magnifiques et en ont retiré un obscur réconfort, même en temps de guerre mondiale, d'épidémie de choléra ou de krach boursier. Tout un fleuve d'événements dramatiques a déjà coulé devant les grilles aux pointes dorées, mais il n'en subsiste qu'un léger clapotis, une histoire que l'on peut commenter négligemment, affaissé sous une chaufferette à la terrasse du Magis – juste une écume d'images grises que l'on disperse d'un souffle chargé de vin chaud ou de thé à la bergamote. Tout passera de la même manière, et cette pensée aussi est un réconfort. Il suffit d'adopter une vision panoramique des choses, médite Karl, et alors on s'aperçoit que si tout est tragique, rien n'est jamais vraiment grave.

Cependant il lui est difficile de se maintenir longtemps à cette altitude. Son visage reflété dans une glace de la brasserie, une parole déprimante prononcée à la table voisine lui ramènent à la mémoire, comme de mauvais souvenirs d'enfance, un monde de perspectives déplaisantes. Par exemple, l'examen du budget de l'État débutera dans trois semaines au parlement. Un mois durant, week-ends compris, Charpine accablera ses collaborateurs d'exigences presque inhumaines. Tous les services du ministère trembleront sous ses colères livides ; dans la soute, Karl et ses collègues vacataires, inconnus des organigrammes, rédigeront dans l'anxiété des notes et des projets d'intervention sur des sujets infimes ou grandioses.

Charpine et son âme de fer. Pour Karl, il avait d'abord été un simple chargé de travaux dirigés à la fac, un de ces doctorants encore proches des étudiants de base avec qui on pouvait partager, à l'occasion, les frites refroidies ou les légumes râpés du restaurant universitaire. C'était d'ailleurs un peu pénible : Charpine avait la manie des synthèses brillantes, des débats de société, des aperçus ingénieux, et ses compagnons de table s'efforçaient de le suivre de loin, la bouche pleine de steak haché, le regard éteint par la mastication. À l'époque, il n'était en apparence qu'un jeune universitaire parmi tant d'autres, qui finirait un jour par décrocher un poste de maître de conférences dans une faculté de second plan. Mais il s'était ensuite révélé, tout à la fois, une effrayante bête à concours et un homme de réseau. Un jour amer, l'intellectuel décontracté fut aspiré dans le monde des costumes à fines rayures et des agendas électroniques, laissant sur place ses étudiants douloureusement stupéfaits. Ils s'étaient sentis trahis. Naufragés des stages en entreprise et des listes d'attente, ils tentèrent à bien des reprises de percer son secret et ses méthodes, autour des gobelets en plastique de la cafétéria. Charpine se remuait plus qu'eux tous réunis, sans le moindre doute. Il en voulait davantage, c'était l'explication la moins blessante. L'année suivante, leur groupe s'était effiloché et finalement dissous dans des circonstances incertaines, au fil des réorientations et des petits succès.

D'une manière tout à fait fortuite et imprévisible, Charpine et Karl s'étaient retrouvés à l'occasion d'un débat parlementaire sur la protection sociale des artistes de rue. Karl participait, à titre précaire, à l'élaboration du compte rendu officiel de la discussion. Alors qu'il prenait des notes, avachi à son pupitre, il s'était aperçu qu'un homme assis au banc du gouvernement lui adressait des sourires et des clins d'œil, ce que l'on appelle abusivement des signes d'intelligence. C'était ce vieux Charpine, épanoui et prospère dans ses fonctions de directeur de cabinet du ministre de la mémoire et de la création. Karl avait feint d'ignorer ces approches ambiguës en se penchant sur ses pattes de mouche avec la crispation d'un myope non corrigé. À la fin de la séance, profitant de la confusion habituelle, il s'était éclipsé tandis que le ministre et ses collaborateurs serraient des mains de parlementaires, s'engageaient à répondre ultérieurement par écrit, donnaient des assurances, se félicitaient de la haute tenue du débat…

Mais Karl avait été repris à l'arrêt des bus, face au Magis. Charpine, l'apercevant depuis sa voiture, avait donné l'ordre au chauffeur de stopper et s'était dirigé sans hésitation vers lui, qui tentait de s'enfouir dans la pâte humaine des flâneurs et des salariés.

— Alors, Karl, qu'est-ce que tu deviens ? Tu n'as pas l'air de me remettre : on a oublié les vieux amis ?

Pourquoi était-il si familier, si peu naturel ? se demanda Karl. À l'université, c'est vrai, Charpine le tutoyait, mais lui ne s'était jamais senti autorisé à le faire, et quand ils parlaient ensemble Karl cherchait en permanence des périphrases complexes pour éviter d'avoir à employer le moindre pronom personnel. Évidemment, cette situation absurde lui rendait toute discussion avec Charpine épuisante, et il avait fini par trouver plus simple de le fuir.

Ce jour-là, les retrouvailles furent malaisées. Néanmoins, bien qu'assailli de pensées négatives, Karl émettait de légers rires serviles, en guise d'acceptation de cette fausse camaraderie. Tous deux suaient à grosses gouttes et respiraient mal à cause de la pollution automobile.

— Alors comme ça, tu travailles pour les comptes rendus parlementaires ?

— C'est tout à fait provisoire. Comme je suis le premier collé du dernier concours de recrutement, ils m'ont appelé pour remplacer une titulaire partie en congé de maternité.

— Eh bien, c'est un début…

De quel début parlait-il ? Karl lui jeta un coup d'œil sévère, pensant d'abord qu'il ironisait. Non, pourtant. Charpine avait le teint brouillé, le visage luisant. Ses sourcils se rejoignaient au bas de son vaste front de chauve précoce, ce qui lui donnait un air dur et inquiétant, mais il semblait sincèrement bienveillant, presque attendri. Malgré un léger embarras, il avait la volonté manifeste d'être aimable, lui qui s'était évadé par le haut du labyrinthe universitaire.

— C'est drôle qu'on se retrouve maintenant… Figure-toi que j'ai plus d'une fois pensé à toi ces derniers temps, j'ai même fait chercher ton adresse sur internet, sans pouvoir la trouver.

Charpine s'était contrôlé pour ne pas en venir trop brutalement au fait, mais l'impatience suintait de ses gestes et de ses mimiques. Derrière les fines lunettes, ses yeux sombres semblaient sans cesse à l'affût d'un compte à rebours menaçant. Le chauffeur du ministère l'attendait, garé en double file, pour l'emmener Dieu savait où.

— J'imagine que le plus proche collaborateur de M. le ministre supporte une charge de travail monstrueuse, hasarda Karl en grimaçant un sourire. Je ne vais pas le retenir plus longtemps.

— C'est vrai, c'est vrai, toi aussi d'ailleurs sans doute ton temps est précieux (Charpine se précipitait, heureux que son ami retrouvé ait ouvert un raccourci qui leur permettrait de glisser sur le sujet de la vie privée et des histoires de couple). À vrai dire, mon plaisir de te revoir n'est pas tout à fait désintéressé. Je cherche en permanence, au ministère, des « plumes », des gens capables de rédiger des projets de discours ou d'intervention pour mon patron. Il faut croire que plus personne ne sait manier la langue, car j'ai dû renvoyer la plupart de ceux que j'ai mis à l'essai depuis notre entrée en fonctions. Des illettrés diplômés, ou alors des tâcherons sans finesse, des bourrins infichus de trouver le ton juste… J'ai besoin de quelqu'un comme toi, doué à la fois pour l'analyse et la synthèse (à cet instant, Charpine repoussa de ses deux mains écartées des protestations que Karl ne formulait pas), capable de rédiger des papiers sur des thèmes culturels, qui serviront dans des débats parlementaires, des circonstances officielles, des inaugurations, des commémorations… À la fac, j'avais été impressionné non seulement par la qualité rédactionnelle des travaux que tu me rendais, mais aussi par les articles que tu publiais dans cette petite revue littéraire, *La Pieuvre*…

— *L'Octopode*. On était quatre rédacteurs et on écrivait comme nos pieds.

— Ah oui, c'est ça, *L'Octopode* ! (Charpine se mit à rire en regardant de côté, il semblait se rappeler soudain une vieille blague oubliée.) Est-ce que les tentacules de la bête bougent encore, d'ailleurs ?

Immobiles devant la station de bus, ils formaient un îlot bavard que les usagers contournaient avec une courtoisie agacée. Karl pensa à cette revue étudiante comme à l'un de ces épisodes douteux de son adolescence où il n'avait pas été à la hauteur d'il ne savait quelles exigences. Par bonheur, se dit-il, tous les exemplaires du dernier numéro étaient partis au pilon après avoir été saisis par l'huissier. Jamais personne ne lirait cet article ridiculement métaphysico-lyrique sur le romantisme contemporain qu'il avait écrit un soir de dépression. Tout cela avait sombré dans le néant ; dans le même ordre d'idées apaisantes, tous les témoins de sa jeunesse idiote finiraient bien par mourir, les uns après les autres.

— Non, la bête est bien morte. Enfin, sauf pour son créateur et rédacteur en chef, qui doit continuer à rembourser l'imprimeur sur son salaire de prof de collège.

Ils riaient maintenant tous les deux à gorge déployée, tandis que Karl cherchait à évaluer cette proposition inattendue, presque vertigineuse, de devenir un rouage, fût-il infime, du pouvoir. Il hésitait à attribuer à Charpine des intentions amicales, qu'il ne méritait d'ailleurs pas, et se demandait quel serait le prix à payer. Face à lui, le directeur de cabinet paraissait désormais tout à fait détendu, comme s'il avait d'ores et déjà obtenu ce qu'il souhaitait. Tout en parlant, il malaxait puissamment un chewing-gum, et le mouvement circulaire de la langue dans la bouche parfois entrouverte évoquait la rotation d'une toupie à béton.

— C'est très gentil d'avoir pensé à moi, j'en suis vraiment flatté, mais je ne m'intéresse pas beaucoup à la politique. Je sais que j'ai tort, mais c'est la triste réalité. Et puis je ne crois pas que je serais capable d'écrire ce genre de choses, je manque de connaissances techniques. Je ne voudrais pas que l'on se trompe sur mon compte, je crains de décevoir.

— Tu vois tout en gris et en petit, c'était déjà ta faiblesse à la fac. (Charpine adoucit son jugement d'un sourire.) Le cas échéant, on te fournira tous les éléments nécessaires, selon les sujets que tu auras à traiter, mais il s'agira généralement d'écrire des généralités sur des thèmes très généraux. Tout est dans la manière. Quant à l'aspect politique, on ne te demande pas d'être un militant mais un artisan, presque un artiste, et ton nom ne figurera nulle part, sur aucun document. Tu travailleras dans le ventre de la bête, inconnu des hommes et des dieux. J'ai besoin de magiciens du verbe, Karl, je n'ai plus le temps de mettre à l'essai le premier venu pour renforcer mon équipe ; un ministre passe son temps à prendre la parole en public, il faut fournir en permanence de la matière. C'est quasiment un service que je te demande, ne m'oblige pas à me mettre à genoux devant toi en pleine rue !

Il prononça ces mots dans un dernier rire.

Ce jour de novembre, à la terrasse surchauffée de la grande brasserie, le magicien Karl repose sa tasse déjà vide. Sa situation matérielle toujours branlante lui a imposé d'accepter l'offre de Charpine, quelques mois plus tôt, et de déployer des efforts immenses pour donner satisfaction à son nouvel employeur. Les premiers jours, il s'était présenté au ministère de bonne heure, soucieux de conquérir la moindre bienveillance, impatient de pénétrer sous la voûte du porche, d'agrafer son badge et de sourire aux plantons. À l'entresol, une pièce biscornue aux murs couverts de tissu beige et de taches noirâtres était affectée aux collaborateurs supplétifs du cabinet, rédacteurs et experts de toutes sortes. Karl y retrouvait deux ou trois collègues assis devant leurs ordinateurs autour de la grande table ovale aux pieds ornés de têtes de lions, seul meuble prestigieux de l'endroit. Il ne reconnaissait jamais les jeunes gens en costume ou en tailleur gris qui répondaient mollement à son salut. Est-ce qu'ils se renouvelaient sans cesse, ou était-ce son cerveau qui ne parvenait pas à les différencier ? Une conversation prudente s'engageait à l'heure du café, que l'on préparait soi-même, à l'ancienne, à l'aide d'une bouilloire électrique et de dosettes d'arabica déshydraté, répandues en vrac sur une desserte. On risquait parfois, sur un sujet d'actualité, une opinion à l'aveuglette, sans savoir à qui on avait affaire.

Descendu des étages nobles, un type moite aux yeux globuleux faisait à chaque fois une apparition, un peu avant la pause du déjeuner. Monsieur Kremer parlait aux nouveaux venus en initié, presque en frère aîné. Il tournait longuement dans la pièce, les mains derrière le dos, ses gros pieds broyant les miettes de cake au chocolat éparpillées sur le sol, puis finissait par s'asseoir. Quand il se penchait subitement au-dessus de la table en levant les sourcils derrière ses verres en hublots, on s'attendait à des considérations profondes ou à des conseils judicieux, mais il ne tombait de sa bouche humide que des blagues périmées et des ragots infects :

— Vous connaissez la différence entre la nouvelle responsable de l'animation culturelle en milieu carcéral et un interphone ? Non ? Eh bien, il n'y en a pas, puisque les deux sont couverts de boutons.

Ou encore, la voix réduite à un murmure, l'index dressé :

— Je vous le dis sur le ton de la confidence, Karl, à toutes fins utiles et sous le sceau du secret, pour vous éviter une gaffe : entre Cardetti et Caroff, il y a plus qu'une amitié.

Après quoi il ramenait sa bedaine sur ses cuisses, satisfait de s'être montré bon camarade avec ce bizut de Karl, qui débutait dans la carrière et se voyait retourner ses premières notules griffées de rouge par l'un des adjoints directs de Charpine – « trop long », « incompréhensible », « on dirait du Proust », « votre style est nul »…

— Ne vous inquiétez pas, le rassurait Kremer, il faut des années pour faire un bon rédacteur, et encore la plupart des gens n'y arrivent jamais. D'habitude, Charpine et ses séides sont beaucoup plus violents que cela. J'en ai vu plus d'un quitter ce bureau en larmes, croyez-moi ! Le tout, c'est que ce gouvernement tienne assez longtemps pour que vous puissiez vous faire la main. Moi qui vous parle, en tant que fonctionnaire, j'en suis à mon vingt-deuxième, vous vous rendez compte ?

Cela étant, Karl n'avait pas tardé à comprendre que les vacataires n'étaient pas vraiment les bienvenus dans les locaux toujours trop étroits du ministère. On préférait en haut lieu qu'ils restent chez eux et se contentent d'envoyer le fruit de leurs travaux solitaires par la voie électronique. Quoi qu'il en soit, au bout de quelques semaines, certains indices donnèrent à penser que la plume de Karl s'assouplissait plus vite que ne l'avait prédit l'homme aux propos gluants. Ainsi, les collaborateurs de Charpine le sollicitaient de plus en plus, y compris sur des sujets qui ne figuraient pas dans ses attributions initiales, comme les célébrations militaires. À ses désormais rares passages dans les bureaux, il sentait que Kremer le considérait avec la perplexité mécontente du parieur voyant un tocard sans références se rapprocher de la tête de la course. Les mois précédents, des aspirants plus diplômés, mieux habillés, beaucoup moins inhibés que lui avaient échoué lamentablement à satisfaire Charpine.

C'est à ce moment que Karl avait commencé à rêver d'un poste plus officiel, peut-être de chargé de mission, pouvant déboucher, en cas d'alternance politique, sur un reclassement en tant que fonctionnaire. À côté de la voie ardue des concours, il existait en effet des modalités parallèles d'accès à l'administration. On avait déjà remarqué son intelligence, manifestement, et sans doute songeait-on à lui confier la rédaction d'interventions délicates, telles que le discours liminaire du ministre lors de l'examen du budget à l'Assemblée. Il débuterait par une citation inattendue, quelque chose de bien senti et de spirituel, puis trufferait son texte, comme on enrichit de pistaches un pâté en croûte, de formules paradoxales et brillantes que les journaux de qualité se plairaient à reprendre. Le soir, du fond de son lit, Karl, un demi-sourire béat aux lèvres, se voyait enfin à l'honneur.

Passé le carrefour à six branches, la rue du Transvaal monte en direction du nord, s'ouvrant sur le ciel comme une promesse. Quand il sort de son immeuble, un peu étourdi par l'air frais du dehors, Arnold se contente d'en suivre du regard la perspective. Des pensées bizarres le traversent à la vue des façades hérissées d'enseignes commerciales et de néons clignotants. Le jour de son emménagement, charmé par le mystère de cette voie ascendante qui semble donner sur le vide, il s'était promis d'aller voir dès le lendemain de quoi il retournait. Et puis chaque fois, par la suite, il avait descendu la pente menant au carrefour, à ses transports en commun, son marchand de journaux et ses traiteurs exotiques, et remis l'exploration à plus tard, comme tant d'autres choses qu'il finissait par oublier complètement.

Ce matin, avant de se laisser glisser au bas de la rue, Arnold a trouvé une lettre bien étrange dans son maigre courrier de célibataire sans relations utiles. Repoussé dans un coin du hall par la serpillière de la gardienne, agressé par les odeurs d'eau de javel et de viande mijotée, il a soupesé avec curiosité la lourde enveloppe. Hum. L'adresse était manuscrite, chargée de majuscules alambiquées. Une langue humaine, une main soigneuse avaient collé de vrais timbres, américains en l'occurrence ; il ne s'agissait pas d'une de ces circulaires expédiées en masse par la machine à affranchir d'une société anonyme ou d'une administration. À son insu, Arnold commença à élaborer une nuée d'hypothèses savoureuses : peut-être le directeur artistique d'une major, bouleversé par la dernière maquette des Psychotics, lui avait-il envoyé un billet d'avion (classe affaires) pour Los Angeles ? Ou alors une ancienne petite copine de lycée, émigrée aux États-Unis, lui écrivait ses remords de l'avoir méconnu et jeté aux ordures, des années plus tôt, ce qui lui donnerait la joie de l'écraser sous son dédain souriant ? Il fourragea dans sa tignasse d'une main négligente. Boh…

Finalement, Arnold bourra la précieuse enveloppe dans la poche intérieure de son vieux cuir râpé, contre son cœur et sa carte de crédit. On verrait plus tard ; il avait bien le temps de l'ouvrir, surtout si son contenu devait se révéler insignifiant, comme c'était probable. Les péripéties d'une journée vide lui feront oublier la lettre. Parce qu'il aura trop grelotté en ce début de novembre, il jettera le soir venu son blouson en tas au fond d'une armoire, pour ne plus mettre pendant des mois qu'un grand manteau noir d'exhibitionniste, jusqu'à ce que la sueur ruisselant de ses aisselles, à l'approche de l'été, lui donne l'idée de changer à nouveau de pelure.

Pour l'instant, Arnold rejoint en bus son lieu de travail, en songeant avec satisfaction que son contrat a été reconduit pour deux mois. D'habitude, il est heureux de quitter une ambiance morne, une tâche de robot, des collègues aux ambitions dérisoires et des chefs atroces, mais pour une fois il se plaît dans les locaux insolites de son employeur provisoire, qui occupent toute une série d'appartements reconvertis en bureaux, dispersés entre trois immeubles d'une même avenue bordée de bars branchés et de magasins aux horaires d'ouverture anarchiques. Chez Eurofocus, au moins, on peut sortir prendre l'air dans un quartier humain entre deux séances de *brainstorming*, fumer une cigarette dans une petite cour qui sent le moisi et les cabinets, discuter avec les derniers vieillards habitant les étages, toujours soucieux de communiquer leur expérience aux jeunes générations.

Le jour où il se lassera aussi de tout cela, il sera toujours temps d'aller l'annoncer aux deux jeunes patrons tout en nerfs et en os qui l'ont recruté dans l'urgence pour contribuer au développement du site internet d'une nouvelle compagnie d'assurances, issue de la fusion de plusieurs entités régionales. Lors de l'entretien décisif, il avait su les rassurer à sa manière obséquieuse, développée inconsciemment au fil de multiples embauches temporaires, consistant en une acceptation sans réserves des attentes de ses interlocuteurs, en une soumission joyeuse à leurs codes et à leurs préjugés. Quelle que soit la mission à accomplir, Arnold se déclare froidement certain d'en venir à bout dans les délais utopiques imposés par le client. Il en a vu bien d'autres, ah mais ! Cette confiance en lui contamine peu à peu les décideurs, ravis d'entendre le seul langage qu'ils puissent comprendre, celui de la négation résolue du doute et des obstacles. Même les poignets velus du jeune homme, s'échappant de son veston aux manches trop courtes, finissent par leur paraître supportables, s'agissant d'un créatif qui ne rencontrera presque jamais les clients. De son côté, Arnold songe avec délectation, tout en débitant des platitudes sur l'esprit d'équipe et l'adaptabilité, aux désillusions qui suivront immanquablement, aux silences pesants autour des salades à 8 euros du déjeuner, aux regards mauvais échangés dans les couloirs, aux hurlements enfin, à l'approche des échéances. Mais lui restera jovial et inébranlable, tapi derrière son écran tel un cancrelat sous la moquette, retranché dans une indifférence ricanante à tout ce qui ne concerne pas ses intérêts matériels à court terme. Quoi qu'il arrive, il se sent protégé par ses compétences de graphiste ; en cas de naufrage, des planches de salut s'offriront à lui – intérim ou *freelance*, peu importe.

Au cœur de la tempête, il continuera donc, pendant les pauses qu'il s'octroie sans compter, à faire le tour des bureaux dans ses jeans graisseux, prêt à s'extasier devant les photos de bébés, semant les anecdotes et les commentaires désopilants sur ses trois ou quatre films du week-end précédent. À le voir se bidonner longuement devant les secrétaires, les yeux clos par l'hilarité, le nez tordu tombant dans une bouche grande ouverte sur des dents mal rangées, certains cadres se rendent bien compte que, créatif ou pas, Arnold est avant tout une sorte de passager clandestin, un intrus pour qui rien de sacré n'existe. Cette situation empêche les meilleurs d'entre eux de se concentrer ; ils se sentent dans l'obligation morale d'aller exprimer leurs soupçons en haut lieu, mais là-bas aussi règnent la veulerie et le laisser-aller, car on leur répond en général qu'il serait trop coûteux et trop compliqué d'engager une procédure de licenciement contre un collaborateur qui, de toute façon, ne restera que quelques semaines dans l'entreprise, et donne somme toute satisfaction. Ils sortent du bureau directorial écœurés et démotivés, avec l'expatriation pour seul horizon, plus que jamais convaincus qu'Arnold et ses pareils forment une confrérie invincible.

Le débat budgétaire commencera dans trois jours, et personne n'a songé à solliciter Karl pour la préparation du discours liminaire du ministre. Il lui faut donc continuer à faire profil bas à chacun de ses passages au ministère, souligner les bons mots des anciens d'un sourire connaisseur, saluer leur habileté rédactionnelle, se précipiter pour rendre de menus services, apporter de loin en loin un paquet de sucreries ou une bouteille de vin pétillant, le tout sans manifester un brio déplaisant. Dans ce domaine, Karl a acquis depuis longtemps un profond savoir-faire ; il éprouve même une âcre satisfaction à se conformer à des ordres subliminaux, avant que la moindre demande explicite ait été formulée. Cependant une éventuelle inscription dans l'organigramme du ministère dépend du seul Charpine, qu'il ne fait plus qu'entrevoir parfois dans un couloir, entouré de jeunes dandys chargés de dossiers, marchant à reculons devant lui pour exposer leurs vues sur un quelconque sujet. Karl lui adresse alors un timide salut de la main, sans guère obtenir plus d'attention que ces êtres anonymes, à peine membres de l'espèce humaine, qui passent l'aspirateur ou astiquent les cuivres.

Ces derniers soirs, assis en tailleur sur son canapé, Karl a mis au point une stratégie audacieuse pour sortir de la masse, un acte de volonté qu'un homme comme Charpine saura comprendre et apprécier. Il lui remettra en mains propres, sans un mot de commentaire, un mémorandum sur les dysfonctionnements des services qu'il a pu observer, un état des lieux incisif mais déférent, écrit dans l'intérêt supérieur de l'administration. En trois nuits sous caféine, il a rédigé plus d'une centaine de pages. Le chapitre sur l'organisation de la restauration collective au ministère le satisfait particulièrement.

Toutefois il lui est impossible d'accéder librement au bureau de Charpine, sans que la secrétaire s'interpose et demande « c'est à quel sujet ? » en levant sur lui un regard en vrille, elle qui veille sur la tranquillité du grand homme comme un bedeau sur les fréquentations de son jeune curé. Il obtiendra un moment d'entretien poli, bien sûr, mais Charpine le recevra avec un sourire crispé, déjà mécontent à l'idée de devoir repousser il ne sait quelle requête, venant d'une relation indifférente à qui il a procuré une situation par gentillesse, d'un type qu'il a littéralement ramassé sur le trottoir, un jour d'attendrissement imbécile. Tout serait gâché d'avance, le mémorandum serait transmis à un vague attaché aux attributions confuses, qui se ferait une joie de vomir une note de synthèse empestant la jalousie, puis recyclerait sournoisement à son profit ses aperçus fulgurants, ses remarques acérées... Eh bien non ! Karl s'arrangera pour coincer Charpine et s'imposer à lui, il le prendra à froid en se dressant sur son chemin quand il se dirige vers le portail du ministère, un peu avant huit heures, la démarche raffermie par une séance de musculation et les derniers cheveux encore humides de la douche.

Un matin, donc, Karl s'est extrait suffisamment tôt de son lit, les yeux clignotants, pour rejoindre à l'aube, au terme d'un sinueux trajet en métro, l'avenue aux immeubles grisâtres. « C'est tout de même sinistre, se dit-il, d'en être réduit à s'épuiser dans l'ombre, sous statut précaire, en espérant le décès ou le *nervous breakdown* définitif d'une plume officielle du ministre. Ma vie s'évente comme un demi abandonné sur un coin de bar. » Il rit tout seul de se découvrir poète, et les passants lui jettent le même regard qu'à un homme urinant dans la rue.

Une fois parvenu à destination, il longe la façade du ministère et s'avance d'un pas décidé, sans un coup d'œil pour les boutiques minuscules où il faut sonner pour qu'un employé neurasthénique se décide à ouvrir la porte, jusqu'à un bar japonais, deux cents mètres plus loin. De là il pourra surveiller les allées et venues, depuis le comptoir, à condition de trouver une place dans le recoin que forment une console vidéo et l'escalier menant aux WC. Son entrée interrompt un instant les conversations. Les habitués, venus de banlieues lointaines prendre leurs fonctions de coursier ou de vigile, dévisagent cet inconnu aux allures de maniaque, ficelé dans un imperméable trop étroit et qui, à peine accoudé devant son thé au riz grillé, tient la tête obstinément baissée afin d'entrevoir, sous l'écran plat et son dégueulis de clips stroboscopiques, les silhouettes banales des hommes en costumes sombres et en manteaux verdâtres. Se penchant eux aussi, ils essaient de deviner qui il peut bien guetter et gloussent bêtement quand apparaît sur le trottoir une fille plus ou moins attirante. Karl finit par prendre conscience de leur manège. Il hésite. Mieux vaudrait les traiter par le mépris, ne pas les regarder, jeter une pièce au patron complice de ces abrutis et partir sans attendre la monnaie, ou même rester là à « mater », comme ils disent, en buvant son eau chaude à petites gorgées impavides. Mais non, il va céder à la tentation, se redresser et leur dire posément, en souriant, les deux mains triturant des objets métalliques au fond des poches de l'imperméable, qu'ils ne peuvent pas se comprendre, qu'il n'est pas des leurs, qu'il n'a rien contre les employés et les ouvriers mais que…

En définitive il se tourne à demi vers les comiques. Il devine confusément, à travers sa légère myopie, des carrures massives, muscles et graisse mêlés, des mecs en cuir, des gants épais et des casques au bout des poings, tout un bloc formidable qui lui fait face, adossé au comptoir en bambou du Kobe Bar, proclamant silencieusement sa certitude de constituer une élite virile. Karl sent une main invisible se poser sur sa poitrine pour le repousser, le clouer à l'écran plat. Alors il dépose avec précision sa tasse dans la soucoupe, égrène le compte exact de petite monnaie dans une coupelle en verre qui tinte effroyablement et quitte sans un autre son la salle pleine d'odeurs ammoniacales, dont l'atmosphère oscille entre le dispensaire et la boîte de nuit.

Rendu à l'air libre, Karl, le dos un peu voûté, s'efforce de raccourcir ses pas, afin d'atteindre le plus lentement possible l'entrée du ministère. De temps en temps, il s'arrête pour farfouiller dans sa sacoche, comme s'il vérifiait la présence de papiers importants, tout en braquant sans cesse des regards de fou sur les nouveaux arrivants. Il parvient ainsi à étirer démesurément son trajet de deux cents mètres, qui lui semble durer plus d'une demi-heure. Mais Charpine ne se montre pas, lui qui est pourtant connu comme un être routinier, d'une exactitude presque inhumaine. Que faire ? Karl passe une première fois devant le portail, comme s'il n'était qu'un simple piéton, sans aucun lien avec l'administration. Cette pensée le trouble, pour un peu il voudrait porter un uniforme, au moins un insigne officiel. Au bout d'une trentaine de pas, il marque un temps d'arrêt puis fait soudain demi-tour, pour faire croire à un éventuel observateur qu'il vient de se rendre compte que des réflexions absorbantes l'ont mené trop loin, lui qui n'avait jamais eu d'autre objectif, ce matin-là, que d'arriver de bonne heure au bureau pour avaler des piles de dossiers. « Tout cela est somme toute très naturel, se dit Karl. Si par bonheur Charpine apparaît, je n'aurai plus qu'à écarquiller des yeux étonnés avant de me réjouir, et sincèrement encore, de ce heureux hasard. »

— Vous cherchez quelqu'un !…

Karl sursaute à cette affirmation crachée par une gorge enrouée. Une bouffée de vieille crasse et de vinasse lui agresse aussitôt l'odorat. Il est déjà trop tard pour qu'il s'éloigne, la tête rentrée dans les épaules, sans se retourner.

— Moi aussi je cherche quelqu'un…

L'individu doit avoir une cinquantaine d'années, mais la vie dans la rue a couvert son visage d'un masque rigide de vieillard, sillonné de crevasses et de veinules violacées, où affleure un regard liquide. Ses cheveux peignés en arrière, d'un blanc brillant, jurent avec sa physionomie de clochard traditionnel. Il apostrophe Karl d'un ton à la fois plaintif et insolent, comme s'il cherchait à le retenir tout en se vengeant par avance du mépris qu'il croit deviner chez tous ceux que, depuis des années sans doute, il tente d'intéresser à son histoire.

— Je cherche mon fils… Il vous ressemble, surtout de dos. Lui aussi il est maigre et mal coiffé, avec un gros crâne. Ça fait dix ans qu'il veut plus me parler.

Karl songe d'abord que cet incident lui donne un motif de stationner à proximité des grilles du ministère, et que si Charpine se montre enfin il lui suffira d'un regard détourné et d'une petite pièce pour se débarrasser de cette épave. Bien entendu, il est un peu gênant d'être vu en pareille compagnie. « Si Kremer nous surprend, se dit Karl, il racontera partout que j'ai un père alcoolique qui me harcèle jusqu'à la porte du ministère pour me tirer un billet et me faire honte, toute une histoire de famille pathologique à la Dostoïevski que les gens auront envie de croire pour relativiser leur propre misère. »

— Il a cessé toutes relations avec moi, pour des raisons que je ne m'explique pas...

Le père déçu a pris un ton précieux pour prononcer cette phrase, la bouche arrondie, l'index dressé, tel un prof de lettres voulant souligner la subtilité du passage qu'il est en train de lire.

— Chaque année, il laisse passer mon anniversaire et la fête des pères, sans un mot, sans un geste. Il se prépare de mauvais remords... Oui, de bien mauvais remords !...

Devant les grandes portes de bois verni, une agitation d'abord imperceptible s'est emparée d'un trio de porteurs de badges et de blazers. Après un temps d'hésitation, l'un d'entre eux s'avance, le regard chargé d'un ordre muet. Semblant répondre à un signal convenu, le vagabond s'éveille de sa rêverie morose, émet une sorte de croassement dégoûtant, puis s'abat pris de convulsions, comme s'il était en train de brûler vif. D'autres membres de la sécurité s'approchent ; eux et Karl forment un cercle qui s'élargit quand l'homme écumant à leurs pieds fait un geste trop brusque, avant de se resserrer sous la poussée croissante des amateurs de scènes de rue, le cou avidement tendu mais prêts à replonger, à la première observation réprobatrice, dans l'indifférence qu'ils opposent ordinairement au monde, jusqu'à ce que le monde vienne ramper devant eux, sous la forme aujourd'hui d'un clochard épileptique, parmi les feuilles pourries et les détritus urbains.

Les agents de sécurité tentent bien inutilement de raisonner l'homme tordu au sol. Ils sont ennuyés de toutes ces complications, d'autant qu'une puissante voiture métallisée se présente au portail. Leur chef se précipite ; une vitre teintée s'abaisse pour laisser voir le visage opaque de Charpine, qui s'informe de la situation au nom de son ministre, dont la monture des lunettes jette un éclat d'or, du fond de la banquette arrière. Karl se sent traversé par le regard de son patron et ami, qui semble se demander s'il mérite d'être salué dans de telles circonstances et se retourne enfin vers le ministre sans avoir manifesté aucune sympathie. La voiture redémarre et pénètre dans la cour d'honneur.

— Une prochaine fois, évitez d'adresser la parole à ce genre de personne.

Karl veut protester, expliquer que ce n'est pas lui qui a engagé ce que l'on ne peut d'ailleurs en aucune manière appeler une conversation, mais l'homme aux cheveux ras qui note son identité et vérifie son titre d'admission au ministère dispose, pour anéantir les objections du « public », d'une batterie infaillible de réparties toutes prêtes, tirées de l'expérience collective de la corporation des contrôleurs et des gardiens :

— Votre attitude a dû lui donner à penser que vous étiez disposé au contact.

Tandis que d'autres spécialistes enveloppent le vagabond dans une sorte de couverture d'aluminium et le chargent dans un fourgon, Karl, abasourdi, cherche en vain une réplique. Déjà une version des faits ridiculement déformée doit courir les couloirs et les circuits électroniques du ministère.

— Écoute, Arnold, je voudrais que les choses soient claires une fois pour toutes : c'est moi la chef de projet, t'as pas le droit de me mettre en difficulté devant les clients ! Tu es là avant tout pour les écouter, c'est seulement après la réunion, quand on se retrouve seuls, que tu peux raconter ce que tu veux et délirer comme tu l'as fait !

— Excuse-moi de te contredire, ma chère Claire, mais ce n'était nullement du délire : j'ai juste voulu nourrir le débat, dans un esprit constructif, en intervenant à bon escient. Sois honnête avec toi-même, j'ai agi en collaborateur motivé, soucieux d'apporter le meilleur service au client. Tu ne peux pas exiger de moi d'être le muet du sérail !

Arnold prononce ces derniers mots les sourcils levés, en se demandant ce qu'ils signifient au juste. Il a très envie de rire, mais il doit garder un air peiné et offusqué devant l'injustice que lui fait subir Claire Nguyen, dont le petit visage infantile, troué par les éclairs qui semblent jaillir des verres de ses lunettes, n'est plus qu'une crispation mécontente. Pourtant, la rencontre avec les dirigeants de Patrimonys s'est bien déroulée ; elle s'est même conclue dans un climat de franche cordialité, et grâce à qui, hein, sinon à Arnold, ce brave garçon que l'on se permet maintenant de dénigrer, une fois rentrés au port ?

Certes, même dans une veste de costume, il garde un aspect douteux, une allure regrettablement laxiste et négligée, qu'il devait déjà avoir à la maternité, encore gluant de débris placentaires et de sécrétions. Mais enfin Claire avait eu tort, tout à l'heure, de s'effrayer quand il avait d'abord émis une sorte de gargouillis de lavabo encombré (« euh, pardon, là j'voudrais dire un mot passque, voilà… »), son long corps semblant subitement émerger d'un état catatonique. Autour de la grande table, les crânes chauves et les colliers de perles s'étaient courtoisement tournés vers lui. Il avait alors éprouvé un sentiment grisant de peur et d'euphorie, celui qu'il affronte lorsqu'il surgit *on stage* à la tête de ses Psychotics (surgir n'étant d'ailleurs pas le verbe approprié, car les Psychotics tiennent à marquer un détachement maussade et agacé à l'égard de la foule, et manifestent en début de concert une répugnance à se produire en public qui confine à la névrose – ce qu'Arnold appelle « montrer son côté sombre »).

Ses mains à la Nosferatu battant l'air, il s'était lancé sans filet dans une synthèse subtile des goûts et des réticences esthétiques des décideurs de Patrimonys. Tout en parlant, il jetait de brefs regards à la directrice générale, permanente en béton, tête de rapace sur tailleur impec. Au cours des quatre réunions précédentes, elle avait campé sur des positions changeantes mais inébranlables, focalisant à chaque fois son obstination infernale sur un nouveau détail du projet consensuel et fédérateur que toute l'équipe d'Eurofocus s'était échinée à concevoir :

— Ce qui me gêne, dans votre proposition d'identité visuelle, c'est la bande rouge, là en bas. Le rouge, c'est la couleur du danger, la couleur du sang. Pour une compagnie d'assurances, c'est tout de même plus qu'embêtant, je tenais à vous le dire.

Une dizaine de visages jusque-là confits dans la torpeur s'étaient soudainement animés. Ah mais oui, c'était tout à fait malvenu, ce rouge de boucherie ! La directrice générale avait bien raison. Quelquefois, dans la solitude, les autres membres du comité exécutif se demandaient pourquoi on ne les avait jamais appelés, eux, à la fonction suprême, mais ce genre d'observation leur remettait les pieds sur terre !

Ce jour-là, on s'était finalement mis d'accord sur une bande verte, la couleur de l'espérance, un rappel aussi des valeurs terriennes qui paraissait rassurant, sans que l'on sache trop pourquoi. Mais, lors du rendez-vous suivant, la directrice générale était apparue livide, l'œil fiévreux, plus ridée encore qu'à l'habitude, sa nuit ayant été rendue difficile, sans doute, par le manque d'enthousiasme du président du directoire pour le projet, qu'elle lui avait présenté la veille :

— Écoutez, en fait, depuis le début ça ne va pas du tout, je tenais à vous le dire. Je trouve que votre proposition est fade, insipide. Le prospect qui tombera sur notre page d'accueil ne saura pas à quoi il a affaire ; avant qu'il ait compris, il sera parti voir ailleurs. Les jeunes vont vite, il faut davantage de mordant. Il faut trouver quelque chose qui puisse accrocher les jeunes.

Ils s'étaient donc tous demandé, en cette fin d'après-midi, comment accrocher les jeunes. D'une manière plus générale, ils avaient réfléchi encore une fois au moyen de refléter la puissance presque effrayante de la compagnie (des cubes, des arêtes coupantes), sa proximité chaleureuse (des formes arrondies, des collines douces), ses valeurs vénérables (un clocher de village, un fronton de temple grec), sa modernité quasiment utopique (un jumbo jet décollant vers l'infini, une opératrice avec un casque sur les oreilles)... Que faire de plus ? En vérité ils étaient épuisés, au bout de leur rouleau, ils avaient envie de déchirer leurs documents de travail, de les piétiner de rage, de se rouler par terre en criant des obscénités.

Arnold avait sans aucun doute choisi le moment propice pour sortir de son mutisme végétal. Les autres attendaient un libérateur ; ils n'accueillaient plus les remarques de leur directrice que par des grognements d'approbation, bouches fermées, yeux morts, et la femme-oiseau elle-même sentait bien qu'elle avait aspiré leur énergie jusqu'au dernier atome. Dans ces circonstances, les explications d'Arnold leur parurent lumineuses, miraculeusement éclairantes : un dynamisme sans aspérités, une intelligence humble, voilà ce qui caractérisait les gens de Patrimonys. Il leur suffisait d'ailleurs de se voir exsangues, autour de la table, buvant des petits coups d'eau minérale, pour s'en convaincre. En ce qui concernait les ultimes détails graphiques, ils s'en remettaient entièrement à l'agence Eurofocus, notamment à son jeune créatif si perspicace et sympathique – certains membres du comité exécutif avaient eux aussi, jadis, en leur temps, gratté une basse ou chanté en yaourt dans un groupe, eh oui, c'était pourtant vrai ! –, qui saurait bien mettre tout seul la dernière main au concept d'identité visuelle...

La réunion s'était achevée dans une douce débâcle, après cette surchauffe esthétique de plusieurs semaines. On était même allé boire des jus de fruits et manger des arachides éventées dans une salle de détente aménagée dans les sous-sols des locaux de la compagnie, à côté des bureaux des sections syndicales et du comité d'action socioculturelle.

Par conséquent, Arnold s'estime maintenant fondé à ignorer la blessure narcissique de Claire, et il demeure collé à son écran d'ordinateur, hilare mais inflexible, sans plus lever les yeux vers elle :

— Je ne sais pas si tu en as bien conscience, Claire, mais il ne nous reste que quatre jours pour ficeler le dossier avant les tests de validation. Il va falloir qu'on transpire ensemble du matin au soir dans les mêmes sales draps... On a intérêt à former un couple solide, tous les deux.

Claire referme des tiroirs métalliques, pulvérise du liquide javellisé sur la surface de son bureau. Elle tente d'adoucir son paysage mental en pensant à son mari qui l'attend dans leur deux-pièces cuisine, près du boulevard périphérique. Il est déjà plus de dix-neuf heures. Après avoir corrigé quatre paquets de copies, il se sera sans doute résigné à se préparer une soupe de nouilles déshydratées et à l'engloutir seul en relisant le premier tome du brouillon de sa thèse de doctorat, tout désolé d'ajouter des traînées de gras aux bavures d'encre qui maculent déjà le précieux document, imprimé sur papier recyclé. Plus que trois années de sacrifices avant la soutenance ! Ensuite, ils pourront… il sera temps de…

— Tu sais, Claire, vas-y quand tu veux. Je fermerai la baraque et j'éteindrai l'électricité, ne t'inquiète pas. Moi c'est souvent la nuit que me viennent mes idées les plus brillantes. Question d'ambiance, sûrement. On dit que les meilleures choses se font dans l'ombre.

Avant même que Claire ait claqué la porte derrière elle, Arnold s'est connecté à son site de rencontres favori. Il ne lui faudra pas longtemps pour ferrer des individus entreprenants et pressés, en se présentant comme une jeune Scandinave venue découvrir une autre culture. Il leur fixe rendez-vous pour le soir même, après les avoir habilement chauffés, en fin connaisseur qu'il est de la psychologie masculine. Bientôt, aux quatre coins de la ville, des solitaires se préparent fébrilement pour le miraculeux rencart. Ils mettent de l'ordre dans leur studio, sait-on jamais, poussent le linge sale et la poussière sous le lit. Dans leur souci de bien faire, ils tentent de juger le résultat d'un œil objectif, comme s'ils venaient d'être introduits dans le logement d'un inconnu. Hum, il faudrait donner un coup d'éponge à la baignoire et au frigo, mais plus qu'une demi-heure ! Ils retournent les tas et les piles dans leurs armoires, à la recherche d'affaires à peu près repassées, s'envoient une giclée de déodorant sous les aisselles, se scrutent une dernière fois sous des angles inhabituels dans le miroir de la salle de bains, avant de dégringoler l'escalier.

Dans le métro, ils se rappellent en souriant les expressions maladroites de leur conquête électronique, ah ! ah ! heureusement qu'elle est tombée sur un mec bien, et pas sur un tordu qui aurait pu mal les interpréter ! Mais vite il faut rassembler des provisions d'esprit afin d'être en mesure d'alimenter la conversation, tout à l'heure, ratisser au fond de son cerveau toute la petite monnaie culturelle disponible. Est-ce que la Suède fait partie de l'Union européenne, déjà ? Qu'est-ce qu'ils savent de ce pays-là ? Rien, rien de rien ! C'est horrible... Pas le moindre mot de la langue, ah si, « prosit », à sortir quand elle lèvera son verre de diabolo-menthe. Il y a aussi ce gars qui faisait des films nauséeux qu'on subissait, à moitié assoupi, tard le dimanche soir, quand les parents étaient couchés... Carlsberg, Goldman, Bergson, Cronenberg, Kronenbourg, un nom comme ça… Il faudrait vraiment se décider à lire des bouquins de culture générale, du condensé, de quoi briller aux concours de l'administration et dans la vie mondaine.

Enfin ils arrivent, l'un après l'autre, remplis d'espoir, au lieu fixé, un bar-tabac sans grâce d'une banlieue aride, situé à deux kilomètres de marche du terminus de la ligne de métro, portant comme convenu une baguette sous le bras. Ils ne se reconnaissent pas entre eux, trop occupés qu'ils sont à dévisager les passantes plus ou moins jeunes, grandes et blondes qui se hâtent de rentrer à la maison après la fermeture du supermarché local, environné de barres d'habitation vétustes et d'ateliers de mécanique générale. L'attente est un premier plaisir, qu'importe si elle se prolonge un peu. Ils attendent depuis si longtemps... Mais si leur temps n'a aucune valeur, celui qui règle le monde extérieur progresse à pas de géant et amène des changements regrettables. L'obscurité s'approfondit, les eaux gazeuses perdent leurs bulles, les cafés refroidissent tandis que le garçon commence à empiler les chaises. On va fermer au Winner's Bar. L'autre conne ne viendra plus, et il faut rentrer tout seul dans la nuit, une fois encore.

Cela fait maintenant bien des jours que Karl est préoccupé. Les yeux assoupis sur un projet d'allocution, il se reproche de s'engluer dans ses états d'âme et de délaisser son travail. Il se sent devenir une énigme pour lui-même – pensée dérisoire qui parvient tout de même parfois à le faire rire. Il finit par reprendre sa lourde besogne de rédacteur à toutes mains, mais sa vie se déroule désormais, bien malgré lui, dans l'attente continuelle de sa séance de somatothérapie du lundi après-midi.

Une ancienne collègue des comptes rendus parlementaires lui avait recommandé cette adresse, alors qu'il se plaignait de douleurs dorsales, fléau des bureaucrates de grande taille. Insensiblement, son rendez-vous hebdomadaire a pris dans sa vie psychologique une importance qui l'étonne. Souvent, le jeudi ou le vendredi, sous le prétexte d'une course inutile, il fait un détour par le boulevard ombré de marronniers où se trouve le cabinet de celle dont il ne connaît que le prénom. Étrangement, sur la façade de pierre noircie par les gaz d'échappement, aucune plaque n'indique le nom et la profession d'Alice. L'immeuble majestueux, avec son portail en bois couleur de miel, ses dieux marins soutenant les balcons du deuxième étage, semble égaré dans un quartier déchu, assombri par la présence d'une gare et d'un immense hôpital. Des SDF sont rassemblés en petits groupes confus autour des derniers bancs publics. De temps à autre, l'un d'eux se lève en chancelant, une main posée sur les reins, et aborde les passants pour le compte de sa communauté. Il s'abstient de solliciter les jeunes types aux aguets, hypocritement nonchalants, qui multiplient les aller-retour entre le hall de la gare et l'enfilade de cafés et de brasseries lui faisant face. Quelques centaines de mètres plus loin, la vie bourgeoise s'épanouit à nouveau, à l'écart de la circulation des trains et des ambulances.

Quand il arrive sous les fenêtres d'Alice, Karl lève brièvement les yeux puis se dirige vers le petit bar d'alcooliques faisant le coin avec une très longue rue qui mène loin là-bas, vers la banlieue est. Il n'a pourtant pas à craindre d'être repéré par sa thérapeute. Seuls le petit garçon ou la ménagère (ainsi désigne-t-il, dans ses monologues intérieurs, la femme entre deux âges qui accueille les patients et les introduit dans la salle d'attente) pourraient le surprendre dans une attitude qu'il pressent douteuse, sans savoir au juste pourquoi. Ce n'est que lorsqu'il pousse la porte vitrée de Chez Dany, sur laquelle est peint l'immuable menu du jour, qu'il lui semble retrouver une contenance respectable : entrer dans un bar pour commander un café, on en a le droit, c'est un acte tout à fait légitime, voire honorable. Si les autres clients ont une allure équivoque, ce n'est tout de même pas sa faute. Malades sortis de l'hôpital avec une petite valise, plus seuls encore que des détenus libérés, voyageurs inexpérimentés venus attendre longtemps à l'avance leur train, jeunes infirmières en groupe bavard, buvant un soda avant de prendre leur service... Ils ont tous l'air de fuir quelque chose, voilà ce qui trouble un client de hasard (lorsque cette observation profonde lui avait traversé l'esprit, Karl s'était contemplé avec fierté dans la grande glace du fond).

Le jour de son premier rendez-vous, Karl avait pris le temps de parcourir ces rues qu'il ne connaissait pas encore. Il n'aurait pas voulu arriver à la dernière minute, suant et essoufflé, devoir peut-être se débattre avec un interphone défaillant, alors que le but des séances, non remboursées par une quelconque mutuelle, était précisément de lui procurer une détente, un mieux-être.

— Je t'envoie chez une magicienne, comme dans les contes, lui avait dit l'ex-collègue.

Prenant des mines puériles de cuisinière qui veut garder pour elle le secret de son omelette au fromage, elle avait refusé de lui en dire davantage, et Karl, le jour dit, ne s'était pas immédiatement aperçu de la cécité d'Alice. Il avait donc enchaîné les maladresses, à sa grande honte rétrospective, victime en quelque sorte d'une mauvaise plaisanterie, averti cependant par son instinct de l'existence d'un élément insolite. Alice, il est vrai, évoluait avec aisance et légèreté dans l'appartement aux murs tendus d'un horrible papier peint orange. Par la suite, Karl avait d'abord pensé qu'elle percevait, dans sa nuit, l'éclat amorti de cette couleur vive et s'orientait ainsi à travers les pièces, mais elle l'avait assuré du contraire quand il s'était enhardi à l'interroger sur le monde inimaginable qui était le sien.

Il avait vécu ce premier rendez-vous dans un climat de perplexité, dès son introduction dans le petit salon d'attente, où la ménagère lui avait servi (à titre tout à fait exceptionnel, comme il devait ensuite s'en apercevoir) une tasse de thé accompagnée d'un morceau de sucre candi. Cette femme était-elle la mère d'Alice ? Il espérait que non, la trouvant trop commune. D'ailleurs, l'écart d'âge les séparant semblait un peu trop faible pour qu'elles puissent être mère et fille.

De même, le petit garçon au teint cuivré ne paraissait pas davantage uni par le sang aux deux femmes. Karl l'entrevoyait, chaque lundi après-midi, en passant devant la cuisine. Il cherchait alors quelque chose d'approprié à lui dire, une interpellation complice, mais il ne trouvait jamais rien et se contentait de sourire niaisement en étirant les lèvres d'une façon simiesque. Le gamin, quant à lui, l'ignorait, faisant mine d'être absorbé dans une tâche précise et délicieuse, comme le grattage d'une croûte de sang sur son genou. Pourquoi n'était-il pas à l'école ? se demandait Karl. Tout aurait été plus simple. Au terme de la première séance, Alice l'avait prié de guider Karl jusqu'à la station de métro la plus proche, comme si elle avait senti que son nouveau patient serait incapable de retrouver seul le chemin du retour. Tout au long du trajet, bref mais tortueux, l'enfant avait répondu par des monosyllabes ou des haussements d'épaules à des questions indirectes sur la vie que l'on menait dans l'appartement obscur, en dehors des heures de consultation. Comment pouvait-on gagner sa confiance, ou même simplement obtenir de lui une réponse polie ? Karl se rendait compte qu'il s'adressait à lui comme à un simple d'esprit, en choisissant ses mots dans le vocabulaire le plus mièvre, en prenant un ton enjoué et faux d'acteur de téléfilm. « Ma voix est immonde », songeait-il tout en marchant. Parfois, il tournait la tête de tous côtés pour vérifier que personne d'autre que l'enfant ne pouvait l'entendre, cet enfant qui, à l'évidence, se rassurait-il, ne donnerait de lui à Alice, une fois rentré à l'appartement, qu'une image vaguement antipathique, sans pouvoir la fonder sur aucun argument recevable par un adulte. Karl eut soudain l'idée de sortir de son portefeuille une photo de lui-même à l'âge de quatre ans, éclatant de rire sur une soucoupe volante, à la fête foraine d'une ville éloignée dans le temps et dans l'espace.

— Tiens, je vais te montrer une sorte de talisman, commença-t-il. Tu sais ce que c'est, un talisman ?

Depuis le seuil d'un magasin de fournitures pour peintres, un homme les observait avec une intensité particulière, comme s'il connaissait bien l'enfant arrêté sur le trottoir devant ce type grand et maigre tentant d'empêcher le vent d'automne de disperser les papiers informes qu'il tenait à la main. L'apercevant, Karl renonça à son projet, rangea précipitamment la photographie, chercha quelques paroles de circonstance, une ultime plaisanterie, puis s'enfonça dans la bouche chaude et malodorante du métro, sous le regard de son jeune guide.

Une fois sur le quai, il se recentra voluptueusement sur lui-même en attendant la rame. Il peinait à se souvenir du déroulement de la séance. Alice avait d'abord exposé sa méthode, mais il n'avait écouté qu'avec distraction ses propos théoriques, plus attentif aux poussières qui flottaient dans le rayon de lumière tombant de la grande fenêtre, entrouverte sur le balcon porté par les divinités barbues. Il n'aimait pas les théories. C'était d'ailleurs des mots qu'il avait déjà lus ou entendus auparavant – traitement holistique, prise de conscience de son propre corps… –, mais il regrettait maintenant de ne pouvoir les étudier en détail, au calme, pour en extraire les significations profondes que sa paresse lui avait certainement masquées. De la même façon, il aurait voulu se rappeler, pour les savourer une fois seul tel un alcool rare, les brèves paroles d'encouragement ou de correction qu'Alice avait prononcées tandis qu'il effectuait des exercices très simples, avec une petite balle en mousse qu'il devait faire rouler entre son dos et le mur du cabinet. « La prochaine fois, se dit-il, je lui demanderai l'autorisation d'enregistrer la consultation ; l'entendre m'a fait du bien, mais le son de sa voix s'est évaporé, sans doute à cause de cette scène ridicule avec l'affreux gamin. Je n'ai pas vraiment pu profiter de cette séance, une foule de détails m'ont échappé. »

En revanche, Karl se remémorait avec une cruelle exactitude la réflexion qu'il avait faite lorsqu'Alice lui avait demandé la permission de taper sur un clavier spécial une série de renseignements devant constituer sa fiche personnelle (« pour mes archives », avait-elle ajouté dans un sourire) :

— J'espère que vous ne serez pas trop indiscrète !

Mais comment avait-il pu dire une chose aussi laide ? Pourquoi avait-il soudain fallu qu'il s'exprime comme un beauf ? Il s'en était repenti aussitôt, terrifié par sa propre vulgarité. Désormais il lui faudrait dépenser des trésors d'intelligence et de délicatesse pour remonter la pente bêtement dévalée à cause d'une lamentable tentative de cordialité.

Alice semblait toujours ressentir à coup sûr les déplacements et la position de Karl dans la pièce, car sa main trouvait infailliblement, sans une hésitation, son épaule trop haute ou sa nuque crispée par la volonté de bien faire. À plus d'une reprise, il l'avait soupçonnée d'être seulement malvoyante, et avait joué avec l'idée de la tester en déplaçant des objets ou en faisant des gestes incongrus. C'est ainsi que tout un flot de pensées ineptes avait détourné son attention de la somatothérapie. L'heure de la consultation s'était enfuie comme un nuage. Il n'en restait plus qu'un profond bien-être physique et deux rectangles de carton où étaient symbolisés les exercices de la semaine, que Karl devrait reproduire seul, chez lui, en attendant la séance suivante.

Cette année encore, les moyens du ministère de la mémoire et de la création n'augmenteront pas. À périmètre constant, pour reprendre la novlangue hideuse des spécialistes des questions budgétaires, ils connaîtront même une légère baisse, qu'il sera cependant possible de cacher aux observateurs superficiels en jouant sur les reports de crédits, les astuces d'écriture, la prise en compte des transferts de compétences.

Charpine ôte ses lunettes et repose ses yeux dans les paumes de ses mains. Bah, tout cela n'est qu'une cuisine réchauffée, qui lui est déjà devenue insipide après deux années d'exercice de ses fonctions de directeur de cabinet. Une fois de plus, il faudra apaiser les pousseurs de cris d'alarme, les angoissés traquant les indices du déclin final de la chère et vieille nation. Il ricane sinistrement, tout seul dans son bureau, en pensant aux quêteurs de subventions qui le dénigrent auprès du ministre, aux pleurards qui voudraient étendre leur neurasthénie à l'humanité entière, pour se consoler de leur propre crépuscule. Personne, en réalité, ne pouvait savoir si l'intelligence ou la créativité reculaient dans le pays ; c'était une impression répandue, voilà tout, comme était répandue l'idée qu'il fallait lutter contre cette déplorable tendance en prenant les problèmes à bras-le-corps, en renonçant à la démagogie, en étant toujours plus conscients de la dimension planétaire des enjeux, en se tournant vers le passé pour mieux aller de l'avant... Non, personne ne pouvait savoir.

Charpine écrase son chewing-gum lessivé parmi les mégots du jour, encore trop nombreux. Certains, dans son équipe, s'étonnent de le voir mâchonner grossièrement, à longueur de réunions, des rectangles de pâte verte qu'il enfourne sans y penser, dans l'espoir de prévenir l'apparition, quelque part au fond de ses poumons boucanés par des décennies de vie malsaine, de cellules folles et proliférantes. Dans ses costumes gris anthracite, il prend quelquefois des allures de croque-mort vulgaire, pressé d'en finir avec une cérémonie qui l'ennuie et qui n'hésitera pas, tout à l'heure, juste avant d'abaisser la portière du corbillard, à coller sa gomme baveuse sous le cercueil. Si vraiment il a des ambitions politiques, pense-t-on volontiers autour de lui, il faudra qu'il se corrige sur ce point.

Mais il n'y a pas d'urgence. Charpine est encore jeune, et surtout il n'est pas du tout certain d'avoir envie de passer ses week-ends à serrer des mains molles ou à poser des premières pierres. Dans l'immédiat, il doit susciter un climat de dynamisme dans la sphère intellectuelle, donner, au-delà des chiffres secs et démotivants des documents budgétaires, une impulsion nouvelle à la création.

Par exemple, un projet de loi sur l'initiative immobilière à but artistique, l'Artimmob', sera débattu lors de la prochaine session parlementaire. Il s'agit de favoriser la naissance de sortes de coopératives réunissant, au sein de chaque ensemble urbain nouvellement construit, des artistes de diverses disciplines qui devront, en échange d'un loyer modique et d'une petite allocation, fournir aux populations environnantes des activités d'éveil et d'initiation, bref contribuer à l'animation du quartier en y intégrant, par tous les moyens, leur créativité. Bien entendu, les esprits négatifs demanderont s'il est bien utile de financer la constitution de phalanstères protocommunistes dont les membres partageront bon gré mal gré, d'après le texte, une cuisine équipée et un atelier modulable. Et comment choisira-t-on ces heureux parasites dans la foule désargentée des plasticiens et des professionnels du spectacle vivant ? Qui sait si les habitants ordinaires, qui doivent parfois vendre leur télé pour manger, sauront apprécier leurs œuvres sans concessions et ne les détruiront pas à coups de battes de base-ball ?

Des réponses adéquates à toutes les objections ont déjà été préparées, bien sûr, et les collaborateurs du ministre ne cesseront de produire de nouveaux arguments au fil des débats. Mais de toute façon, se demande Charpine, est-il possible d'agir sur le monde réel, soumis à l'enchevêtrement indéchiffrable des causes et des conséquences ? Avant que le premier atelier communautaire ne voie éventuellement le jour, il faudra que le projet de loi soit discuté et adopté par le parlement, puis que les décrets d'application soient rédigés et publiés, enfin que les administrations se saisissent du dispositif, l'interprètent à leur manière, instruisent les dossiers et débloquent des fonds ; d'ici là, les élections auront depuis longtemps porté au pouvoir un autre gouvernement, qui décidera de faire table rase des projets de son prédécesseur. Il subsistera seulement, dans la mémoire indestructible de l'administration centrale du ministère, le souvenir d'une chose qui s'était appelée l'initiative immobilière à but artistique, l'Artimmob', qu'évoqueront avec un mépris apitoyé les collaborateurs du nouveau ministre.

Par bonheur, il est permis d'envisager des actions de plus faible portée, que Charpine pourra suivre jusqu'à leur aboutissement. Ainsi, afin d'endiguer la marée montante des publications défaitistes, il a été décidé de soutenir l'édition d'un livre présentant la vie et l'œuvre d'intellectuels contemporains de premier plan, reconnus à l'étranger, à l'autorité incontestable. Ce sera une sorte de feu d'artifice en papier, organisé sous forme de chapitres courts et faciles à lire, propres à réconforter les passagers fatigués des transports en commun. Il faudra dissuader le ministre de signer une préface, pour éviter que l'ouvrage ne semble exagérément télécommandé, surtout hors des frontières. La mention discrète « publié avec l'aimable concours du ministère de la mémoire et de la création » suffira amplement.

Deux jours plus tôt, au cours d'une entrevue avec Carole Stern, l'éditrice pressentie, Charpine avait laissé fortuitement tomber le nom de Karl dans la conversation. Or l'année précédente, celui-ci avait publié chez Stern un roman novateur, totalement dénué de ponctuation. Malgré l'échec commercial absolu de cette tentative, il s'était présenté un nouvel opus à la main, quelque temps auparavant, dans le bureau éditorial qui empestait la clope refroidie et la vieille femme. Carole Stern avait écouté patiemment ce jeune gandin raide et solennel tenant sur ses genoux un énorme manuscrit peigné jusqu'à la dernière coquille :

— C'est une sorte de récit polyphonique, déployé sur une vaste échelle temporelle, tendu entre la mémoire et l'anticipation, et qui joue bien entendu sur plusieurs registres de langue. Le titre provisoire est *Les Papiers d'hier*. J'ai pensé qu'un tel texte pouvait intéresser une maison avant-gardiste comme la vôtre, Carole. Par ailleurs, j'ai d'autres projets, encore à l'état d'ébauches, à vous soumettre...

Il l'appelait par son prénom et lui faisait la bise à chacune de leurs rencontres, en dépit de l'écœurement que lui inspirait son hypocrisie doucereuse et effrontée. De son côté, Carole connaissait les soucis alimentaires du jeune auteur. Si les premières pages du manuscrit lui paraissaient à peu près lisibles, un tout petit chèque suffirait pour en acheter les droits, d'autant que Karl était incapable d'aborder franchement la question financière. Pour le reste, le soin maniaque avec lequel il relisait ses textes permettrait d'économiser des frais de correction et, à ces conditions, les « papiers d'hier » viendraient utilement meubler le programme de rentrée de l'exigeante maison de Carole Stern, qui concentrerait ses efforts de promotion sur deux ou trois noms connus récemment enrôlés à grands frais.

Charpine et Carole Stern s'étaient accordés à louer le travail d'artisan, sérieux et bon marché, de leur relation commune. Oui, Karl pourrait très bien fournir le premier jet de *Professeurs d'énergie*, en allant recueillir la parole des personnalités pressenties et en la mettant en forme scrupuleusement, comme il savait le faire. Une célébrité littéraire se chargerait ensuite de mettre la dernière main à l'ouvrage et de sourire sur la couverture.

Lorsque Karl fait son entrée dans le grand bureau surplombant le jardin intérieur, dominé par un orme, il ignore donc que son sort est déjà scellé et qu'on l'a désigné pour une tâche importante, bien qu'anonyme. Il n'a pas l'habitude de se rendre au ministère à une heure aussi tardive. Un inconnu lui a téléphoné, à la tombée du jour, pour lui faire savoir que Charpine désirait le voir au plus vite, et il s'est précipité vers la station de taxis en emportant, à tout hasard, son mémorandum sur l'organisation des services. Le voilà maintenant assis dans l'obscurité, blême et échevelé, clignant des yeux sous le feu de la puissante lampe de bureau qui trace un cercle enchanté autour des mains immobiles de son bienfaiteur.

— Mon vieux Karl, j'ai besoin de toi !

— Mais je suis déjà entièrement au service du ministère.

La table de travail de Charpine est peuplée de menus objets offerts par des visiteurs en gage de respectueuse sympathie – sculpture contemporaine faite de billets démonétisés, cure-dents à cran d'arrêt, briquet aménagé dans la carapace d'un scarabée exotique. Parfois il en saisit un, après avoir marqué une seconde de réflexion, et en fait cadeau à son interlocuteur du moment en lui racontant dans quelles circonstances il est devenu le propriétaire d'une telle merveille. Si modeste soit-il, un bienfait n'est jamais perdu. Cela permet en outre de faire de la place sur le bureau pour de nouveaux trésors.

— Bien sûr, bien sûr... Mais ce soir, c'est une mission confidentielle que je voudrais te confier, après en avoir longuement parlé avec quelqu'un qui te connaît bien, ton éditrice et amie Carole Stern.

Tout en luttant contre la nausée qui est montée au fond de sa gorge à ces derniers mots, Karl soupèse l'offre insolite de son autre ami, Matthias Charpine, dont les explications s'organisent spontanément selon un plan en trois points. Le travail semble somme toute plutôt facile, et lui permettra peut-être de nouer des relations utiles, voire de s'attirer la bienveillance de gens influents, assez généreux, qui sait, pour s'intéresser au sort d'un insecte du marais des lettres.

— ... et bien entendu, tous tes frais seront remboursés sur justificatifs et selon les barèmes en vigueur, dans un délai de trois à six mois. Le compte rendu de chaque entretien devra être soumis à l'interviewé pour accord et visé par nos services, avec embargo absolu sur le texte jusqu'à publication. Dans la mesure où les entretiens devront être enregistrés pour contrôle éventuel, tu peux te faire assister d'une personne de confiance de ton choix. Ça te laissera les mains et l'esprit libres pour te concentrer sur ton dialogue avec les grands hommes que tu rencontreras, gros veinard ! Alors, marché conclu ?

Pour sceller leur accord, Charpine tend à Karl un minuscule grimoire, relié pleine peau, de la taille d'une boîte d'allumettes. Sur chacune des pages dorées sur tranche figure une lettre de l'alphabet, en majuscule rouge, à laquelle s'appuient ou s'adossent négligemment des gnomes bougons, dont les visages ont les traits de grands auteurs classiques.

— Cet objet me vient du président de l'association polonaise des professeurs de langues romanes. À chaque page, il y a manifestement une intention subtile, une énigme érudite que je te laisse le soin de résoudre. Je m'en sépare à regret, mais je ne peux plus m'empêcher de le manipuler quand je reçois des gens ennuyeux, ce qui est presque toujours le cas. Or il faut éviter de céder trop de terrain aux manies et aux actes inconscients.

— Je ne sais comment exprimer ma gratitude pour la confiance qui m'est faite.

— Tu l'exprimeras par la qualité et la rapidité de ton travail.

— Oui, oui, bien sûr ! (Karl s'esclaffe de bon cœur, il comprend encore mieux, après une telle réplique, pourquoi Charpine tient le haut du pavé tandis que lui roule sur le bas-côté.) Je mettrai tout en œuvre pour ne pas décevoir les attentes placées en moi. À ce propos – et bien que cela n'ait aucun rapport, j'en suis conscient –, je voudrais m'expliquer sur un petit incident auquel j'ai été mêlé bien malgré moi et qui s'est produit devant le portail d'honneur du ministère, voilà quelques jours…

— Parfaitement, parfaitement, je comptais justement t'en parler ! (Charpine rugit presque en disant cela, et braque un regard aigu sur Karl, frappé de stupeur.) À vrai dire, cette histoire m'a empêché de faire appel à toi, comme je l'avais prévu, pour préparer les interventions du ministre devant le parlement au cours de la discussion budgétaire. C'est tout à fait regrettable, car tu avais su atteindre le niveau requis et je fondais beaucoup d'espoirs sur toi, je n'hésite pas à le dire. Tiens, par exemple, ton papier sur la promotion de la danse contemporaine en milieu rural, c'était tout à fait remarquable ! Tu vois que je te suis dans le détail ! Mais après cette rixe à la porte même du ministère, je ne pouvais pas donner l'impression au personnel du cabinet que je te favorisais outrageusement, par pur caprice, en fermant les yeux sur tes errements. Dans cette administration, tout se sait, y compris ce qui est complètement faux ou déformé, et on sait en particulier que ta présence en cette maison résulte de mon intervention personnelle. Si j'en crois certains échos, tu te serais d'ailleurs toi-même recommandé de notre amitié, par des paroles quelque peu légères et déplacées, mais n'importe… Quoi qu'il en soit, le ministre s'est étonné de cet incident, comme tu dis, et j'ai jugé préférable de te confier une mission qui t'éloigne de nos murs, au moins pour un temps. Tu peux donc considérer cette désignation comme une mesure d'ordre, si j'ose dire, voire une réprimande tempérée de bienveillance, jusqu'à un certain degré, mais surtout comme une occasion de te réhabiliter, même si le mot, je le reconnais, est un peu fort. En pratique, tu rendras compte de la progression de ton travail à Carole Stern, bien sûr, et à Kremer en ce qui concerne le ministère. Vu les circonstances, tu comprendras qu'il serait inopportun de fréquenter trop assidûment la maison en dehors des strictes nécessités de ta mission, le temps que les choses se tassent et que l'oubli recouvre tout, comme d'habitude !

Charpine a levé la voix et le front pour claironner cette dernière phrase, manifestant ainsi la fin de l'entretien. La lumière jaune de la lampe dessine des reliefs fantastiques sur son visage déjà tourné vers un autre problème. Brisé par tant d'injustice, Karl ne trouve pas la force de remonter le courant qui le chasse loin des lambris et des tapis profonds. Ses yeux tombent sur le mémorandum, dont la couverture cartonnée est maintenant souillée de traces de doigts en sueur. Un concurrent plus habile a sans doute déjà remis à Charpine un document du même genre, où il est préconisé de se séparer sans pitié des collaborateurs qui se battent avec des clodos devant le portail d'honneur du ministère. Il ne lui reste plus qu'à entendre d'ultimes recommandations et formules de courtoisie, avant de quitter le bureau, peut-être à jamais, muni d'un petit grimoire présentant à chaque page un nain de jardin sarcastique.

La scène a été installée sur le parking de l'hypermarché, sous l'enseigne géante visible depuis l'échangeur autoroutier. Les marchands de meubles et de fringues partenaires de la soirée ont engagé, outre des balèzes pour assurer le service d'ordre, un animateur, le toujours jeune Morty, qui présente chaque semaine un magazine musical sur une chaîne spécialisée. Caché derrière des panneaux publicitaires, Arnold parcourt d'un œil morne l'assistance, encore clairsemée, qu'une sono d'une puissance à faire saigner les oreilles fait patienter en l'assommant de vieux tubes. Ce n'était pas une bonne idée de venir ici, il le sent. Dans cette espèce de radio-crochet organisé en vue de rapprocher des cités dont les habitants persistent à s'ignorer depuis trente ans, l'atmosphère lui paraît saturée d'ondes négatives pour un groupe comme les Psychotics, tout en nuances et subtilement décadent. Le public, plutôt masculin, est composé en majorité d'amateurs de hip-hop, avec quelques enclaves de hard rockers et de fossiles de l'ère punk. Mais c'est dans l'adversité qu'un groupe se forge une âme, et puis les occasions de jouer en public ne sont pas nombreuses à cette période de l'année. Il suffira de bien surveiller les instruments et la camionnette de location ; pour le reste ils en ont vu d'autres, par exemple l'été dernier au Peanuts, cette boîte minuscule au bord de l'océan où ils ont joué devant un public de quadras cuités à la bière qui se battaient assis à califourchon sur leurs chaises. Ils en rient volontiers aujourd'hui, même Stan le batteur, dont les fûts et les cymbales avaient brûlé le soir de l'incendie criminel.

Les Psychotics ont déjà plongé sans défaillir dans les bains d'acide les plus corrosifs, et Arnold ne craint maintenant plus rien pour eux, sauf peut-être l'état dépressif de Stan, encore lui, mal remis d'un échec sentimental. De toute façon les batteurs sont toujours une source d'ennuis. Il faut les aider à transporter des caisses superlourdes, puis ils mettent un temps infini à installer leur matériel sur scène, à faire leurs réglages prétentieux sans jamais obtenir de résultat concluant. En concert, ils écrasent le son du groupe à force de taper comme des sourds pour se donner l'impression d'exister. Arnold est fatigué d'écouter les jérémiades de cette larve de Stan, fatigué de devoir hurler dans le micro pour couvrir ses nuisances sonores, et il songe de plus en plus sérieusement à le remplacer par une boîte à rythmes. Avec le soutien des trois autres membres du groupe, il a déjà entrepris de le déstabiliser en lui faisant croire qu'il a manqué une séance de répétitions à cause de ses antidépresseurs :

— Ben alors, qu'est-ce qui t'est arrivé, pourquoi t'es pas venu samedi ?

Stan, interloqué, a d'abord affirmé, péremptoire, qu'il n'avait jamais été question de répéter samedi. D'ailleurs, il entendait encore le clavier annoncer, la semaine précédente, qu'il passerait son week-end quelque part dans l'ouest, pour assister au mariage d'une cousine. Quand le clavier, un peu peiné, lui a répondu que ce mariage avait eu lieu l'année dernière, et que depuis la cousine avait entamé une procédure de divorce, il a commencé à perdre pied. Comment donc ?... Était-ce possible ?… Il a balbutié, cherchant en vain un appui dans sa mémoire liquéfiée :

— Ah bon, ah bon… C'est bizarre… J'ai dû confondre avec un autre mariage, alors. Je suis désolé les mecs…

Les mecs ont échangé des regards attristés et sont passés rapidement à un autre sujet :

— C'est rien, c'est pas grave, on a juste repris des vieux morceaux que tu connais déjà à fond. Laisse tomber.

Mais Stan a poursuivi, dans son coin, une introspection angoissée. C'était donc plus sérieux qu'il ne le croyait. Depuis quelques mois, il l'a remarqué, ses capacités cognitives naguère étincelantes sont devenues un peu friables. Il a du mal à se souvenir de ce qu'il a fait la veille, et son ex-compagne s'est plainte à sa mère qu'il lui ait téléphoné plusieurs fois en ayant oublié qu'ils étaient en mauvais termes depuis leur rupture. C'était peut-être le mélange des produits et des molécules qui provoquait des effets indésirables. Possible. Il faudrait jouer cartes sur table avec le psychiatre, ou repartir de zéro en consultant un autre spécialiste, quelqu'un de plus moderne, capable d'empathie avec un artiste.

Sur la scène, Morty en a enfin terminé avec les remerciements à la municipalité et aux sponsors pour leur précieuse contribution. Il s'époumone à chauffer le public en étirant péniblement la présentation des groupes « sélectionnés » pour participer au concours, dont le premier et unique prix sera l'enregistrement d'un CD deux titres. Finalement, sous le déluge de ses blagues débiles, une bande de tout jeunes adolescents, presque des enfants, bondit des coulisses et se lance dans un numéro frénétique d'acrobaties verbales et physiques. Leur leader, un minus à la coupe afro surannée, lâche après chaque refrain (« Crois pas que j'me la pète/ Je parle sérieux, je parle sérieux ») des allusions codées qui ne font rire que les moins de treize ans, venus en nombre il est vrai.

Mais ce n'est là qu'un apéritif, un prélude jeune et frais. Morty doit insister un peu pour que les *kids*, comme il dit, acceptent de laisser la place aux grands frères. Dans son énervement, il agrippe le nain chevelu, sous les huées des collégiens en furie :

— Bravo-tu-es-un-vrai-jeune-va-t'asseoir, débite-t-il à toute allure, en résistant à une envie dangereuse de le saisir par la tignasse pour le jeter dans les coulisses comme au fond d'une poubelle.

Il faut enchaîner, encore et toujours. « Sans transition… » Morty passe à un autre groupe. Des caves et des garages environnants est sortie une légion de musiciens avides de s'exprimer et de faire partager leur passion, aussi désespérantes que soient les conditions proposées. C'est finalement toujours la même histoire, la même concurrence, pour les diplômes, le boulot, les sous, le logement, les partenaires sexuels, les minima sociaux, la considération, la chaleur humaine ; ils s'aperçoivent, une fois de plus, que l'ennemi est partout et qu'il leur ressemble absolument.

Ce sont les Soho Boys qui montent les premiers au front. Quatre éphèbes, à la coiffure compliquée mais sobrement vêtus de noir, ondulent sur la scène, les pieds collés au sol, en risquant des vocalises stridentes, avec effets d'écho :

« Je n'oublieraiiii jamaiiiis… »

Ils sont assez au point sur le plan technique, mais en tant qu'étudiants en marketing ils auraient dû prévoir l'inadéquation de leur produit à la cible. Un murmure joyeux gonfle et s'élève de la fosse, où le public, qui forme maintenant une mer clapotant au pied du podium, peut s'abandonner à son extraordinaire méchanceté. Après quelques secondes de flottement, il crible les musiciens de gobelets en plastique et de plaisanteries viriles, et Morty, vieux pro, couvre le repli prématuré des Soho Boys en menaçant de mettre un terme immédiat à la soirée si les artistes ne sont pas respectés.

Dans les coulisses, Arnold murmure à l'oreille de Karl, avec un mauvais sourire :

— J'te parie que cette nuit, une fois rentrés chez papa dans les beaux quartiers, ils vont se demander pourquoi leur *set* a foiré et se poser des questions à n'en plus finir. Pour tenir la scène faut du charisme, des couilles de para ; eux, ils sont tout juste bons à animer des thés dansants chez les rombières.

C'est maintenant le tour des Satan Jokers, un groupe de *heavy metal* artisanal, à l'ancienne. Leur son cyclopéen, vibrant autour du seuil de la douleur, présente l'avantage d'anéantir les éventuelles réactions négatives de la foule. Ils s'imposent à l'arraché, sans pitié, en enfonçant le marteau après le clou. Le chanteur, qui ne peut monter dans les aigus, hurle désagréablement dans une langue indéfinissable. Le guitariste exécute son solo les jambes écartées à dix heures dix, en agitant en cercle sa crinière grisonnante. Quant au bassiste, liquéfié sous la chaleur des projos, il asperge de sa sueur les premiers rangs du public, dont il ignore les protestations dégoûtées. Leur prestation s'achève dans une ultime éruption de sons distendus, le chanteur finissant en croix sur un ampli, martyr de la cause du métal en fusion :

— Merci, foule en délire !

Les Satan Jokers quittent la scène, hagards, indifférents à la mollesse des acclamations des spectateurs distraits par un début d'émeute près d'un stand de merguez.

— Tu vas voir, commente Arnold, pour respecter la tradition ils vont se beurrer la gueule avant de retourner dans leur caverne, en disant que c'est le public qui était nul, qu'ils perdent leur temps à jouer devant des pauv'cons. Pour eux, psychologiquement, c'est une question de survie ; s'ils pouvaient voir une seule seconde la vérité en face, ils en crèveraient instantanément, comme des vampires surpris par le lever du soleil. C'est pathétique d'en être là à quarante piges, de quoi se flinguer...

La veille, Arnold avait presque supplié Karl de le suivre dans cette banlieue écartée, craignant qu'une crise d'angoisse ne le submerge s'il se retrouve isolé en un lieu inconnu, sans la chaleur de visages amis autour de lui. Il est également accompagné d'une relation de fraîche date, un boxeur professionnel surnommé Mandrake pour sa faculté à mettre ses adversaires KO sur un seul coup, comme par magie. Arnold laisse volontiers entendre que Mandrake, à qui il parle en riant trop fort, est son garde du corps. La présence des autres membres du groupe le réconforte beaucoup moins, car son statut de leader le condamne à toujours leur donner sans rien pouvoir espérer en retour. À les voir passifs et amorphes, seulement préoccupés de leur matériel acheté à crédit, il se dit souvent qu'il devrait les larguer et se lancer dans une carrière solo. Ce soir, il y a aussi cette fille ramassée deux jours plus tôt sur un site de rencontres, mais elle n'est qu'un miroir où il se contemplera, tout à l'heure, après le concert, encore fumant d'adrénaline, prêt à dévorer un kebab ou un plat chinois avant de la ramener dans son deux-pièces pour conclure une autre nuit sauvage d'Arnold Wagner, le *showman* sans limites.

Sur la scène, un trio féminin s'est courageusement lancé dans une sorte de mélopée suave, alternance d'exaltation et de rêverie mélancolique. Elles chantent comme les sirènes mais n'en ont pas le physique, ainsi que le remarquent bruyamment, passé le premier moment de surprise, les esthètes répandus sur le parking du centre commercial. Les quelques notes tirées d'un accordéon par l'une des malheureuses semblent déchaîner une vague d'indignation :

— Mauvais ! Mauvais ! À chier l'accordéon ! Aux chiottes les thons !

Bientôt on n'entend plus les chanteuses. Une nouvelle fois, Morty doit intervenir en catastrophe pour étouffer l'incident sous une avalanche d'esprit et de finesse. Les trois filles sortent de scène sans insister, quittent la soirée festive sans attendre le résultat du grand concours. Karl commence à craindre que les Psychotics, qui se préparent à leur succéder, transpirant déjà sous les effets conjugués du stress et des éclairages, ne subissent eux aussi un mauvais sort, avec leur style sophistiqué et leurs influences ésotériques. Parallèlement, cette perspective crée en lui une excitation gourmande, l'attente fiévreuse d'une humiliation dont il ne sera que le spectateur.

Mais Arnold a raison de penser que son groupe est bien rodé. De plus, la pleine lune, découverte subitement à travers des nuages effilochés, vient à son aide en diffusant sa clarté de drame, du meilleur effet sur les visages blafards et maquillés des Psychotics. En bas du podium, les excités des premiers rangs se calment dès l'intro, comme s'ils se sentaient surveillés par une puissance inconnue ; ils en oublient de se moquer des attitudes grotesques de l'homme aux claviers, sans doute possédé par le génie. Rendu bientôt euphorique par cette première victoire, Arnold manifeste une propension inquiétante à se pencher sur le public, où des mains tentent de saisir un disque de fer blanc, semblable aux médailles d'identification des animaux domestiques, qui lui pend au cou. Pourvu, pense Karl, qu'il ne tombe pas dans la fosse, aveuglé par un peu de poudre d'or aux yeux, happé par les visages tendus vers lui de tous ces gens rassemblés là sous l'effet du hasard et de l'ennui, un soir où il n'y avait rien de terrible à la télé. Beaucoup se demandent quel autre groupe bien plus célèbre leur rappellent la mélodie qu'ils entendent, l'allure d'épouvantails toxicomanes des Psychotics. C'est là tout l'agrément, toute la faiblesse du groupe : rien de novateur ou d'original, juste l'invocation adroite de spectres familiers, que l'on n'est plus certain de pouvoir nommer mais qui charment cependant. Les Psychotics terminent leur chanson fétiche, *Another dark area*. Égarés et boudeurs, affolés par l'intensité des émotions qu'ils remuent devant ce public ingrat, incapable de se hisser à leur niveau, ils récoltent un mélange douteux, plutôt tiède, de glapissements et de sifflets. Stan semble souffrir d'hypoglycémie, tant il est livide et défait. Une colonne de vapeur monte de son corps dans la froideur nocturne.

Redescendu *backstage*, entre les toilettes mobiles et le buffet campagnard offert aux artistes par la chambre de commerce, Arnold ne se lasse pas d'analyser, pour l'inconnue harponnée sur internet, ses motifs d'agacement ou de satisfaction :

— Chuis toujours nerveux avant la scène, alors j'ai encore merdé un peu dans l'intro, mais mine de rien j'arrête pas de progresser. De toute façon, c'est bon signe ; le jour où j'aurai plus la gerbe avant le *set*, il sera temps d'arrêter.

C'est là bien sûr une hypothèse risible : qu'est-ce qu'il pourrait faire d'autre de sa vie que composer et jouer des morceaux sublimes, tout en accumulant, dans l'attente de la gloire, les boulots alimentaires ? D'ailleurs il n'attend même pas la gloire, il lui suffit de la regarder projeter ses ombres et ses couleurs de kaléidoscope au plafond de sa chambre, tard dans la nuit, quand il agite ses plans et ses projets devant ceux qui veulent bien l'écouter ou qui dorment déjà sur la moquette, la bouche ouverte et les yeux en croix.

Il faudrait seulement que cette vie-là n'ait pas de fin, qu'elle cesse de le faire glisser inexorablement au-delà de la trentaine, en emportant toujours plus de potes, consumés par la construction d'une famille et l'acquisition d'un pavillon de banlieue. Tout à l'heure, quand un groupe de reggae consensuel sera couronné par un jury de personnalités locales, il ne sera même pas déçu.

— Quelquefois, on croit avoir progressé parce que les autres ont reculé.

Arnold, incrédule, fixe la jeune femme. Pourquoi a-t-elle dit une chose pareille ? Il n'aime pas ce ton désagréablement acide, ce mauvais esprit qu'il avait déjà remarqués auparavant. Elle ouvre des yeux ronds et accentue son sourire quand Arnold lui conseille de ne pas prendre sa patience pour de la faiblesse. Il se dit qu'il a vraiment tiré un mauvais numéro, bien qu'elle soit plutôt jolie, et chausse ses lunettes à monture d'écaille pour signifier la fin de la période de séduction, tout en cherchant vainement une réflexion cassante, quelque chose de définitif qui plongerait cette grognasse dans la honte, l'obligeant à disparaître derrière les cubes de tôle ondulée et les baraques des marchands de saucisses-frites.

Mais déjà la soirée s'achève dans la confusion, à peine les résultats proclamés. Beaucoup, dans le public, se mettent à divaguer autour du centre commercial, à la recherche du moindre foyer d'animation leur permettant de prolonger la nuit. Certains supplient les vendeurs ambulants de ne pas éteindre les feux, mais ces professionnels aguerris débranchent leurs appareils de cuisson sans même leur répondre, sachant trop bien qu'il est temps de plier bagage, avant que ne commencent les voies de fait, les coups et blessures.

Pour les Psychotics aussi, l'heure est venue de rembarquer le matériel dans le fourgon, moment pénible où chacun se demande si ça vaut vraiment la peine de se coltiner toutes ces caisses en subissant les ultimes vannes de Morty (« Merci à tous les artistes de nous avoir régalés ce soir, c'était sans doute ce qu'on appelle un pot-pourri ! »), alors qu'on pourrait être tranquille chez soi, en train de regarder la télé, bien enfoncé dans le canapé, avec à portée de main des petites choses grasses à manger. Mais bon, une fois la camionnette chargée, il faut foncer jusqu'à l'immeuble où vit le clavier, empoigner à nouveau les caisses pour les descendre à la cave par des escaliers noirs et des couloirs humides, garnis de toiles d'araignées, de mort-aux-rats, avant d'aller enfin jeter les clés du véhicule dans la boîte aux lettres de l'agence de location. Pendant tout le trajet, coincé à l'arrière entre les amplis et des cartons d'accessoires, Stan pleurera doucement, en murmurant qu'il n'en peut plus de vivre encore chez ses parents à l'âge de trente-deux ans et qu'il va se buter cette nuit, dans sa chambre d'enfant, ce qui, à l'en croire, en réjouira plus d'un et plus d'une.

De leur côté, Karl et Arnold sont montés dans la voiture de la groupie sardonique, trop avisée pour s'aventurer loin de ses bases sans disposer d'un moyen de transport autonome. Le voyage se déroule dans un silence maussade, que seul Karl tente de rompre, par scrupule social, en manifestant une jovialité factice :

— J'espère que tu n'as pas passé une trop mauvaise soirée, Vanessa ?

— Bah, tu sais, j'aurais pu être agressée par des drogués en manque ou violée en réunion.

Ils regagnent bientôt le cœur de la ville, où Karl a le privilège ruineux d'habiter. En aura-t-il encore les moyens l'année prochaine, quand son bail viendra à échéance ? Son intuition lui dit que son propriétaire cherchera à le faire déguerpir, sous un prétexte quelconque, pour louer plus cher à un *trader* en début de carrière. Il s'imagine déjà émigrant dans une tour grisâtre équipée de vide-ordures, bruyante de disputes familiales, cernée de pavillons mesquins. Quand ils arrivent au pied de son immeuble, un petit bâtiment moderne de quatre étages dont le rez-de-chaussée est occupé par un marchand d'artisanat tadjik, un de ces commerces étranges où l'on ne voit jamais aucun client mais qui traversent cependant les années sans que leur gérant laisse paraître la moindre inquiétude, Arnold se tourne vers lui, un sourire glacial aux lèvres. Sa voix voudrait marquer une intention ironique à l'adresse de Vanessa, mais elle trahit surtout une profonde amertume :

— Ça t'ennuie si je dors chez toi cette nuit ? J'ai pas spécialement envie de prolonger la soirée.

Karl ne répond pas, exaspéré à l'idée de partager sa salle de bain et ses toilettes. Et puis Arnold n'a pas emporté d'affaires de rechange ni d'ustensiles hygiéniques, ce qui signifie qu'il lui imposera toute la matinée du lendemain un spectacle désolant. Comment dormira-t-il, au fait ? À poil ou baignant dans son costume de scène trempé de sueur refroidie, une espèce de camisole de force de couleur noire, hérissée de boucles et de sangles ? Karl essaie de déterminer quelle est l'hypothèse la moins répugnante, tandis que son ami, tenant son acceptation pour acquise, descend de voiture. Avant que Vanessa ne redémarre, Arnold se penche à la portière, afin de cracher un ultime jet de venin :

— Je me demande vraiment pourquoi t'es venue. T'étais pas non plus obligée de jouer les allumeuses sur internet. On peut savoir ?

— De temps en temps, j'ai besoin de vérifier que les ploucs dans ton genre ne changeront jamais. C'est réconfortant, dans un sens, de pouvoir s'appuyer sur quelques certitudes. Je suis une bourgeoise dans l'âme, j'aime la stabilité.

— Je suis désolé pour toi. T'as drôlement dû en baver pour être aigrie à ce point. C'est triste...

— Un dernier conseil pour la suite de ta carrière : quand tu manges des sardines avant de monter sur scène, évite de te passer l'huile dans les cheveux.

La fin de l'échange se perd dans les hurlements, la nuit et les crissements de pneus. Karl est obligé d'entraîner Arnold à l'intérieur de son immeuble, car déjà des fenêtres se sont éclairées, révélant des têtes fâchées.

— Tu vois, Karl, je pouvais vraiment pas la ramener chez moi. C'est pas une fille saine, elle me méritait pas.

Karl s'est éveillé vers dix heures, pour découvrir Arnold, dont il avait oublié la présence, répandu sur le canapé, l'air un peu effrayé dans son sommeil, comme s'il venait d'échapper à des assassins nocturnes. (« Il s'est couché tout habillé, pense Karl. Somme toute, c'était la moins mauvaise option. ») Les bruits de cafetière, de vaisselle et de chasse d'eau finissent par vaincre la force d'inertie du dormeur ; après un bâillement modulé, il meugle d'une voix grasse des mots que Karl, dans un espace aussi exigu, aurait aussi bien entendus s'il les avait chuchotés :

— Hé Karl, file-moi un café, et en échange je te dirai deux grandes nouvelles, dont l'une va complètement te scier !

— Si elle était si étonnante que ça, tu me l'aurais déjà dite hier. Tu n'aurais pas pu t'en empêcher, je te connais.

— Eh ben non, justement, c'est tellement énorme que j'ai préféré me taire, parce que sinon j'aurais été submergé par mes émotions et j'aurais foiré le concert. Y a vraiment de quoi se taper l'cul par terre, tu verras !

Karl hausse les épaules en souriant tristement, dans l'attente d'une banale révélation libidineuse sur l'une ou l'autre de leurs relations communes. Ils se connaissent depuis l'aventure de l'*Octopode*, dont Arnold tenait la rubrique musicale et élaborait la version en ligne. Après les conférences de rédaction, ils prenaient le même métro et échangeaient leurs avis sur les orientations et l'avenir de la revue. Bien que très différents, un léger réseau d'habitudes les avait peu à peu liés, et Karl avait suivi son nouvel ami vers la sortie lorsque Samuel, le rédacteur en chef, l'avait exclu pour avoir introduit des variantes de son cru – publicités gratuites, conseils sentimentaux, petites annonces, contrepèteries… – dans l'édition numérique de l'austère bimensuel culturel et sociétal. Insidieusement, le timide, le délicat Samuel avait pris goût à ce pouvoir d'excommunier, qui l'avait amené à mettre au point tout un rituel bureaucratique, avec convocation extraordinaire de l'assemblée des rédacteurs, exposé des motifs de l'exclusion et de la triste impossibilité de ne pas y procéder, rappel de la ligne éthique et éditoriale de la revue, écoute impartiale puis réfutation de la défense du compagnon de route égaré, enfin souhaits de bon vent au malheureux, qui ne comprenait manifestement pas la gravité du moment, ni la valeur de ce qu'il venait de perdre. Tous ces éléments étaient ensuite repris dans une interminable lettre envoyée à l'intéressé, dont une copie restait longtemps affichée, « afin que nul n'en ignore », dans les locaux du journal, à savoir un petit salon désaffecté de la brasserie gérée par les parents de Samuel.

Par la suite, Arnold est souvent venu rendre visite à Karl, qui s'étonne un peu de lui inspirer une telle sympathie. Ils se voient surtout les dimanches soirs, moment de la semaine où les autres amis d'Arnold sont indisponibles, car retenus par des obligations familiales ou un programme télévisé. Dans ces temps creux de la vie, Arnold ne supporte plus sa banlieue, et quand il lève les yeux sur la pente abrupte de la rue du Transvaal, celle-ci lui semble aussi effrayante qu'un tremplin de saut à ski. Il en éprouve un sentiment physique de vertige, qui le force à s'adosser au mur et, parfois, à demander au premier passant venu de lui tenir compagnie un instant, le temps de reprendre pied dans un monde soudainement hostile.

Vers la fin du week-end, donc, il n'est pas rare qu'Arnold, trop négligent pour avoir noté le code d'entrée et pour penser à utiliser son téléphone portable, s'annonce par des beuglements joyeux en bas de l'immeuble de Karl, qui doit lui hurler en retour, depuis sa fenêtre du troisième étage, les chiffres secrets barrant l'accès aux démarcheurs commerciaux et aux Témoins de Jéhovah. Il doit même s'y reprendre à plusieurs reprises, car le leader des Psychotics souffre d'une surdité bénigne, due au martèlement des basses. Karl, bien que casanier et solitaire, accueille volontiers, pour quelques heures, ce visiteur aux propos baroques, fourmillant de lubies et de racontars, qui semble toujours apporter des nouvelles d'un pays parallèle où le quotidien, bizarrement distordu, prend un relief inattendu :

« J'ai rencontré un mec qui s'est fait une montagne de pèze en vendant à un milliardaire russe une tête de guillotiné, celle d'un membre de sa famille qui était conservée dans le formol depuis la révolution » ; « Y paraît qu'on a retrouvé le corps d'un homme-grenouille carbonisé en pleine forêt, parce qu'il aurait été largué sur un incendie après avoir été aspiré par un Canadair » ; « J'ai lu qu'un mec est mort électrocuté en pissant depuis son balcon sur une ligne électrique en contrebas… »

Mais cette fois, Arnold se contente de poser une large enveloppe sur la table du petit-déjeuner, en souriant d'un air fat.

— La première chose que je voulais te dire, c'est que j'accepte ta proposition d'aller interviewer avec toi des athlètes du cerveau. Je t'aiderai à pondre ce bouquin que ton ministère t'a demandé, tu peux compter sur ce bon vieil Arnold, il te servira de chauffeur et d'homme à tout faire, sérieux comme un clerc de notaire. Mais ce n'est rien, vraiment rien de rien, à côté de la révélation que contient cette enveloppe. Ouvre-là, tu vas en rester sur le cul, je te dis.

Karl retire de l'enveloppe une énorme feuille de papier épais, filigrané, une sorte de parchemin plié en quatre sur lequel ont été collés des portraits d'une jeune fille photographiée à différents âges de sa vie, depuis le berceau jusqu'à la remise de diplôme d'une université américaine, avec toge et bonnet carré. Des dessins naïfs ont été ajoutés par une main habile, afin de préfigurer une suite radieuse à ces excellents débuts. Au centre, un texte manuscrit est entouré de fac-similés de poèmes d'Emily Dickinson, de William Blake et de John Keats.

— Figure-toi que cette merveille a traîné plusieurs semaines dans mon vieux cuir. Je l'avais oubliée, et pendant tout ce temps, comme un niais, je continuais à lui envoyer des mails pépères, des trucs rigolos (Arnold s'esclaffe à ce souvenir)... Évidemment, elle devait plus rien y comprendre, la pauvre ! Elle faisait des allusions bizarres, des sous-entendus qui me laissaient complètement secs, surtout en anglais. Et puis, il y a trois jours, elle m'a carrément demandé si j'avais pas reçu une lettre d'elle, alors qu'on correspond toujours par le net ou par téléphone, et c'est là que je me suis souvenu de cette grande enveloppe venue des States !

À ces mots, Arnold replonge dans le canapé, et s'y vautre en remuant frénétiquement les bras et les jambes, tel un insecte retourné par un enfant cruel. Par le passé, il avait abondamment parlé d'Angela à Karl, qui au début n'avait pas tout à fait cru à son existence. Arnold l'avait rencontrée l'été précédent sur la côte atlantique, où les Psychotics participaient à une tournée des centres de vacances et des campings organisée par une radio locale. Leurs frais étaient pris en charge, à l'exception, ainsi qu'ils l'avaient appris trop tard, des consommations au bar de l'hôtel. Dix jours passés à vivre comme des cinglés, en montant sur scène tous les soirs, en première partie de Monsieur Z et sa complice Enygma, les maîtres du charme et du mystère. Après leur concert, tandis qu'Enygma lévitait dans les fumets de paella géante, sous l'effet du fluide magnétique dont l'aspergeait Monsieur Z en roulant des yeux d'hyperthyroïdien, les Psychotics buvaient de la bière et de la sangria avec des ados grassouillets qui s'étonnaient de leurs propos désabusés sur la vie d'artiste. Vers minuit, ils regagnaient l'hôtel où ils logeaient en chambres doubles, à la périphérie d'une ville infime, dans l'arrière-pays de la mondialisation. Il n'y subsistait plus que des pensionnés, des vaincus de la guerre économique, et elle n'offrait aux membres du groupe aucun motif de se lever avant midi, tout collants de sueur dans les draps rêches d'amidon, tirés enfin du sommeil par les coups de bec d'aspirateur donnés contre la porte par la femme de ménage. C'était trop tard pour le petit-déjeuner, il ne restait plus qu'à fourrer en vitesse le linge dans les sacs et à descendre dans la lumière aveuglante du hall, avant qu'une seconde nuitée ne soit facturée.

C'est dans ce luxe relatif qu'Arnold avait fait la connaissance d'Angela. Elle était venue d'Amérique quelques mois plus tôt, suivre ce qu'elle appelait étrangement des cours de civilisation, et profitait des vacances d'été pour gagner un peu d'argent de poche en présentant dans les stations balnéaires, en compagnie de quelques faire-valoir, une collection de prêt-à-porter de milieu de gamme. La route des Psychotics et celle des mannequins saisonniers s'étaient croisées dans un club de loisirs de l'administration des douanes. Le défilé de mode précédait l'ultime concert des Psychotics, qui terminaient leur tournée exténués d'avoir tant ramé sur le sable des vacances des autres, mais persuadés que cette expérience porterait des fruits succulents dans un avenir indéterminé. Ce dernier soir, ils s'étaient présentés en coulisses bien avant l'heure, les milieux du rock et de la mode ayant, comme chacun sait, de profondes affinités. Dans le public de douaniers en congé, un silence triste, à peine troublé de murmures, s'était établi lorsque Angela avait paru sur le podium. Malgré son sourire, elle semblait culminer à une altitude glacée, étoile inaccessible aux simples mortels qui retourneraient, la nuit venue, à leur vie de néant. Pourtant, très tard dans la soirée, sa lumière était tombée sur Arnold, d'abord incrédule, mais bientôt absolument convaincu d'être tout à fait digne d'une telle grâce.

Des semaines d'apesanteur avaient suivi, au cours desquelles Arnold échappa aux Psychotics médusés, rivés au sol par leurs Doc Martens de plomb. Il s'était rendu à plusieurs reprises à New York pour la voir, en finançant péniblement ses voyages par la revente, au retour, de disques et de frusques introuvables sur le reste de la planète. Sitôt descendu de l'avion, il persécutait ses relations les plus lointaines avec ses affaires exceptionnelles, ses enregistrements *underground* de groupes mythiques, ses tenues officielles de condamné à mort texan... Il lui était même arrivé, à l'occasion d'un concert privé des Psychotics dans une arrière-salle de bistrot, d'organiser une sorte de braderie afin d'écouler ses stocks d'invendus.

Mais c'était quand même malheureux et humiliant d'en être réduit à faire le colporteur branché, à traquer les billets d'avion à prix cassé sur internet. Imperceptiblement, une certaine lassitude s'était installée, puissamment soutenue par une incurable paresse de fond. Arnold avait espacé ses voyages, sans préméditation, se contentant, les dernières semaines, de relations électroniques et de la promesse de retrouvailles l'été suivant.

— Tu comprends, explique-t-il maintenant à Karl, moi je suis plutôt un sprinter, pas un marathonien. Je donne le meilleur de moi-même sur des distances courtes. J'étais complètement crevé avec tous ces déplacements, ça commençait à me nuire sur le plan professionnel, j'avais perdu mon acuité habituelle (il dit cela en pinçant les lèvres en cul de poule et en plissant les yeux d'un air fin). Je vieillissais à vue d'œil, j'allais finir cramé de l'intérieur, comme un cadre japonais ; un jour, on m'aurait trouvé au bureau baignant dans mon sang, effondré sur mon clavier, la carotide explosée par le stress comme un vieux pneu. Tu peux rigoler, mais j'avais exactement les symptômes qui précèdent l'accident vasculaire cérébral, des suées nocturnes et des crises d'angoisse. J'ai lu une description dans une revue médicale, chez mon dentiste. Il fallait absolument que je décompresse, c'est pour ça que j'avais décidé d'y aller mou avec Angela et de me détendre un peu par ailleurs… Et voilà qu'elle m'envoie une demande en mariage, comme ça, sans prévenir, tu saisis ? Ça m'était jamais arrivé ; j'en croyais pas mes yeux – ils piquaient un peu, d'ailleurs –, mais j'ai trouvé ça beau et gonflé de sa part. Pour parler vulgairement, ça mérite le respect.

Karl examine avec plus d'attention la lettre d'Angela. Elle a dû passer des heures à la confectionner. Sans éprouver aucune jalousie, il se demande comment une fille aussi jolie a pu se passionner pour le navrant Arnold, au point d'envisager sans frémir de lier sa vie à la sienne.

— Et alors, qu'est-ce que tu lui as répondu ?

Arnold prend d'abord un ton altier, comme pour annoncer son engagement à servir jusqu'à la mort dans un ordre chevaleresque ou religieux :

— J'ai décidé d'accéder à sa requête. Pour l'instant, je ne le lui ai pas encore annoncé officiellement, parce qu'on ne peut pas prendre à la légère une décision aussi lourde de conséquences. Et puis au début, j'étais émotivement écrasé par sa déclaration, à laquelle je ne m'attendais pas du tout.

— Tu ne lui avais jamais parlé de mariage ou de vie commune auparavant ?

— J'en suis plus très sûr... (Le front d'Arnold se ride sous l'effet d'un scrupuleux effort d'exactitude.) Mais il est possible que j'aie évoqué cette hypothèse dans une phase de lyrisme. En tout cas, c'est vraiment une ère nouvelle qui s'ouvre devant moi ! Aux States, je pourrai lever des fonds en exposant aux banquiers mes projets dans la musique et la BD. Là-bas, on n'hésite pas à donner leur chance aux mecs qu'ont pas froid aux yeux. Des événements incroyables vont se produire, tu vas voir… Remarque, j'avais déjà eu un pressentiment à notre première rencontre. Elle s'appelle Angela : « ange-est-là », tu saisis ? Marre-toi si tu veux, mais j'y ai vu un signe, l'annonce de quelque chose…

— Ne t'énerve pas, ne t'énerve pas… Je suis content pour toi et je te félicite. De mon point de vue égoïste, j'espère seulement qu'il te restera assez de concentration et d'énergie pour m'assister efficacement dans mes entretiens. C'est important pour moi, même si je comprends très bien que ça puisse te sembler dérisoire, étant donné les circonstances extraordinaires que tu traverses. Si tu changes d'avis – au sujet de ma proposition d'emploi, bien sûr –, n'hésite surtout pas à me le dire, mais fais-le assez vite, si ce n'est pas trop te demander.

— Je serai ton ombre fidèle, ton humble serviteur, tu peux résolument et définitivement compter sur moi. En combinant les jours de congé qu'il me reste à prendre et des arrêts maladie, je pourrai cumuler mon travail pour ton compte et mon boulot chez Eurofocus. D'ailleurs, ton offre tombe à pic, parce que je vais avoir besoin de plus d'argent pour financer les préparatifs du mariage et tous les frais annexes (des plis soucieux réapparaissent sur le visage d'Arnold). Elle m'a expliqué un jour que son père dirige une entreprise du secteur du bâtiment, mais ça me renseigne pas beaucoup… Il peut aussi bien être artisan plombier que promoteur immobilier multimilliardaire. Qu'est-ce que t'en dis ? Quand j'allais la voir là-bas, elle me recevait dans la résidence pour étudiants où elle vit, près de Boston. C'était quand même chicos, il y avait un gardien, du personnel de sécurité jour et nuit, une fontaine dans le hall, des plantes vertes et des caméras partout… Oui, c'était plutôt luxueux…

Karl songe avec amertume qu'il ne pourrait même pas envoyer une lettre à Alice sans qu'un tiers ne doive la lui lire – la ménagère ou, pis encore, le gamin antipathique. Ou alors il faudrait qu'un aveugle discret et complaisant la traduise en braille, mais comment s'en remettre à un inconnu dont on n'a aucun moyen de contrôler la fiabilité ? Confusément, Karl se représente les aveugles, hormis bien sûr Alice, comme des êtres âpres et revêches, formant une confrérie mal disposée à l'égard du reste de l'humanité. Dans ce domaine aussi, il ne peut compter que sur lui-même, et encore. Il devra donc apprendre la langue silencieuse des points en relief et se procurer, sans nul doute à grands frais, le matériel nécessaire, s'il veut un jour communiquer en profondeur avec Alice, lui dont l'écriture est malgré tout la spécialité.

Accoudé au comptoir de chez Dany devant un café dont la surface présente des irisations peu engageantes, tel l'océan dans le bassin d'un port industriel, Karl subit la conversation de la patronne et d'une cliente, manifestement une fidèle du lieu. Elles parlent de neuroleptiques, de dosage et d'effets secondaires. La télé braillarde posée sur le bar, les mégots entassés au pied des tabourets, l'ignoble odeur de croque-monsieur carbonisé semblent ne gêner personne d'autre que Karl. Par une porte entrouverte, on aperçoit un homme à la peau huileuse occupé à émincer des oignons dans un réduit situé derrière le kiosque où l'on vend toutes sortes de jeux de hasard.

— Il faut pas conduire de machine, dit pensivement la patronne, c'est écrit sur la notice.

Elle jette un regard perplexe autour d'elle. Un bar, avec son percolateur qui siffle et crache, son flipper qui claque et grince sous l'étreinte des joueurs, n'est-ce pas au fond une espèce de machine complexe qu'elle a la responsabilité écrasante de conduire chaque jour, au long d'interminables horaires ? Elle se sent subitement accablée. D'ailleurs, depuis qu'elle a commencé son traitement, elle craint de faire des erreurs de caisse, d'oublier de facturer des suppléments – rondelles de citron dans l'eau gazeuse ou lamelles de cornichon dans les sandwichs à la charcuterie.

De l'autre côté du comptoir, Karl songe qu'il est inéluctable que ces petits bars disparaissent les uns après les autres, remplacés par des établissements cossus équipés de fauteuils en cuir et de tables basses, où l'on peut consulter une carte des eaux minérales, commander des cocktails compliqués, où le jeune patron, crâne rasé et carrure de rugbyman, s'interdit de boire avec les clients et n'évoque jamais la moindre difficulté existentielle, puisque la vie est pour lui un chemin rectiligne menant du berceau au sépulcre.

Malgré cette ambiance décourageante, Karl avait besoin aujourd'hui de s'arrêter chez Dany, au sortir de sa séance de somatothérapie, pour examiner ses impressions toutes fraîches avant qu'elles ne soient brouillées par l'agitation de la ville. À la réflexion, il lui semble que ce jour marquera une évolution décisive dans ses rapports avec Alice.

Tout avait pourtant commencé de façon ridicule. Quand la ménagère était venue le chercher dans la salle d'attente, il avait voulu s'extraire trop vite de son siège et s'était affalé à quatre pattes sur le parquet, comme prosterné aux pieds d'une idole. Cet incident lui rappela le dentiste de son enfance. Sa femme imposante l'introduisait tel un condamné dans le cabinet qui puait l'anesthésique – une odeur douceâtre de clou de girofle, noyée dans l'eau de Cologne dont s'inondait le praticien engoncé dans une blouse bleu pâle, inexorable devant son fauteuil de cauchemar hérissé d'appendices métalliques. Il entendait encore son bourreau articuler d'une voix de bronze : « Alors jeunheumme, qu'est-ce qui vous arrive ? »

Karl a beau se répéter qu'il n'a aucune raison d'être nerveux devant Alice, il ne parvient jamais à répondre naturellement aux paroles de bienvenue de la jeune femme. Quand elle lui pose des questions banales sur sa santé, inspirées par la courtoisie élémentaire, il y cherche des intentions masquées, des sous-entendus à double fond de psychanalyste. Perdu dans sa défiance, il ne peut plus que marmotter des réponses sinueuses, parfaitement inintelligibles. Il a d'abord pensé que son malaise était dû au fait qu'il n'avait jamais côtoyé d'aveugle auparavant. Il lui serait plus facile, estime-t-il, de communiquer avec une personne en fauteuil roulant, qui, même si elle est confrontée à d'immenses difficultés dans sa vie quotidienne, n'en mène pas moins une existence concevable pour un homme valide, la position assise n'ayant en soi rien de mystérieux. Voilà plus de deux décennies, dans une rue commerçante de sa ville natale, sa mère l'avait arrêté face à un homme mal rasé, seul comme un lépreux, qui secouait violemment une sorte de grosse tirelire en fer blanc. Quand il cessait son tintamarre, c'était pour corner à tous les vents du carrefour, droit devant lui, dans le vide : « Journée des aveugles !!! » Mais la plupart des passants s'étaient déjà écartés en entendant le raclement des pièces de monnaie dans la crécelle en ferraille, peut-être rebutés par un spectacle dérangeant, ou alors simplement radins et soucieux de ne pas être démasqués par ce sixième sens que l'on prête volontiers aux non-voyants, jusque dans les bandes dessinées américaines. Ce jour-là, le jeune Karl avait glissé dans la fente quelques centimes donnés par sa mère pour l'éduquer à la générosité, ce qui avait déclenché cette réplique étrange, débitée sur un ton de robot : « Merci pour eux ! », comme si le quêteur s'excluait du peuple des aveugles et suggérait cyniquement qu'il n'était qu'un imposteur.

Sans doute Karl n'avait-il jamais vraiment cru possible, jusqu'alors, d'avoir une conversation ordinaire avec un être habitant un monde inconnu, qui lui semble plus désintéressé dans la mesure où il n'est pas loin de se figurer à son insu, comme tant d'ignares, que la vue, résultant de la projection sur les objets d'un rayonnement oculaire, consiste en un acte agressif d'appropriation. Dans ces conditions, tous les mots qu'il emploie spontanément en d'autres occasions lui paraissent inadéquats, et il leur cherche à tâtons une traduction approximative qu'Alice puisse comprendre, elle dont l'expérience et la conception des choses sont si différentes des siennes.

Aujourd'hui encore, ce sont les bruits familiers provenant des pièces voisines qui lui ont permis de reprendre pied dans cet après-midi du début de l'hiver. Pourquoi le frissonnement de l'eau se mettant à bouillir dans une casserole lui procure-t-il un tel réconfort ? Alors seulement la séance a pu commencer. Allongé sur la table matelassée, Karl a senti les doigts d'Alice parcourir sa nuque, à la recherche des trajets de ses nerfs et de ses tendons, s'arrêtant çà et là comme pour relever un déséquilibre.

— Qu'avez-vous ressenti depuis la dernière séance ?

Alice garde la tête droite tandis que ses mains s'affairent. Cela lui donne une sévérité de statue, et Karl, intimidé, ne peut répondre qu'en bafouillant :

— Je n'ai pas eu de symptômes précis, ou plutôt je ne suis qu'un symptôme vivant. En fait, j'ai l'impression de disperser mon énergie dans le vide, en pure perte. En quelque sorte, je suis mon propre problème. Bien sûr, ma situation professionnelle n'arrange rien… On me confie de très lourdes responsabilités, on me laisse une marge de manœuvre à peu près entière, mais sans pour l'instant m'accorder de statut clair et définitif. Je pense souvent que j'irais beaucoup mieux si j'avais une place bien à moi quelque part, rien d'extraordinaire, mais une position sûre que personne ne pourrait remettre en cause. En tout cas, je suis déjà très heureux d'avoir pu obtenir votre adresse et de me faire réaccorder par vos soins, comme un vieux piano…

— Est-ce que cela existe, une position absolument sûre ?

— Du moins certaines sont moins précaires que d'autres. J'ai l'intuition que mon employeur me mettra à la porte (et encore, cette porte, je ne l'ai jamais vraiment franchie) dès que le livre dont je vous ai parlé sera terminé. Une fois que le citron est pressé… Il faudrait que je puisse défaire chaque nuit ce que j'ai fait pendant la journée, comme Pénélope.

Alice lui demanda d'imaginer que, l'un après l'autre, ses membres s'alourdissent puis s'échauffent, en contrôlant discrètement, par quelques pressions de la pulpe des doigts, la bonne exécution de l'exercice.

« Ne pensez qu'à vos sensations corporelles. Vous allez apprendre à sortir du vagabondage mental, qui est certainement la source principale de votre mal-être. » Karl n'avait finalement pas osé lui demander la permission d'enregistrer ses paroles. Pourtant, il connaît souvent des sautes de concentration au cours des séances, et s'aperçoit soudain qu'une phrase entière d'Alice vient de lui échapper. Il s'irrite aussi parfois qu'elle réponde invariablement à ses questions par d'autres questions, jugeant ce procédé indigne d'elle, en tout cas de l'image qu'il se fait d'elle.

Ils passèrent ensuite aux exercices de mouvement conscient, effectués debout, très lentement. Là encore, à chaque fois, son attention divague et il s'égare dans l'enchaînement des gestes à accomplir. Alice le rappelle à l'ordre d'un murmure ou d'un sourire un peu triste, et le guide en reprenant sous ses yeux le mouvement au point exact où il l'a interrompu, comme s'ils étaient reliés par un réseau de fils invisibles.

L'heure écoulée, alors qu'ils se tenaient devant la vaste fenêtre du cabinet donnant sur l'avenue et, au-delà, sur les hauts murs de l'hôpital, Alice lui demanda, à sa grande surprise, de lui décrire ce qu'il voyait. Jamais auparavant elle n'avait ainsi mis l'accent sur sa cécité, elle qui se déplaçait sans aucune hésitation dans l'appartement, évitant à coup sûr les angles des meubles, désignant sans erreur une chaise ou un objet nécessaire aux exercices.

— Eh bien, commença Karl, je vois une entrée de l'hôpital, mais il doit s'agir d'un accès secondaire, car il n'y a pas de gardien ni de kiosque pour orienter les visiteurs. En fait, il faut sonner et parler dans un interphone avant que la porte ne soit actionnée à distance. Je vois entrer une jeune femme portant une brassée de fleurs jaunes et orange. Elle va sans doute rendre visite à un malade, ou peut-être à une amie qui vient d'accoucher. Il y a aussi un fourgon de livraison arrêté devant la porte. Le chauffeur et un aide déchargent une caisse de matériel et se dirigent vers une petite cour rectangulaire. Les membres du personnel qui passent dans cette cour ne portent pas de blouse médicale, ils sont habillés comme des techniciens ou des administratifs. Cette partie de l'hôpital abrite peut-être la chaufferie, ou un entrepôt d'appareils et de fournitures. Un peu plus loin, sous l'auvent d'un pavillon, j'aperçois tout de même deux malades, en pyjama bien qu'il fasse frais. Ils discutent en fumant une cigarette. On dirait deux réfractaires en train de contester le règlement de l'hôpital et de dire du mal des médecins. Ils se sont réfugiés dans ce coin écarté pour être tranquilles et échapper un instant au personnel soignant et au monde de la maladie, j'imagine… Leur tenue et leur comportement font penser à des habitués de l'hospitalisation, à des malades mentaux chroniques ou à des toxicomanes, mais j'ignore si cet hôpital comprend un secteur psychiatrique. En fait, ils ressemblent davantage à des détenus qu'à des malades. Là, devant nous, c'est une sorte de lieu de repos, un endroit très calme où l'on n'entend pas de sirènes d'ambulances.

— Est-ce que vous voyez encore la jeune femme aux fleurs ?

— Oui, elle est maintenant dans la cour, mais elle a déjà dû déposer ses fleurs quelque part. Elle plonge le visage dans ses mains, comme si elle voulait le masser ou cacher qu'elle éclate de rire, je ne sais pas pourquoi.

Alice est restée silencieuse et immobile tandis que Karl poursuivait sa description tout en l'observant de biais. En toute circonstance, derrière les lunettes noires, son visage très pâle ne laisse filtrer que des indices d'émotion – l'amorce d'un sourire, l'ombre d'un mécontentement, comme si le fait de ne jamais avoir vu de sentiments s'exprimer sur un autre visage l'avait rendue timide et maladroite dans ce domaine, inquiète de trop en faire, de surjouer à la manière d'un mauvais acteur. En revanche, les intonations de sa voix, ordinairement douce, un peu flûtée, marquent des variations rapides, de la gaieté à l'agacement. Cette fois, avant même qu'elle ait commencé à parler, Karl la sentit contrariée, presque peinée :

— Je ne sais pas si vous en avez conscience, mais depuis que vous me consultez, vous n'avez jamais fait la moindre allusion au fait que je suis aveugle. Pourtant, c'est ce qui frappe d'emblée les personnes qui me rencontrent, tout à fait naturellement. Mais au lieu de m'en parler simplement, vous avez jugé plus convenable ou plus confortable pour vous d'éviter ce sujet, comme vous éviteriez un trou dans le plancher. Et si vous l'aviez abordé, je suis sûre que vous auriez tourné autour des mots, en évoquant mon état de « non-voyante », comme si le mot « aveugle » était offensant… J'ai grandi dans une institution spécialisée où les enfants s'appelaient eux-mêmes les bigleux, et c'était très bien ainsi. Rien ne vous empêche d'être plus spontané, d'autant que, depuis ma naissance, j'ai largement eu le temps de m'habituer à une situation qui intrigue les autres, ainsi qu'aux réactions qu'elle peut provoquer.

— Vous avez raison… Je ne sais pas trop pourquoi je n'ai jamais osé vous en parler. Peut-être parce que tout le monde le fait, j'imagine, et que je n'ai pas voulu souligner à mon tour une évidence. Je vous demande pardon.

— Vous n'avez pas à me demander pardon, pas du tout. J'ai juste voulu attirer votre attention sur une manière d'être qui n'est certainement pas étrangère aux troubles physiques que vous ressentez. De plus, elle vous met en porte-à-faux dans vos rapports avec les autres. Par exemple, vous venez de me décrire de façon assez détaillée la vue que l'on peut avoir de ma fenêtre. Mais là encore, vous avez soigneusement évité ce qui vous semblait gênant ou pénible, et inventé une gentille fable au lieu de dire tranquillement qu'une jeune fille éclatait en sanglots après avoir apporté des fleurs à la morgue de l'hôpital, où des employés des pompes funèbres étaient en train de livrer un cercueil.

Karl resta abasourdi, incapable de donner une explication rationnelle à son attitude. Ce n'était certes pas la première fois qu'il agissait ainsi, mais en présence d'Alice il s'enfonçait invinciblement dans ce travers, sans qu'il sache pourquoi. Elle parlait maintenant avec chaleur, comme pour défendre une cause sacrée, bien au-dessus des deux protagonistes d'une conversation un peu difficile.

— Mon but n'est pas du tout de vous piéger ou de vous mettre mal à l'aise, croyez-le bien. Mais c'est aussi mon devoir de thérapeute de vous mettre en garde contre une stratégie inconsciente qui vous nuit et vous gâche la vie dans une certaine mesure. Vous portez sur vos épaules un poids inutile en compliquant tout comme vous le faites ; ce n'est pas une attitude juste. Paradoxalement, en voulant tout enjoliver, c'est de vous-même que vous donnez une fausse image, alors que vous n'êtes pas foncièrement un menteur et que vous ne cherchez nullement à tromper les gens ou à les prendre pour des naïfs – pour employer à mon tour un euphémisme. En apparence, vous agissez comme l'agent immobilier qui m'a loué cet appartement, en se gardant bien de me dire pourquoi il était vacant depuis plusieurs mois, bien que le loyer soit inférieur à la normale. Bien entendu, j'avais pris soin de m'informer par mes propres moyens des raisons de cette situation.

Cette leçon de vie, si accablante à entendre qu'elle fût, n'a pas rebuté Karl. De la part d'Alice, il est disposé à accepter des observations qui le blesseraient venant de toute autre personne. En sortant de cette rude séance, il a cependant éprouvé, de façon plus nette qu'à l'ordinaire, la nécessité de se raccrocher à ce modeste rite que constitue désormais la commande d'un café chez Dany. Il voudrait y être considéré comme un familier, s'incruster chaudement dans la clientèle de ce petit bar de quartier, où Alice vient peut-être parfois se réfugier quand elle est surprise dehors par la pluie. Il n'ose interroger la patronne à ce propos ; si elle connaît bien Alice, sa question trop directe lui paraîtra indiscrète, et elle parlera à la jeune femme de cet homme qui s'intéresse avidement à ses faits et gestes. Dans un premier temps, pense Karl, mieux vaut gagner sa sympathie, voire sa confiance, en essayant de prendre le ton et la couleur des habitués. Ce jour-là, il se lance courageusement :

— Eh bien, le temps n'a pas l'air de s'arranger…

— Bof, de toute façon, quand on travaille, y fait toujours gris…

— Oui, c'est vrai, vous avez raison... Moi, quand j'ai un coup de cafard, j'ai une recette infaillible : j'écoute un disque de musique baroque ou je relis un essai d'Edgar Folgenreich. Dans les deux cas, c'est un véritable baume pour l'âme.

— Comme dit la chanson : « Moi j'essuie les verres au fond du café, j'ai bien trop à faire pour pouvoir rêver »…

— …

Karl saisit l'anse de sa tasse et avale le café d'une seule gorgée, la tête renversée en arrière, comme une dose de cyanure. Le mauvais robusta lui ramone l'œsophage. Il fera d'autres tentatives auprès de la patronne, plus tard, une autre fois. Afin de rompre la glace, il devrait peut-être consommer des boissons plus coûteuses, ou se risquer à manger un plat du jour. Il se promet d'y réfléchir. Pour l'heure, il bat en retraite et pousse la porte vitrée, mêlant les traces de ses doigts à des milliers d'autres.

— Le jour où y aura un crime sadique dans le coin, sûr que c'est lui, conclut la patronne à l'intention des fidèles, une fois la porte refermée sur Karl.

René Meindert habite un somptueux immeuble en pierre de taille, dont la façade est honorée d'une plaque où l'on peut lire : « Ici vécut de 1942 à sa mort Vadim Karacheff, prince des échecs. » Sur un bas-relief gris de tartre et de champignons microscopiques, on distingue encore un crâne puissant penché sur un problème fameux, inventé par le grand-maître, ainsi qu'une légende devenue presque illisible : « Les blancs font mat en cinq coups ! »

Quand ils se réunissent, les copropriétaires anticipent avec agacement le fait que, à la mort de René Meindert, un comité d'amis et d'admirateurs exigera la pose d'un ex-voto similaire en hommage au médiéviste. Des désœuvrés stationneront devant l'immeuble, le nez levé vers la plaque, les bras ballants, se demandant bêtement à quel étage a vécu le grand homme, à quelles fenêtres on pouvait naguère entrevoir sa pipe infernale, rendue célèbre par les conférences télévisées où son propriétaire vulgarisait à petites bouffées l'organisation de la société féodale et les mutations des ordres monastiques. Certains n'hésiteront pas à sonner à la loge pour obtenir des informations, et il n'était nullement à exclure que se mêlent à eux des cambrioleurs en repérage.

Karl avait décidé de débuter son cycle d'entretiens par René Meindert, dont le caractère exécrable était aussi notoire que l'érudition. C'était un principe qu'il s'était fixé à l'aube de sa vie consciente : en toutes choses, commencer par le plus difficile, afin de pouvoir espérer un allégement ultérieur de ses misères.

Avant de s'engager dans cette première aventure, Karl a longuement chapitré son assistant Arnold pour qu'il borne ses interventions aux formules usuelles de politesse et s'abstienne de toute initiative. Il devra se cantonner strictement à ses fonctions mécaniques, et s'en tenir pour le reste à un mutisme absolu. Afin de tranquilliser son ami, Arnold n'a pas été avare de promesses et de serments solennels. Le jour dit, connaissant le caractère anxieux et perfectionniste de Karl, il a enfilé des vêtements propres et s'est équipé, pour parer à toute défaillance du matériel, de deux dictaphones miniaturisés dont il se sert habituellement pour garder une trace des fulgurances musicales qui lui traversent l'esprit à l'improviste, dans la rue ou au travail : il émet alors un bourdonnement informe dans ses appareils, en jetant autour de lui des regards méfiants, de crainte qu'un autre *wannabe* ne se dissimule parmi ses voisins de bus ou de cantine et n'exploite sa découverte à son profit. Tout au long de l'interview de Meindert, il se contentera de surveiller les voyants rouges des deux dictaphones, ce qui lui laissera le loisir d'examiner plus en profondeur les perspectives ouvertes par son futur mariage transatlantique.

L'ascenseur réservé aux fournisseurs est commandé par les résidants depuis leurs appartements, afin que les livreurs de pizza ou d'épreuves à corriger ne puissent pas savoir à quel étage ils se rendent. Sur les paliers, les portes sont protégées par un dispositif mixte, composé de cornières métalliques traditionnelles et de serrures électroniques à diodes clignotantes. Par l'interphone, Karl et Arnold ont reçu la consigne d'attendre sur le paillasson, sans actionner la sonnette, qu'on vienne leur ouvrir. Après de longues secondes, une soubrette en tablier blanc, fantôme d'un certain âge sorti d'un vaudeville, finit par introduire les deux visiteurs dans un salon à la décoration monacale, quoique curieusement moderniste.

Assis derrière une table de bois brut barrant un angle de la pièce, René Meindert les accueille avec une affabilité distante, en leur tendant une main qui semble fixée au bout d'un bras télescopique. Dans son costume de gentleman de l'ancien monde, il est encore plus impressionnant qu'au petit écran – beaucoup plus ridé et parcheminé, aussi, en raison de l'absence de maquillage et de l'écoulement d'un certain nombre d'années depuis sa dernière prestation télévisée. Cela étant, c'est un beau vieillard aux doigts en spatule, sec et rose, comme embaumé d'avance. Karl se souvient avoir regardé certaines de ses émissions quand il était enfant, mais préfère ne pas en parler, de peur que René Meindert ne l'interroge sur ce qu'il en a retenu. Déjà, à l'époque, son œil glacé intimidait les auditeurs, les écrasait au fond de leur fauteuil, dans l'attente de la sale note inéluctable ; on sentait bien qu'il tentait une expérience désespérée pour les tirer de leur ignorance crasse, parce qu'il estimait que tel était son devoir d'humaniste, mais sans se faire aucune illusion sur les aptitudes de ses étudiants d'un soir.

— Vous savez, annonce-t-il en une sorte de préambule menaçant, je connais très bien Carole Stern, qui m'a jadis édité, et M. Charpine. C'est d'ailleurs par sympathie pour eux – ou dois-je parler de faiblesse ? – que j'ai accepté de contribuer gracieusement à « Professeurs d'énergie », un projet quelque peu fumeux, soit dit entre nous, hors procès-verbal.

— Je ferai tout ce qui est en mon pouvoir pour que vous n'ayez pas à vous repentir de cette générosité, monsieur Meindert.

— Mais malheureusement, si je ne m'abuse, votre pouvoir est plutôt restreint.

— Oui, malheureusement, sans doute, vous avez raison… Comme on a dû vous l'expliquer, l'entretien sera davantage consacré à votre parcours humain, si j'ose dire, qu'à vos travaux scientifiques, dont je serais d'ailleurs bien incapable de parler avec vous autrement qu'à un niveau absolument superficiel. Si vous le permettez, c'est surtout votre vision de l'existence qui nous importera aujourd'hui… Monsieur Meindert, comment êtes-vous venu à l'histoire ?

Pendant la première demi-heure, Karl a le sentiment de nager dans une piscine remplie d'huile épaisse. On lui a remis une feuille de route destinée à le guider dans la conduite des entretiens, mais l'historien dérive sans fin vers des anecdotes fastidieuses d'universitaire ou des considérations banales sur l'avilissement de la société. En dépit de son grand âge, Meindert est effectivement un homme plein d'énergie, mais il la réserve à son usage personnel et semble même, par sa seule présence, épuiser celle de ses interlocuteurs.

Tandis que Karl désespère de trouver un bon angle d'attaque et de l'amener sur un terrain qui puisse intéresser d'hypothétiques lecteurs à la recherche d'un maître de vie, Arnold s'est détourné de ses voyants rouges et regarde fixement un portrait de femme posé sur le piano, au fond de la pièce. Meindert s'en aperçoit et s'interrompt soudain, à la grande terreur de Karl.

— Elle est magnifique, n'est-ce pas ?

Arnold acquiesce sans mot dire. La femme aux yeux gris, photographiée de trois quarts face, est en effet d'une suprême beauté. Elle porte une robe de soirée et des bijoux d'une autre époque, mais peut-être s'agit-il d'un costume de scène. Son visage émerge d'un fond vaporeux et contemple la desserte chargée de livres, les tapis orientaux, l'énorme canapé crème, le calice posé sur la table basse, comme dans l'attente d'une liturgie.

— Je vous souhaite d'être aussi heureux que j'ai pu l'être, jeune homme.

À l'évidence, René Meindert doute fort que ce vœu puisse se réaliser, néanmoins Arnold ouvre la bouche dans un large sourire, et s'apprête à répliquer que, justement… mais son regard croise celui de Karl et il se tait *in extremis*.

— Il n'y a eu dans ma vie qu'une seule histoire qui mérite d'être racontée, et surtout vécue. Mais elle ne serait pas à sa place dans un recueil titré *Professeurs d'énergie*, car elle n'a rien à voir avec la lutte et la volonté, mais tout avec la grâce, si vous me permettez ce terme de théologien. D'ailleurs il me serait encore plus difficile de me faire comprendre de vos lecteurs que si je leur exposais de but en blanc les causes réelles du Grand Schisme. Car comment exprimer une telle vérité ? Il faudrait être un poète inspiré, un homme de génie, Apollon Sauroctone, et non un érudit… Laissons cela. Avec mes grosses couleurs, je vais donc vous narrer, pour vous satisfaire, l'histoire d'un enfant de pauvres qui est devenu, sans le moindre appui et à la force du poignet, une sommité dans son minuscule champ de compétence, un membre respecté d'une dizaine d'académies nationales et étrangères, « connu pour sa notoriété », comme disait Engels, et finalement un vieillard. Le reste est silence.

Une grande heure passe dans un nuage tabagique, sous le regard pénétrant de la dame aux yeux gris. Au fil du récit, Karl demande quelques rares précisions, mais son instinct de rédacteur professionnel lui dit que l'enregistrement pourra être transcrit tel quel, avec les seules retouches inévitables qu'impose le passage de l'oral à l'écrit. Enfin Meindert commande du thé, pour indiquer courtoisement que le terme de l'entretien approche. Arnold est tombé depuis longtemps dans une torpeur bienheureuse. La sueur perle aux tempes de Karl, à cause de sa tension nerveuse et de l'atmosphère surchauffée de l'appartement. Tout en remerciant encore une fois René

Meindert de sa disponibilité et en promettant de lui soumettre le procès-verbal dans de brefs délais, il songe au désenchantement que le vieil historien a manifesté à propos de son si brillant parcours. Karl lui en est secrètement reconnaissant, lui qui s'était engagé naguère dans cette même voie de l'érudition et des lauriers universitaires, sans pouvoir entrer tout à fait dans la carrière. Il n'y avait donc peut-être rien à regretter de ce côté, mais Meindert était-il vraiment sincère ?

Sur le chemin du retour, dans la rue assourdissante, Arnold se congratule sans vergogne d'avoir su garder le silence et assumer brillamment ses fonctions d'ingénieur du son.

— Il est cool, finalement, ton Meindert. Tu m'avais dit que c'était un dragon, mais j'ai plutôt entendu l'oncle Paul raconter ses histoires au coin du feu. Dommage que sa pipe pue autant, on dirait qu'il fume des fientes de pigeon.

— Pour la prochaine interview, l'ambiance sera différente. On va rencontrer un poète qui habite loin d'ici, à la campagne, ça nous prendra toute une journée.

En proie à une agitation subite, Arnold saisit le bras de son ami en roulant des yeux implorants :

— Je voulais justement te dire, j'espère que ça te fâchera pas : je dois me rendre d'urgence aux States pour quatre ou cinq jours, pour les raisons graves que tu sais. Dans ce genre de circonstances, il y a une foule de trucs à mettre au point, à préparer minutieusement… Angela doit aussi me présenter à ses parents. Je sais, j'ai l'air un peu con en disant ça, avec ma gueule et à mon âge, mais c'est la triste vérité… Alors ce serait bien si on pouvait repousser le prochain rendez-vous d'une semaine. Tu comprends, ma vie prend une tournure absolument extraordinaire et imprévue, je dois faire vachement gaffe à pas louper une marche ; c'est déjà limite d'avoir mis un mois à répondre à sa demande en mariage, j'ai plus le droit à l'erreur.

Karl éclate de rire et promet volontiers d'essayer de reporter le rendez-vous, d'autant qu'il sait que l'agenda du poète rural est loin d'être surchargé. Pourtant il ne peut s'empêcher d'ajouter, avec une pointe de cruauté :

— En fait, si elle te larguait, ça te simplifierait l'existence.

Les aiguilles de la pendule murale progressent rapidement sous la surveillance douloureuse de Karl. Celle des minutes a déjà accompli deux tours de cadran depuis le début de la réunion de concertation présidée par Kremer, arrivé en retard sans présenter d'excuses, comme il convient aux gens vraiment importants, tout soufflant d'avoir dû monter deux étages à pied pour rejoindre la salle de conférence ornée de cartes géographiques et d'une fresque bariolée. Il sait que l'essentiel, pour gagner d'emblée la sympathie de son auditoire, est de commencer par une plaisanterie, une *opening joke*, à l'anglo-saxonne :

— Entré au ministère voilà trente-cinq ans, par un concours de circonstances…

Les fonctionnaires de différents services rassemblés autour de la table en fer à cheval ont ri de bon cœur à cette blague qu'ils trouveraient inepte, usée jusqu'à la corde, venant d'une personne sans qualité, d'un agent de basse catégorie. Même la peu indulgente Carole Stern, placée non loin de Karl, n'a pu s'empêcher de sourire. Bon vieux Kremer !

S'ensuivit une interminable présentation des parties prenantes et des objectifs visés. En tant que coordonnateur du projet « Professeurs d'énergie », Kremer intervient abondamment, nuance sa pensée, devance des craintes, émet des réserves, soulève des difficultés, le visage déformé par une série d'expressions passionnées. Il est midi quand la parole est enfin donnée à Karl, qui lui ne pense qu'à sa séance chez Alice, une heure et demie plus tard, à l'autre bout de la ville. Il voudrait leur dire que tout se passe à merveille, qu'il suffit de s'en remettre aveuglément à lui pour aboutir au résultat escompté ; là-dessus, il lèverait la séance en balayant d'un geste impérial les dernières questions et se jetterait sur la porte. Enfin, il agirait de façon plus policée, bien sûr. Mais les autres ne sont pas si pressés, il est encore un peu tôt pour aller déjeuner. Ils attendent un compte rendu de l'avancement des travaux, un exposé circonstancié de sa rencontre avec René Meindert. Ils « s'étonneraient » si Karl ne consacrait pas, en préambule, de longues minutes à l'évocation des principes retenus pour la conduite des entretiens :

— Il s'agit en fait de discussions assez libres, commence-t-il donc, désespéré, voire d'échanges à bâtons rompus, sans contraintes formelles mais strictement fondés, cela va sans dire, sur la méthodologie définie sous l'égide de M. Charpine et de Mme Stern, que je tiens à remercier, à cet instant, de m'avoir confié cette mission. Pour chaque personnalité sélectionnée, un vade-mecum retraçant son itinéraire et les grands axes de son œuvre, établi en étroite concertation par les services compétents du ministère, m'a été fourni. La mise en œuvre de ce précieux outil débouche tout naturellement non pas sur un questionnaire, bien entendu, mais sur ce que j'appellerai – en parlant sous le contrôle de M. Kremer – une thématique de questionnement…

Au fur et à mesure qu'il débite ces paroles répugnantes, Karl sent une saveur fétide lui emplir la bouche (« le pire, pense-t-il tout en pérorant, c'est que je n'ai même pas préparé consciemment cette intervention. Il faut croire qu'elle suinte naturellement de mon esprit ; c'est le fruit laxatif de l'arbrisseau débile *Karlus homunculus* »). Mais il ne peut plus s'arrêter pour réfléchir, il doit au contraire se hâter de plonger jusqu'au fond du gouffre, en finir avant qu'il ne soit trop tard pour rejoindre le cabinet d'Alice, ce monde tellement meilleur situé de l'autre côté du fleuve :

— … l'objectif est de dégager, pour le lecteur, ce qui a formé l'épine dorsale d'une vie féconde, sans chercher un instant à en masquer les difficultés, les épreuves, au sens presque physico-chimique du terme…

— J'entends bien, j'entends bien (Kremer affectionne cette manière, qu'il trouve courtoise mais implacable, de reprendre la main dans une discussion, surtout face à un pas-grand-chose comme Karl), toutefois je dois insister sur le fait qu'il ne s'agit en aucun cas d'élaborer un opus grisâtre ou nostalgique. Si j'ose m'exprimer ainsi, l'ouvrage ne devra pas exhaler la sueur ou le moisi, ni faire sentir grossièrement l'effort, mais au contraire procurer au lecteur un sentiment d'exaltation, d'euphorie, l'envie irrépressible de se lancer lui aussi, à sa modeste échelle, sur la voie de l'accomplissement. En un mot comme en cent, il doit s'agir d'un livre positif, léger au meilleur sens du terme – j'allais dire « aérien ». En ce qui me concerne, ma responsabilité est de veiller avec une attention pointilleuse à ce que les orientations fixées personnellement par M. le ministre soient respectées, et j'entends bien, à cet égard, exercer pleinement les prérogatives qui m'ont été confiées…

La matinée de travail s'achève sur le choix complexe, sans cesse remis en cause, d'une date pour la prochaine réunion. Aux quatre coins de la salle, de petits groupes se forment déjà par affinités, avant un repas commun à la cantine ou dans un restaurant proche du ministère. Karl se faufile jusqu'à la sortie en distribuant des sourires crispés, quand la main grasse de Kremer s'abat cordialement sur son épaule :

— Vous savez, vous auriez grand tort de m'en vouloir de vous avoir interrompu tout à l'heure. C'était une rectification politique, dans votre propre intérêt. Je ne dis pas cela pour vous écraser, mais vous êtes un peu jeune dans la maison pour vous risquer dans des considérations stratégiques sur un projet auquel vous collaborez en tant que vacataire. Il ne manquait pas dans l'assistance d'oreilles malintentionnées, si je puis dire, qui se feront une joie de rapporter en haut lieu vos… élucubrations baroques sur l'épine dorsale d'une vie féconde ou sur je ne sais plus quelle bizarre métaphore métallurgique. Vous auriez dû vous en tenir à une description factuelle et terre-à-terre de votre travail. À l'avenir, collez à la route, mon garçon ! Je ne peux pas tout vous dire, mais nous avons tous des ennemis, qui font leur miel de nos errements et de nos pas de clerc.

Karl déplore d'avoir suscité des embarras et donne toutes les assurances possibles de sa bonne volonté. Mais qu'est-ce qui lui a pris, en effet ? Il est prêt à toutes les capitulations, maintenant qu'il ne lui reste plus qu'une demi-heure pour rejoindre Alice, mais se garde bien d'avouer à Kremer qu'il a besoin de son professeur d'énergie particulier. Sans s'expliquer davantage, il s'engouffre dans le couloir, vers la cage d'escalier sonore, en se retournant parfois pour adresser des gestes d'apaisement à son chef de projet, dont la bouche reste béante sous l'effet de la stupeur.

Karl est d'autant plus contrarié de devoir se précipiter ainsi qu'il a mis un soin minutieux, comme chaque lundi, à choisir les vêtements les plus agréables au toucher, à s'humecter le torse de quelques pulvérisations d'une eau de toilette discrète, quoique suffisamment tenace pour masquer une éventuelle odeur de transpiration due à la touffeur du métro. Il s'est également lancé, depuis quelques semaines, dans l'exploration du marché des crèmes hydratantes et des savons surgras, tant il est persuadé que les quatre sens dont dispose Alice sont d'une finesse extrême. Quand elle pose les mains sur sa nuque ou son front, il craint toujours que ses doigts ne rencontrent des aspérités, des crevasses, tous ces stigmates du cours chaotique de son existence qu'il aurait voulu lui dissimuler, se souvenant des peaux épaisses et des poils durcis par le rasage des adultes qu'il devait embrasser dans son enfance. Tout à l'heure, elle saura immanquablement qu'il a dû courir pour attraper sa correspondance, s'imposer à coups d'épaule dans un wagon bondé, avant d'arriver jusqu'à elle moite et énervé.

Karl se tient enfin au pied de l'immeuble d'Alice. Ses efforts pour ne pas être en retard ont été si fructueux qu'il peut se permettre de reprendre son souffle quelques instants, adossé à l'un des platanes de l'avenue. Soudain Alice apparaît au loin, sortant sans doute elle aussi du métro et se dirigeant vers lui, accompagnée du petit garçon mal embouché. Tous les deux parlent avec animation ; de temps à autre, ils se mettent à rire, et l'enfant lève alors tout son visage vers elle, qui en retour pose une main légère sur sa chevelure brune et fixe sur lui ce qu'il faut bien appeler un regard. Ils partagent manifestement des codes, des plaisanteries familières, tout un monde intime dont Karl est exclu, lui qui les voit remonter l'avenue sans obtenir d'autre signe de reconnaissance, lorsqu'ils passent à sa hauteur, qu'un geste obscène du gamin. Tout son courage s'en trouve anéanti ; il n'ose plus émettre l'exclamation de joyeuse surprise qu'il avait préparée, seul sous son arbre, et il leur emboîte le pas à distance, le nez sur le bitume, aussi naturel et spontané qu'un père de famille sortant d'un sex-shop. L'enfant se retourne régulièrement pour surveiller sa progression, tordant l'avant-bras d'Alice, qui semble lui demander ce qu'il lui arrive. Sa réponse provoque un nouvel éclat de rire, comme s'ils se moquaient, tous les deux, de cet individu aux traits tirés qui les suit de loin, tel un chien haletant au terme d'une longue course.

Une fois dans le hall de l'immeuble, Karl attend un moment avant de prendre à son tour l'ascenseur, en pensant sombrement à ses difficultés à rompre la glace, malgré ses bonnes intentions, et à nouer des relations ordinaires avec qui que ce soit. Pourtant, au troisième étage, Alice l'accueille avec son habituelle gentillesse, pleine d'attention et de réserve. Était-ce bien elle qui semblait rire cruellement de lui à l'instant, dans la rue ? Au nom des exhortations à la franchise qu'elle lui a prodiguées, Karl voudrait l'interroger sur ce point. Elle devine peut-être sa tension intérieure, car elle l'invite à s'allonger immédiatement sur la table recouverte de cuir, sans procéder à aucun exercice de prise de conscience corporelle.

— Vos deltoïdes sont presque tétanisés, aujourd'hui.

— Oui, j'ai eu une matinée plutôt difficile. Quelques soucis, professionnels et autres. C'est positif, en un sens, car on m'a confié une mission importante, qui me permettra de donner toute ma mesure et d'entretenir des espérances pour l'avenir, si bien sûr je me montre à la hauteur de la tâche.

Alice laisse passer de longs silences, tandis que ses doigts glissent sur les épaules de Karl, puis s'arrêtent pour un léger massage à l'insertion d'un faisceau musculaire. Au bout de quelques minutes, Karl tombe dans un demi-sommeil, où il regarde défiler en lui, semblables à des nuages sans pluie, des songeries inconséquentes, mêlant inquiétude et détachement. Il se demande comment une femme aveugle peut assortir seule ses vêtements le matin, sans l'assistance d'un tiers. Si elle s'habille simplement pour pratiquer ses séances, Alice ne commet jamais de faute de goût. Avec elle, pas d'errements ni de pas de clerc, se dit Karl en ricanant intérieurement… Voici quelques minutes, elle a dû se changer très vite en revenant de sa promenade avec l'enfant. Sans doute est-ce la ménagère qui la conseille dans ces circonstances. Cependant Karl la juge trop âgée et trop commune pour jouer un tel rôle auprès d'une jeune femme. D'ailleurs, toute son attitude, chacune de ses brèves paroles paraissent manifester sa neutralité, son refus de toute implication personnelle dans ce qui se passe entre ces murs où elle ne remplit que des fonctions utilitaires, précisément circonscrites. Karl aimerait connaître les dimensions de l'appartement, savoir s'il est assez grand pour que d'autres personnes que celles qu'il a identifiées puissent y vivre.

— À propos de ce livre que vous écrivez, *Professeurs d'énergie*, j'ai un ami dont le parcours et la personnalité pourraient peut-être vous intéresser. Il enseigne la philosophie dans l'institution où j'ai fait mes études secondaires. C'est un homme que beaucoup de gens trouvent assez remarquable, et même impressionnant à sa manière. Il est aveugle, lui aussi. Mais vous n'interviewez sans doute que des personnes célèbres…

La voix d'Alice a marqué une hésitation inhabituelle, peut-être parce que, pour la première fois, elle vient d'évoquer devant lui un élément de sa vie personnelle, sans rapport avec les innombrables problèmes somato-psychologiques de son patient et le traitement qu'elle entend leur appliquer.

— Non, non, pas forcément. J'ai carte blanche dans ce domaine ; il n'y a que l'exemplarité des personnes retenues qui compte. Il faut simplement que la vie et les réalisations de votre ami puissent inspirer et dynamiser un lecteur moyen, l'homme du métro. Le fait qu'il présente un handicap, ou du moins ce qui est considéré comme tel selon l'opinion commune, est même un point intéressant, presque « politiquement correct », n'est-ce pas… Si vous le souhaitez, je le rencontrerai volontiers, sans engagement de part et d'autre, bien entendu.

Karl a prononcé ces paroles sans trop réfléchir, comme on évoque une perspective lointaine, à peine vraisemblable, et il est tout à fait pris au dépourvu, presque effrayé, quand Alice lui annonce que son ancien professeur attend dans une pièce voisine.

— Il était prévu qu'il me rende visite aujourd'hui. J'ai pensé à lui quand vous m'avez parlé de votre projet, car c'est un homme qui sort de l'ordinaire, à sa façon très personnelle. Il est le créateur et l'animateur d'un groupe d'études – je ne sais pas si l'expression est tout à fait adéquate – qui réunit des voyants et des aveugles, et dont l'influence commence à s'étendre. Quelle que soit votre décision finale, je ne crois pas que regretterez d'avoir fait sa connaissance.

— J'ai une entière confiance en vous, Alice, vraiment. Vous avez eu raison de m'en parler : il se trouve que, ce matin même, le ministre m'a demandé de donner davantage la parole à des personnes peu connues du public, et de ne pas m'en tenir aux figures médiatiques habituelles, aux experts que l'on voit et que l'on entend partout. Votre ami semble correspondre parfaitement à ce profil, je serai ravi de le rencontrer…

La suite de la séance est perdue pour Karl. Il ne fait plus que tenter d'imaginer les traits de cet ami et la place qu'il occupe dans la vie d'Alice. Un homme remarquable, impressionnant… Peut-être est-il beaucoup plus âgé qu'elle, puisqu'il a été son professeur. En tout cas, une dimension nouvelle s'est ouverte dans ses relations avec Alice. Elle lui permet d'entrer, fût-ce par une porte de service, dans son univers intime, celui que fréquentent ses amis, sa famille, ses anciens professeurs, tous ces êtres extraordinaires ayant le privilège de la voir en dehors des heures de consultation, de lui téléphoner pour d'autres motifs que la prise d'un rendez-vous, de l'attendre dans les pièces de l'appartement où elle ne reçoit pas ses patients. Il voudrait se lever de la table de massage et partir immédiatement à la découverte de ce continent menaçant, interroger Alice sur chaque détail de son passé, en lui demandant, au lieu de traiter ses maux et ses douleurs selon une méthode plus ou moins ésotérique, de lui apprendre la magie de la vie nocturne, hors de portée des néons, des enseignes lumineuses, du bombardement rétinien perpétuel, de la vulgarité des images.

Il se rhabille enfin, inquiet et agité. Il ne peut s'empêcher d'établir un lien entre la présence du mystérieux ami et l'enfant hostile, qu'Alice ramenait peut-être à son père, tout à l'heure. Le visage d'Alice est figé, lui aussi, comme si elle venait d'accomplir un acte décisif, dont elle ne pouvait encore apprécier toutes les conséquences. Elle l'invite à le suivre à travers deux pièces en enfilade et l'introduit dans un minuscule boudoir décoré d'anciennes lithographies publicitaires vantant des voyages vers le soleil, en train ou en paquebot. Karl n'imaginait pas l'appartement aussi grand ; il s'étonne qu'Alice puisse en assumer le loyer, quel que soit le rabais accordé en compensation du vis-à-vis pénalisant de la morgue de l'hôpital. Un homme de taille moyenne, les cheveux roux coupés courts, s'est levé à son entrée. Il ne porte pas de lunettes, ce qui éveille en Karl la tentation honteuse de scruter les yeux laiteux et mi-clos de cet inconnu souriant, dont la dure poignée de main le ramène aux convenances immédiates : « Charles Skrobot »...

— J'ai plus que rapidement décrit à monsieur tes activités et tes mérites, Charles, je te laisse le soin d'être plus explicite.

— Oh, en ce qui concerne mes mérites, comme tu dis, le tour sera vite fait !

Tout en écoutant d'une oreille négligente les « explicitations » de Charles Skrobot, Karl remarque la tasse de café posée sur un guéridon, l'aisance d'habitué de cet homme qui semble rétrécir encore, par son dynamisme et sa voix sonore, les dimensions de la pièce où ils se trouvent réunis tous les trois pour des présentations incongrues.

— ... en somme, la Ligue pour la vue profonde, que j'ai créée voilà cinq ans maintenant, fonctionne comme un centre d'études, certes, mais surtout d'expérimentation. Pour employer de grands mots, ce qui est après tout assez naturel de la part d'un professeur de philosophie, nous autres aveugles estimons avoir une connaissance positive à transmettre et à faire partager. Dès le départ, nous n'avons pas souhaité devenir un club d'intellectuels, encore moins un cercle fermé aux visuels, même si nous pratiquons une sélection de nos membres et, pourquoi ne pas le reconnaître, une forme d'élitisme. Mais toute société qui souhaite atteindre une véritable efficacité doit procéder ainsi. C'est du moins ma conviction personnelle. Qu'en dites-vous ?

— ... Oui, oui, je suis tout à fait d'accord avec vous. Un certain élitisme de bon aloi est sans aucun doute nécessaire.

— Pour vous faire une idée plus précise de nos activités, le mieux serait que vous assistiez à l'une de nos réunions ordinaires. La prochaine se tiendra samedi prochain au siège, l'Institut pour déficients visuels. Notre petit cénacle risque fort de vous paraître décevant, provincial, mais vous y serez le bienvenu, vraiment.

Charles Skrobot appuie cette affirmation d'un sourire qui découvre des dents puissantes, très blanches. Il n'est ni très grand, ni particulièrement athlétique, mais il laisse une impression de densité physique intimidante, renforcée par l'auréole des cheveux roux. (« Si je devais un jour me battre avec lui, pense Karl, l'avantage de la vue ne serait peut-être pas suffisant. Il semble impossible à renverser ; il est posé sur le sol comme une enclume. »)

— Je suis très flatté de votre aimable invitation, que j'accepte bien volontiers.

— C'est parfait, parfait… Alice sera présente, elle aussi.

L'information, donnée pourtant d'un ton égal, sonne désagréablement aux oreilles de Karl. Doit-il y voir un sous-entendu ironique, assez déplacé venant d'un homme qu'il rencontre pour la première fois ? La jeune femme est restée impassible, comme si elle jugeait cette précision tout à fait innocente de la part de son ami et ancien professeur. Karl se réjouit cependant que celui-ci quitte l'appartement en sa compagnie, quelques minutes plus tard. Il n'aurait pas voulu le laisser au côté d'Alice après son départ, libre de se livrer à toutes sortes de commentaires sur son compte.

Dans l'ascenseur, l'aveugle déplie sa canne blanche dans un cliquetis de pistolet automatique. Les deux hommes sont tassés poitrine contre poitrine pour un interminable voyage dans la minuscule cabine de bois verni, dont l'ampoule éclaire de reflets dorés la chevelure presque crépue de Charles Skrobot, trouée d'une tonsure naissante. Au rez-de-chaussée, Karl hésite à lui prendre le bras pour le guider à travers le hall jusque sur l'avenue. Il a trop souvent vu des philanthropes empoigner un aveugle comme un criminel, d'une main de fer, et le traîner ainsi sur le trottoir d'en face pour le relâcher enfin avec la satisfaction de la bonne action accomplie. Mais Skrobot se dirige sans heurts, en explorant légèrement l'espace du bout de sa canne, tel un escrimeur habile. Une fois dans la rue, il prend congé de Karl en lui tendant une carte de visite imprimée d'encre et de points en relief.

— Voulez-vous que je vous guide jusqu'au métro ?

— Non, je vous remercie, j'ai une course à faire dans le quartier. Je suis vraiment très heureux d'avoir fait votre connaissance, Karl. Soit dit sans donner aux préjugés sur la prescience des aveugles un crédit qu'ils ne méritent pas, j'ai l'intuition que nous allons nous entendre.

— Moi aussi, Charles.

Karl observe longuement son nouvel ami s'éloigner en direction de la gare, avant de jeter un coup d'œil à la carte de visite :

« Ligue pour la vue profonde – Blindlife Club

« Institut pour déficients visuels

« 17, boulevard Zamenhof »

Les paysages de l'Ouest s'enfuient derrière les vitres striées de pluie. Clochers, petits cimetières isolés dans les champs, balles de foin roulées sous un film de plastique noir, vaches bicolores sont emportés dans un tourbillon d'espace-temps. On pourrait croire que tout cela ne survit pas au passage du train et s'effondre pudiquement en poussière, hors de la vue des voyageurs, dans le déchirement de l'air et la lueur rouge des fanaux de queue. Karl et Arnold ont pris place sur les sièges hostiles de la voiture-bar, spécialement conçus afin d'inciter leurs occupants à dégager au plus vite pour laisser la place à d'autres consommateurs.

Depuis son retour des États-Unis, Arnold ne cesse d'accabler ses moindres relations du récit de ses espoirs et de ses découvertes, tel un adolescent incapable de garder pour lui ses nouvelles expériences. Ce matin, assis de tout son poids sur le mauvais tabouret, les jambes voluptueusement écartées, il lance des regards fraternels à ses voisins protégeant des secousses leurs gobelets fumants ; il voudrait leur taper sur l'épaule et leur parler d'Angela, de la vie incroyable qui l'attend, bref de la chance scandaleuse qui est la sienne et qu'il aimerait, dans sa générosité infinie, découper comme un gâteau pour en distribuer des tranches à tous ces anonymes dont il partageait hier encore le triste sort.

— Ses parents m'ont vachement bien accepté, en définitive. Je les ai retournés en ma faveur comme je sais le faire au boulot, dans les réunions avec des types à tête d'huissiers. C'est toujours pareil, j'ai un style qui surprend au début, et puis une fois que la glace est rompue les gens voudraient m'adopter comme animal domestique.

Arnold porte justement autour du cou un collier de chien rouge, hérissé de pointes. À le voir et à l'entendre, crépitant d'enthousiasme, on pourrait croire qu'il a bu. Parfois il raconte son voyage outre-Atlantique sur le ton condescendant d'un escroc expliquant à un cave le mécanisme de sa dernière arnaque :

— Évidemment, ils sont un peu chiants, comme tous les gens à fric et à principes. Ils veulent que je me convertisse à leur religion, ils prennent ça super au tragique. On est allés dans une église bizarre, genre temple égyptien, voir leur pasteur. Il m'a gardé deux plombes sur une chaise en fer pour m'expliquer que le mariage c'était du sérieux, fini de déconner, que j'allais devoir renaître, devenir un Arnold tout neuf, beaucoup mieux que l'ancien. Bref, j'avais eu tout faux jusque-là et il fallait me recommencer. Moi je faisais profil bas, le mec qui est conscient de ses lacunes et de ses obligations. Figure-toi qu'il m'a filé des devoirs à faire à la maison (Arnold exhibe une liasse de fascicules portant des titres en écriture gothique). À la fin de chaque topo, il y a un questionnaire que je dois remplir et lui renvoyer, pour qu'il puisse suivre à distance mes progrès dans la foi. À mon prochain voyage, il me fera passer un examen final, et si tout va bien je serai admis dans la communauté.

À ces mots, le visage d'Arnold devient soucieux ; il lance des regards de côté comme s'il craignait subitement d'être écouté, et poursuit d'une voix changée, plus basse, coupée d'un petit rire sale :

— Il m'a demandé de lui envoyer les paroles des chansons du groupe. Ce mec me file les glandes, Karl, c'était pire qu'un entretien d'embauche dans une banque suisse. Il me demandait sans arrêt si je comprenais bien ce qu'il me disait, comme si j'étais un martien. On dirait qu'il se méfie de moi, qu'il me prend pour un usurpateur. Il a une gueule pas possible, avec des yeux en trous de bite planqués derrière des culs de bouteille, comme s'il voulait t'examiner de très loin sans t'approcher. Quand il ouvre la bouche t'as l'impression d'entrer chez un embaumeur, ça sent le désinfectant, les soins thanatologiques, c'est pas naturel… Remarque il serait génial dans un groupe gothique hardcore, avec sacrifice de volailles sur scène. Je suis sûr qu'il va raconter des saloperies sur moi aux parents d'Angela, je le sens d'ici. Ils donnent des pelletées de dollars à son église, il y a même un vitrail où ils sont représentés à genoux devant un crucifix géant. Pour lui, c'est des clients qu'il faut soigner, ça se voit. Ils l'ont sûrement chargé de me démasquer…

Le train s'arrête une première fois, après avoir traversé une zone industrielle où stationnent, parmi les entrepôts, des files de wagons servant au transport de céréales. Arnold observe intensément la descente d'un groupe de trentenaires en costume-cravate, équipés d'ordinateurs portables. Ils ont plaisanté durant tout le trajet, heureux de se trouver entre égaux.

— Regarde-les, dit-il à Karl. On dirait des missionnaires d'une secte fondamentaliste, justement, cheveux courts et idées fixes… Jusqu'à présent j'ai réussi à leur échapper, ils ont pas pu me convertir à l'expertise comptable et au contrôle de gestion. Je vais continuer la musique et la BD aux States, mais à une autre échelle, en profitant à fond des opportunités du pays. Je sens que ça va gazer, Karl. Dès mon prochain voyage là-bas, je commencerai à sonder les milieux musicaux, à me constituer un réseau. Va aussi falloir que j'annonce aux Psychotics que nos routes se séparent ; c'est drôle, j'ai toujours su que c'était pas avec eux que j'allais percer. J'ai besoin de sentir des ondes positives autour de moi, mais en tant que leader du groupe je passais la moitié de mon temps à régler des conflits ou à m'occuper des états d'âme de ce connard de batteur. Les dépressifs te pompent la moelle à longueur de journée, Karl, mais quand t'as réussi à leur donner de l'espoir, à leur ouvrir une perspective, ils se transforment en lions prêts à tout dévorer, à commencer par toi et le peu d'énergie qu'ils t'ont laissé. Je parie qu'ils vont me faire chier en disant que je les trahis, alors que ça fait des années que je leur maintiens la tête hors de l'eau, à la force du poignet.

Karl approuve sans écouter, perdu dans ses propres pensées. Depuis les États-Unis, Arnold lui envoyait des mails aussi triomphants que laconiques (« Retrouvailles idylliques avec Angela ! Nourriture immonde, moral excellent ! »), accompagnés de photos nombrilistes – eux, extatiques, la statue de la Liberté en toile de fond ; encore eux, rayonnants, enlacés à Central Park ; toujours eux, s'embrassant goulûment chez un débitant de poulet frit…

Il n'a aucune envie de parler de son propre voyage immobile, bien plus insolite et dépaysant ; il ne sait même pas s'il demandera à Arnold de l'accompagner au Blindlife Club. Lui aussi songe à faire table rase du passé, une bonne fois pour toutes, afin de pouvoir plonger librement dans un autre monde, lesté cependant d'un nouveau mensonge. Arnold, peu raffiné, vantard, gonflé comme une outre, à l'aise partout, serait déplacé dans l'univers des aveugles, que Karl imagine volontiers feutré, délicat, tel un salon bourgeois aux fauteuils recouverts de housses. Son intuition, influencée sans doute par la nature discrète et subtile d'Alice, lui suggère qu'il faut y parler à voix basse, en évitant les mots vulgaires, les questions abruptes, les calembours bons, toutes ces menues brutalités pouvant heurter des êtres qu'il voit timides comme des célibataires malgré eux, fragiles tels des vieillards retirés de la vie par anticipation.

Néanmoins il doit lutter contre la tentation de décrire à l'infini, à son tour, ses doutes et ses espoirs. Pendant que tous les possibles sont encore ouverts, il voudrait se lever, parcourir les wagons en exposant à tous ces gens indifférents les mérites d'Alice, le malheur qu'ils ont de ne pas soupçonner son existence, de ne s'être jamais assis face à elle, sous son regard sans vue, dans l'appartement aux murs orangés.

Il se tourne finalement vers le paysage perforé par le train, où les espaces sans bornes, les larges pièces de terre cultivée, ont fait place à des prés humides, parfois clos par des haies. Les villages se sont dispersés en hameaux, en fermes isolées. Aujourd'hui, ce sera l'interview d'André Bogarsky, auteur-interprète d'innombrables chansons et poèmes musicaux, parvenu sur le tard à la célébrité après avoir longuement tourné dans les cabarets et les maisons de la culture, tout en exerçant divers métiers prosaïques. On s'accorde à penser que son œuvre restera, qu'elle sera tenue dans l'avenir pour un classique de la fin du vingtième siècle. Trois écoles primaires et un collège portent d'ailleurs déjà son nom, qui est donc presque celui d'un mort. Pour l'occasion, Karl a réécouté plusieurs de ses disques et réfléchi à des mots aimables sur l'ampleur de son inspiration, la richesse de sa palette… Il a la réputation d'être un homme au caractère totalement imprévisible, passant de la cordialité aux insultes selon une météorologie personnelle insondable. Sur les photographies, en couverture de son dernier recueil de poésies, il se présente en patriarche dépenaillé, opposant un sourire acide et un regard d'acier au lecteur, comme s'il entendait dissiper par avance on ne savait quel malentendu.

Le train, qui serpente depuis quelques minutes dans une nouvelle zone périurbaine, décélère rapidement. Une mère de famille pousse ses enfants criards dans l'allée ; elle manque plusieurs fois tomber quand le wagon oscille en s'engageant dans un faisceau d'aiguillages. À l'annonce du prochain arrêt, des voyageurs rassemblent leurs documents de travail ou éteignent leurs ordinateurs après une ultime sauvegarde. Les gares ont beau toutes se ressembler, ils ne peuvent s'empêcher de scruter les quais, les murs noircis et les panneaux publicitaires, comme s'ils espéraient malgré tout découvrir quelque chose d'inconnu. Parmi la foule des gens venus attendre quelqu'un, on aperçoit beaucoup de visages usés, des retraités chargés d'accueillir leurs petits-enfants le temps de courtes vacances, afin de laisser à la mère divorcée une maigre chance de retrouver une vie sociale, voire sentimentale. Un vent froid souffle entre les valises et les sacs à dos, balayant des emballages de confiseries. Karl et Arnold émergent dans le hall de la gare, un espace tout en vitres qui s'ouvre sur un rond-point crasseux et encombré. Les voyageurs que nul n'est venu chercher examinent avec embarras les rues et les avenues, la succession des brasseries et des petits hôtels. Peut-être certains hésitent-ils un instant à reprendre aussitôt le train du retour, mais finalement ils empoignent leur bagage et se dirigent vers le centre-ville, où de toute façon ils trouveront les mêmes magasins, les mêmes enseignes que chez eux et partout ailleurs.

Karl sort lui aussi du hall de la gare et contemple la file des véhicules en stationnement. La compagne d'André Bogarsky doit en principe les conduire jusqu'au domicile du maître, une ancienne ferme isolée dans le bocage. Soudain il aperçoit une vieille femme inerte au volant d'une voiture tachetée de boue, le regard figé sur le bitume, droit devant elle. Son allure de démente sénile correspond en gros à la description que lui a faite Carole Stern, mais il n'est pas très sûr de lui. Après avoir vainement tenté de capter son attention en passant et repassant dans son champ de vision, il se décide enfin à se pencher à la portière :

— Excusez-moi, madame, ne seriez-vous pas la… (il hésite sur les termes à employer ; le mot « compagne » lui paraît un peu mièvre, mais elle n'est sans doute pas mariée à Bogarsky, qui exècre les institutions bourgeoises). Est-ce vous qui partagez l'existence d'André Bogarsky ?

Sans marquer de surprise, la femme entrouvre la bouche et fixe des yeux troubles sur le visage contraint de Karl, de l'autre côté de la vitre, comme si l'on venait de soumettre à sa curiosité morne un poisson hideux, capturé dans les abysses. L'accommodation est manifestement difficile. Elle s'anime quelque peu, semble reprendre pied dans le monde après s'être éveillée d'un cauchemar où son identité et son statut social étaient remis en question.

— Qu'est-ce que c'est que cette agression ?

Karl se répand en excuses et fournit des justifications incompréhensibles à sa maladresse.

— Appelez-moi Marilou, simplement Marilou. À mon âge et dans l'état où je suis, je n'allais tout de même pas vous attendre à la descente du train avec un bout de carton à la main. Les gens croiraient que je fais la manche et me jetteraient des pièces, ou me cracheraient dessus. Mettez vos affaires dans le coffre et montez. Je vous mène au grand homme…

Les paroles de Marilou mêlent étrangement la distinction et le sarcasme. Arnold s'est approché, l'air préoccupé, et murmure à l'oreille de Karl :

— T'as vu la tête qu'elle a ? Elle doit passer son temps à picoler et à se camer avec son vieux dans leur gourbi. J'aime pas ça du tout. En tout cas, pas question de monter en bagnole si c'est elle qui conduit, ça sent la tragédie routière. J'ai encore toute la vie devant moi, je dois me préserver.

— Ils n'habitent pas très loin d'ici. Si je la sens plonger, j'interviendrai, même si pour ça je dois la balancer sur la route, fais-moi confiance. Il faudra juste lui parler le moins possible pendant le trajet, pour qu'elle ne se déconcentre pas.

Marilou est en fait un chauffeur mutique, se bornant à quelques remarques venimeuses sur la ville, bientôt quittée pour une campagne à la terre noire et aux herbes grasses. Elle passe les vitesses dans de grands claquements mécaniques, s'agrippe au volant en écartant les coudes. Au bout d'une quinzaine de kilomètres, un corps de ferme flanqué d'un pigeonnier apparaît, à l'orée d'un bosquet de bouleaux.

— C'est là. Bienvenue à la maison du bonheur.

Le faîte de la toiture en ardoise est nettement affaissé en son milieu. Derrière le bâtiment principal se dissimulent une cour en ciment dont un angle est baigné par une flaque d'eau brune, une sorte d'appentis où l'on a dû élever jadis des animaux comestibles, puis un pré qui descend en pente brutale vers un ruisseau murmurant. Arnold examine ces lieux de déréliction avec un sourire entendu. Il est convaincu qu'André Bogarsky, qui a vendu des millions de disques dans sa longue carrière, doit posséder un gigantesque patrimoine immobilier, comprenant des villas sur les côtes enchanteresses, des palais à Venise, des lofts à New York. Ce bouge est certainement sa résidence fiscale, eh ! eh !

— André est en train de travailler dans son studio d'enregistrement, au fond du jardin, dit Marilou. En l'attendant je vais vous montrer la maison. Il paraît que c'est ce qu'on fait chez les gens bien.

Karl et Arnold pénètrent à sa suite dans une salle à manger donnant de plain-pied sur la cour. Aplati près de la cheminée, un terre-neuve grogne par principe. Des taches d'humidité aux murs assombrissent tout un coin de la pièce légèrement pentue, meublée d'une longue table de chêne et de bancs sans dossier, sans doute issus du pillage d'un ancien établissement religieux. Une odeur composite de champignon et de bête mouillée règne partout, même dans la cuisine attenante, au carrelage inégal, équipée de façon anachronique d'appareils modernes, tout en inox et en verre teinté.

— Je ne vous montre pas l'étage, plus personne n'y a mis les pieds depuis que le dernier fermier s'est pendu à l'espagnolette d'une fenêtre. D'ailleurs les chambres sont trop basses de plafond pour de grands garçons comme vous.

Karl commence à redouter que l'humeur débilitante de Marilou ne soit contagieuse. Si André Bogarsky subit une telle influence depuis des décennies, il sera bien difficile de l'admettre au club des professeurs d'énergie. Au début de son adolescence, Karl avait écouté en boucle, avec une avidité de morphinomane, les albums de la grande époque, celle des galas de soutien, quand Bogarsky tenait la scène trois ou quatre heures d'affilée devant un public intégriste d'enseignants et d'étudiants qui ne supportaient pas l'ombre d'une critique contre lui et le suivaient de ville en ville, tout un été, comme s'il devait mener ce peuple de campeurs à une terre nouvelle, où toutes les activités ménagères et sexuelles seraient assumées en commun. Puis, insidieusement, la puissance et le prestige des textes d'André avaient cessé d'agir sur Karl ; il change maintenant aussitôt de station si la radio joue une de ses chansons, parce qu'elles lui rappellent un avatar de lui-même qu'il ne supporte plus, dont il voit désormais toutes les insuffisances.

Debout dans la cuisine, passant d'un pied sur l'autre, Karl et Arnold ne savent plus comment soutenir la conversation exténuante de Marilou, qui les sonde sur la vie secrète des jeunes avant de laisser s'installer un interminable silence, où l'on n'entend plus, dans le lointain, que le teuf-teuf d'un engin agricole, puis enfin, par bonheur, le pas traînant d'André Bogarsky. Il s'arrête sur le seuil, devant la porte restée ouverte, jette un coup d'œil méfiant à l'intérieur de sa maison, et finalement lance d'une voix tranchante :

— Marilou, c'est qui ces mecs ?

— Ce sont les envoyés de Carole Stern, que tu m'as dit d'aller chercher à la gare ce matin. Je n'ai pas osé te déranger en pleine création, tu penses bien !

André ricane, comme à une plaisanterie dont lui seul pourrait apprécier tout le sel, et passe sa tête de prophète par la porte de la cuisine pour saluer les visiteurs. Il garde la bouche ouverte quand il se déplace, et doit reprendre bruyamment son souffle entre deux phrases un peu longues. Des poils blancs débordent en touffes de son polo, sur la poitrine et dans le dos ; ses jambes flottent dans un survêtement distendu qui évoque l'hospice pour indigents ou l'armée de réserve d'un état du tiers-monde. Cela dit, il n'a guère changé, car il était déjà presque vieux au temps de sa splendeur, avec la même trogne aux plis durcis, marquée de profondes rides verticales, telle une écorce de cyprès.

— Mes amis, je ne suis pas sûr d'avoir bien compris ce qu'on attend de moi… Dans ma vie, j'ai reçu beaucoup plus d'énergie du public que je ne lui en ai donné. J'espère que vous n'aurez pas fait tout ce voyage pour rien (Karl proteste aussitôt de sa confiance en la fécondité de cette après-midi). J'aimerais qu'on se tutoie, mon garçon, et que tu m'appelles par mon prénom.

Ils s'installent tous les quatre à la grande table monacale. Marilou a sorti des boîtes de bière d'un immense réfrigérateur débordant de victuailles. Sur l'un des bancs, à côté d'André, est posée une liasse de lettres et de papiers bancaires.

— C'est très émouvant pour moi de te rencontrer dans ton cadre de vie et de travail, André. Je suis un fan de longue date, depuis que mes parents me faisaient écouter *La vie derrière les choses.* Bien sûr, à l'époque, je ne comprenais pas tout, mais j'étais transporté par l'ampleur de ton inspiration, la richesse de ta palette…

— Moi aussi, André, j'ai l'impression de rêver. Être assis là en face de toi, à boire ta bière et à manger ton fromage de chèvre… Sans déconner, je tiens à te dire que t'es un exemple pour nous les artistes de la jeune génération : depuis quarante ans t'es sur la route, galérien des théâtres municipaux, et te voilà, solide comme un roc, créatif comme au premier jour… Je peux pas te dire à quel point je te respecte.

Arnold continue sa sortie sous le regard furibond de Karl. Il a visiblement préparé avec soin sa nauséabonde tentative de séduction, lui qui était persuadé, huit jours plus tôt, qu'André Bogarsky était mort depuis longtemps. Maintenant il brandit un CD qu'il a tiré de son blouson, d'un geste de prestidigitateur, et il impose au vieil homme un visage passionné, presque douloureux :

— J'ai peur d'abuser de ta générosité, André, alors n'hésite pas à me le dire si c'est le cas, mais entendre ton avis, bénéficier de tes conseils, pour moi ça n'a pas de prix. J'ai apporté à tout hasard deux de mes titres. Écoute-les à tête reposée quand tu voudras, et ensuite dis-moi tout net ce que tu en penses, sans fioritures, avec ton expérience de la scène et des studios. Je te demande rien de plus.

André, médusé, se lève après avoir consulté Marilou du regard et va insérer le disque dans le lecteur de sa chaîne hi-fi. L'introduction chantournée d'*In memoriam* résonne sous les poutres apparentes. Dans cette déploration d'un amour défunt, Arnold se laisse aller à des effets vocaux grandiloquents et geignards au goût de Karl, mais conformes au romantisme nécro-décadent des Psychotics. André et Marilou, les mains posées à plat sur la table, les yeux rivés sur leurs boîtes de bière, semblent entrés dans un état cataleptique. On ne voit plus que le crâne dégarni et les sourcils broussailleux d'André, dont le visage s'est fermé comme un poing. Le second titre, *Fast fuckin'Valentine*, beaucoup plus tonique, presque délirant, a été choisi pour faire contraste avec le premier et présenter une autre facette du travail du groupe. L'ultime éruption sonore est suivie d'un silence dangereux.

André s'exprime enfin, d'une voix bien trop douce :

— C'est ça que t'appelles chanter, mec ?

Quoique choqué par une telle brutalité, Arnold est trop habitué aux situations problématiques, dans tous les domaines de l'existence, pour lâcher son os :

— Tu sais André, nous on n'a pas de studio à disposition pour bosser comme on voudrait. On s'est construit sur scène, sous les crachats. Ce que je t'ai présenté, c'est qu'une ébauche de ce qu'on pourrait faire si une maison de disques misait sur nous. Tu joues les grandes âmes à longueur d'interviews, mais quand t'as l'occasion d'enfoncer un jeune qui cherche à percer, tu la rates pas, tu y vas carrément... Excuse-moi d'être direct à mon tour, André, mais t'as une mentalité de VRP.

Karl se jette bien trop tard dans l'échange pour éviter la catastrophe. Des tics nerveux sont apparus sur le visage d'André, qui se lève sans un mot et sort dans la cour, la mine lugubre.

— Il est parti aux toilettes, commente Marilou. C'est sa façon d'esquiver les contrariétés. Il en a pour une bonne demi-heure, ça lui laissera le temps de se calmer. Faut dire que vous y êtes allés fort, quand même ! (Elle éclate d'un rire fêlé.) Si vous voulez, en attendant, on peut boire une autre bière et écouter encore de la musique. J'adore *Prélude à l'après-midi d'un faune*. Pas vous ?

— Je partage ab-so-lu-ment vos goûts, Marilou (Karl, en disant cela, espère piquer au vif Arnold, mais celui-ci ne perçoit pas son intention malveillante), toutefois le temps qui nous est imparti pour réaliser l'entretien file à toute vitesse.

— Si vous y tenez, libre à vous d'aller discuter avec André à travers la porte percée d'un as de pique, au fond de la cour, mais je crois vraiment qu'il est de mauvaise humeur, vous savez. Vous pourriez plutôt passer la nuit ici et remettre l'entretien à demain. Il sera toujours temps.

Cette proposition de conte de fées ou de film d'horreur glace le sang des deux visiteurs, qui exposent aussitôt à Marilou l'impossibilité où ils se trouvent de se soustraire plus longtemps à leurs obligations familiales et professionnelles. D'ailleurs l'absence d'André est finalement plus courte qu'annoncé. Il réapparaît, moins mécontent peut-être qu'il ne cherche à le faire croire, et s'adresse durement au seul Karl :

— Bon, écoute, finissons-en avec cette prise d'otages artistique (André prononce ce mot sur un ton d'indicible ironie), pose-moi trois questions ; après, le génie rentrera dans sa lampe et vous dégagerez tous les deux.

Il se plante derrière Marilou, les bras croisés, les yeux clos, le dos appuyé au mur, comme disposé à tout subir dans les strictes limites qu'il a fixées. Les premières syllabes de Karl se perdent dans un balbutiement émotif, mais il parvient enfin à articuler, d'une voix mourante :

— André, comment es-tu venu à la poésie ?

André passe une main lourde sur son front immense. Il se sent soudain très fatigué, complètement crevé, absolument vidé de son énergie.

— Je crois que je t'ai fait une promesse inconsidérée, mec… Je pourrais te répondre, comme les Anglais, qu'il y a des *poetry people*, etc., mais j'en ai vraiment plus la force, tu m'as plombé définitivement avec ta question. Tu es pourtant un garçon intelligent, alors tu vas pondre un entretien bidon, en faisant les demandes et les réponses, et tu me l'enverras par la poste. J'y mettrai des corrections si nécessaire et tu fileras le tout à Carole Stern sans rien lui dire. Ce sera notre secret. Mais maintenant foutez le camp, cassez-vous...

Karl et Arnold quittent la fermette des Bogarsky sans insister davantage. D'un accord tacite, ils observeront un mutisme complet tout au long du voyage de retour.

Vers les neuf heures, des hurlements provenant d'une cour d'école ont tiré Arnold du sommeil, le forçant à se souvenir de la soirée précédente, commencée dans ce bar à cocktails où toutes les serveuses avaient les cheveux rouges. Un tourbillon d'alcool et de fumée l'avait ensuite libéré de sa pleine conscience pour quelques heures trop brèves.

« Je m'appelle Arnold Wagner ; je suis expert en musique, en graphisme et dans bien d'autres domaines ; je suis quasiment fiancé à Angela Foster ; je serai bientôt membre de la Bethesda Holy Church… » C'étaient au moins quelques repères à peu près stables auxquels se raccrocher au réveil ; pour le reste, il devrait vérifier que sa conquête nocturne n'était pas en train de s'ouvrir les veines sous la douche, puis aller braver les regards hypocritement étonnés de ses collègues, arrivés à l'heure au boulot, eux.

Il l'avait rencontrée la veille sur internet, en début d'après-midi, pendant que Claire Nguyen et les autres titulaires de CDI étaient retenus par une réunion d'orientation stratégique. Elle s'était présentée comme une femme moderne, au physique agréable, occupant des fonctions de cadre dirigeant. Ce dernier point avait stimulé la curiosité d'Arnold, beaucoup plus enclin à fréquenter des femmes appartenant aux classes intermédiaires, voire en situation tout à fait précaire, à l'exclusion des mères au foyer, qui généralement tapaient sur le clavier familial en dilettantes, pour tuer le temps avant le retour des enfants de l'école, sans intention sérieuse d'aboutir. Il s'était d'abord un peu méfié, car sa correspondante lui avait proposé un rendez-vous le soir même, dans une sorte de précipitation très suspecte. Lui s'était pourtant contenté de déployer sa panoplie habituelle, faite de plaisanteries savoureuses et de détachement serein, sans mentir particulièrement ni chercher à briller outre mesure. Depuis quelque temps, il incluait dans la description physique et morale qu'il livrait de lui-même l'adjectif « atypique », un mot d'agent immobilier ne signifiant rien de très clair mais laissant les portes grandes ouvertes à l'imagination, et correspondant d'ailleurs bien au reflet que lui renvoient les miroirs et les recruteurs.

Arnold s'était donc rendu au lieu choisi pour la rencontre, une brasserie des boulevards extérieurs, en tenant à la main, comme convenu, une banane tigrée, achetée à l'épicerie la plus proche des locaux d'Eurofocus. L'inconnue ne viendrait s'installer à sa table, avait-elle prévenu, que si elle se sentait « *in the mood* ». Cette restriction était bien sûr peu engageante, mais Arnold sait se satisfaire, le cas échéant, des plaisirs de l'attente vaine et du jeu gratuit des supputations. Même si tous ces rendez-vous de hasard débouchent immanquablement sur une déception plus ou moins totale, il ne veut plus se passer de ces moments d'impatience joyeuse qui le ramènent aux fraîches surprises des noëls de l'enfance, quand il retardait le plus possible l'ouverture de ses cadeaux et l'instant navrant de la révélation.

Assis ce soir-là devant une menthe à l'eau – commander un demi dans ces circonstances eût été une faute de goût –, il se plaisait à rêver à l'apparition d'une femme décidée, un peu dure et méprisante, qui le traiterait comme le dernier de ses garçons de bureau. Autour de lui se pressait la foule sortie du travail – habitués braillards venus rigoler debout au comptoir avant de rentrer à la maison, clients occasionnels songeant gravement à l'avenir, les coudes serrés sur leur petit guéridon, face au fleuve de la circulation à l'heure de pointe. Il s'était laissé étourdir, lui aussi, par le vacarme des bus et des sirènes, et n'avait pas vu s'approcher cette femme au visage fardé qui se tenait soudain devant lui comme un juge :

— Bonsoir, c'est moi que vous avez draguée tout à l'heure sur le net.

Désarçonné par une telle entrée en matière, Arnold s'en remit d'instinct à ses armes maîtresses, l'humour et le second degré. Il saisit la banane tigrée et mit en joue son agresseur en imitant avec la bouche le bruit d'une détonation – « pliiioutch ».

— Je vous ai eue, vous devez tomber sur cette chaise et ne plus bouger jusqu'à ce que je vous ressuscite.

— Vous êtes toujours aussi drôle ou vous me gâtez spécialement ?

La femme sans nom obéit néanmoins à l'injonction d'Arnold. Elle avait un éclat trompeusement juvénile d'ancienne adolescente flétrie de l'intérieur. Son splendide manteau de cuir portait une petite déchirure à l'épaule gauche ; on ne voyait qu'elle, et Arnold se dit plus tard que le manteau était à l'image de sa propriétaire. Sur le moment, il comprit seulement qu'il devait, avec une telle interlocutrice, châtier son langage.

— Je vous ferai remarquer que je ne vous ai pas draguée, comme vous dites ; nous avons engagé, entre adultes consentants, un dialogue léger, à la limite du marivaudage il est vrai. Nuance !

Arnold se sentit dévisagé sans bienveillance, et crut d'abord avoir banalement déçu une personne peu subtile, ayant entendu « atypique » au sens d'« extraordinairement séduisant » ou de « magnifiquement bâti ».

— Excusez-moi de vous fixer avec tant d'insistance, mais en fait je suis venue par pure curiosité, pour voir à quoi ressemblent ceux qui passent des heures à traquer des inconnues sur internet, comme mes collaborateurs ou mon mari, une fois qu'ils sont au pied du mur, attablés devant leur rencart.

Elle parlait fort, accentuant ainsi les rides de son visage, qui manifestaient moins son âge que son autorité. Aux tables voisines, des consommateurs réjouis les regardaient maintenant avec avidité, espérant assister à l'écrasement de ce petit jeune homme frappé de stupeur, incrédule devant tant d'injustice.

— Encore une fois, finit-il par articuler, nous parlons ici entre personnes majeures, qui s'engagent de leur plein gré dans ce genre d'échanges et de rencontres. Si vous n'aimez pas les « rencarts », pour reprendre votre expression peu élégante, n'en dégoûtez pas les autres. Quant à vos problèmes conjugaux et professionnels, ils ne regardent que vous. En ce qui me concerne, je ne suis pas marié, et par principe je ne m'intéresse qu'aux personnes libres. Par honnêteté, vous auriez dû me signaler votre situation matrimoniale. Je me serais alors abstenu, ce qui nous aurait évité cette scène ridicule.

Arnold en était venu lui aussi à hausser le ton. Il trouvait ses arguments singulièrement pertinents et bien formulés, et s'attendait à mettre les rieurs de son côté. Guettant leur approbation, il se tourna vers le comptoir, mais le clan des piliers de bar, fermé au monde extérieur, était plongé dans une discussion à voix basses, comme s'il médisait du personnel de l'établissement.

Que s'était-il donc passé ensuite ? Arnold se souvient que, possédée à son tour par la rage de convaincre et d'argumenter, l'inconnue lui avait proposé de poursuivre la conversation dans un lieu plus intime. Ils s'étaient rendus dans un autre bar, puis ils avaient mangé des choses chères dans un restaurant dont il avait tenté de retenir le nom afin de pouvoir le citer ultérieurement à ses amis et relations. Finalement, après avoir réglé l'addition, elle l'avait suivi jusqu'à son immeuble cerné de tours de bureaux et de garages, dans ce quartier oublié entre deux époques où subsistent, sur des murs sales, des affiches vantant des produits dont personne n'entend plus parler depuis longtemps. Il n'était pas très sûr d'avoir envie qu'elle monte chez lui, mais elle lui faisait un peu peur avec ses avis tranchés et sa manière de lui parler haut en écarquillant les yeux, presque en criant.

Arnold se prépare maintenant à la va-vite, en se disant que les femmes sont trop compliquées et qu'il est décidément content de se caser une fois pour toutes. Il prend le temps de contempler, attendri, le portrait d'Angela qu'il vient de sortir d'un placard et de remettre en place sur sa table de chevet. Oui, dans quelques mois, la vie sera plus simple. Penché à sa fenêtre, il observe les alentours pour s'assurer qu'il peut descendre dans la rue sans risquer d'être raccroché par la furie de la veille, qui a dû s'éclipser aux petites heures. C'est tout de même malheureux, se dit-il, d'en arriver à redouter davantage une scène de vaudeville qu'une attaque de loubards !

Bientôt il presse le pas vers la station de bus, sans un regard pour le présentoir du marchand de journaux. Il arrive haletant et nauséeux chez Eurofocus, à onze heures et quart, pour se heurter comme prévu au professionnalisme glacial de ses collègues surchargés de travail. Cette fois Claire Nguyen a un bon motif pour couper court à ses effusions matinales et éviter de lui faire la bise :

— Il faut que tu ailles tout de suite voir Simon et Jonathan. C'est urgent.

Il est rare que les deux jeunes patrons convoquent ensemble un de leurs collaborateurs. La dernière fois, c'était pour annoncer son licenciement au directeur commercial, soupçonné de renseigner un concurrent sur l'activité de la société. L'heure est donc grave, et les jeunes cadres aux manches de chemise roulées sur les avant-bras l'ont bien senti : Arnold sera le héros du jour !

Le bureau des patrons se trouve au premier étage d'un ancien entrepôt situé au fond d'une cour, le rez-de-chaussée étant occupé par des boutiques de décoration et de brocante. La rumeur veut que Simon soit le technicien et Jonathan le stratège, mais elle ne repose en fait sur rien de tangible. En tout cas, ils ont fondé leur entreprise à la fin de leurs études et ont jusqu'à présent repoussé toutes les propositions de rachat. Certains des plus anciens salariés affirment volontiers qu'il ne s'agit pas pour eux de conserver le contrôle d'une société à laquelle ils seraient viscéralement attachés, mais d'attendre que les offres atteignent un chiffre pharaonique, qu'ils auraient secrètement fixé dès la création d'Eurofocus.

Jonathan a gardé un physique gracile d'étudiant sportif, alors que Simon, lourd et colérique, le précède de beaucoup dans le vieillissement, bien qu'ils aient exactement le même âge. Quand Arnold entre dans leur bureau, ils se tiennent debout devant la baie vitrée, occupés à examiner un document relié par de simples agrafes. Ils l'ont sans doute vu traverser la cour mais n'ont pas interrompu leur travail pour autant, comme s'ils estimaient son cas facile à régler, ne nécessitant pas qu'ils adoptent une posture plus solennelle, assis dans leurs fauteuils design ou, plus inquiétant, les fesses posées sur le bord de la grande table noire et les bras croisés, afin de donner l'impression, peut-être, de se retenir à grand-peine de frapper l'arrivant. Ils lèvent au contraire les yeux de leurs papiers avec un bon sourire, et invitent cordialement Arnold à s'asseoir près d'eux dans un vaste canapé d'angle. Comme d'habitude, c'est Simon qui aborde le vif du sujet, en tournant souvent la tête vers son associé pour obtenir confirmation de son mandat de porte-parole :

— On voulait d'abord te remercier et te féliciter pour ton travail sur le dossier Patrimonys. Claire nous a dit que ton intervention avait permis de conclure les négociations dans les temps et d'éviter des coûts supplémentaires. Encore merci et bravo.

Arnold agite les mains et détourne le regard vers le plancher, comme si son humilité foncière était mise au supplice par un tel déluge de pétales de fleurs.

— Je n'ai fait que mon travail, Simon. À un moment donné, j'ai senti qu'une initiative de ma part pourrait opportunément permettre de débloquer une situation inextricable. C'est tout.

Simon marque une hésitation. Il croise les doigts sous son menton et prend une inspiration profonde avant de poursuivre :

— C'est tout, mais c'est beaucoup. Tu mérites des félicitations, je le répète. D'ailleurs, figure-toi que Jonathan et moi (il se retourne complètement vers son partenaire, comme pour faire remarquer à Arnold sa présence dans la pièce) étions en train d'examiner le cahier des charges d'un appel d'offres d'une filiale de Patrimonys. Leurs règles internes de déontologie les obligent à procéder de cette façon, mais ils nous ont fait savoir qu'ils avaient déjà décidé de nous confier le projet, pour qu'il soit mené dans le même esprit que celui de la maison mère. Tu vois sans doute où on veut en venir. Ton contrat expire dans un mois, on te propose de le reconduire pour six mois supplémentaires, avec une augmentation substantielle à la clé, de l'ordre de 3,25 %. Qu'est-ce que tu en dis ?

— J'en dis que votre confiance m'honore, mais qu'hélas je ne peux accepter votre proposition. J'ai d'autres projets d'avenir, qui m'imposent, à mon grand regret, de prendre une telle décision.

Arnold s'est exprimé d'un trait, avec une légère emphase, comme s'il s'attendait à être ainsi sollicité et avait mûrement préparé sa réponse. À sa grande surprise, ses patrons ne semblent pas étonnés de son refus, et Simon reprend aussitôt la parole d'un ton presque égal, après un claquement de langue :

— Bon, écoute, on peut comprendre ta position. On a un peu tardé à te recevoir, et tu as pris d'autres contacts, c'est normal. Je parle sous le contrôle de Jonathan, mais il me semble qu'on peut aller jusqu'à te proposer un contrat à durée indéterminée, aux mêmes conditions bien entendu. Tu travailleras en binôme avec Claire, à statut égal. Ça me paraît un bon *deal*, non ?

À cet instant, Arnold se penche en avant sur son siège, comme pour faire une confidence à ses interlocuteurs, et baisse le ton à un point tel que ceux-ci doivent à leur tour incliner la tête pour entendre ses paroles :

— Pour des raisons que vous comprendrez ultérieurement, je me vois contraint de repousser vos sollicitations. Je ne peux vous en dire plus à l'heure actuelle, mais des événements tout à fait imprévisibles sont survenus dans ma vie personnelle. Voilà quinze jours encore, j'aurais examiné votre aimable proposition avec un *a priori* favorable, mais il ne m'est plus possible maintenant d'y répondre positivement. Or à l'impossible, nul n'est tenu.

Les trois hommes relèvent lentement la tête. Arnold fournit un terrible effort pour masquer sa jubilation. Il croit entendre autour de lui un immense tintamarre de vaisselle brisée. Simon, dont le visage en forme de betterave a viré au violet, frappe lourdement du poing le cuir du canapé. Oubliant de consulter Jonathan du regard, il émet un raclement de gorge métallique avant de proférer des menaces d'une voix bestiale :

— Écoute-moi bien, petit rigolo, si tu essaies d'emmener des clients dans ta nouvelle boîte, crois-moi tu t'en mordras les doigts ! Tu en sortiras en loques, j'en fais une affaire personnelle ! On pourrait très bien diffuser partout dans la profession la liste des sites internet que tu consultes pendant les heures de travail et le temps que tu y passes ! Ici, on t'a jamais fait de reproches là-dessus, ni sur tes retards continuels, mais si tu ne renvoies pas l'ascenseur on saura te tailler une réputation au rasoir qui te suivra jusque sous les ponts !

Pour la forme, Arnold essaie mollement d'apaiser le débat, mais il est trop tard. Même Jonathan se met à lui faire des reproches de sa voix monocorde, tel un père de famille d'ordinaire laxiste prenant soudainement conscience que son fils a depuis longtemps passé toutes les bornes et qu'il faut maintenant sévir. Les arguments et les imprécations s'entremêlent en une bouillie informe, dominée cependant par les beuglements dégoûtants de Simon, qui repousse son désormais ex-collaborateur vers la porte en marchant sur lui de toute sa masse en colère. Arnold se demande avec curiosité s'il oserait le frapper et risquer un procès. Il fait mine, en s'adossant au mur, de refuser de quitter la pièce. Mais cette manœuvre est instantanément devinée par Simon. Il éclate d'une joie mauvaise, il exulte, il s'esclaffe !

— Non, fumier, je ne tomberai pas dans ton piège ! Si tu crois que tu vas me pousser à la faute et obtenir des dommages et intérêts, tu peux te gratter, connard ! Tu vas prendre tes cliques et tes claques et dégager séance tenante ! On te paiera ce qu'on te doit, rien de plus, mais tu dégages de ma boîte ! C'est ta mort professionnelle que t'as signée aujourd'hui ! Tu es MORT, t'entends !

Arnold est aussitôt retourné à son bureau ramasser ses maigres affaires. Toujours il a savouré ces moments de rupture où il en termine avec un épisode de sa vie et remet son sac sur le dos, dans l'excitation du départ. Il regrette seulement d'avoir l'esprit de l'escalier et d'être resté un peu sec devant les insultes des deux autres. Des répliques cinglantes lui montent maintenant aux lèvres, et il les marmonne pour lui seul, en souriant de l'effet qu'elles auraient pu produire (« Là, ce gros tas de lard de Simon n'aurait pas pu s'empêcher de m'en coller une ! »). Tandis qu'il enfourne ses polars et ses paquets de biscuits dans un sachet en plastique, Claire Nguyen apparaît, une question muette dans les yeux.

— Claire, c'est un grand jour pour toi, tu peux faire couler le champagne à flots ! Dès demain, tu ne m'entendras plus croquer des sablés toute la journée et tu ne verras plus de gras de jambon traîner sur tes dossiers.

— Ils t'ont viré ?

— J'ai refusé le pont d'or qu'ils me faisaient. Figure-toi qu'ils voulaient nous marier, toi et moi, professionnellement s'entend.

— Je sais, c'est moi qui leur avais présenté l'idée.

La stupeur fige Arnold sur place. Il regarde Claire d'un air idiot, comme si elle venait de se déshabiller, là devant lui, dans les locaux miteux d'Eurofocus.

— Comment, Claire ? Toi aussi tu étais donc secrètement amoureuse de moi ? Et dire que je ne m'étais rendu compte de rien ! Je dois rater un tas d'occasions par manque de lucidité ou de confiance en moi ; c'est terrible, terrible…

— Tu es un bon graphiste et surtout tu es loyal à ta manière. On ne peut pas compter sur toi pour arriver à l'heure ou te taire en réunion, mais comme tu n'as pas d'ambition professionnelle, tu ne cherches pas à savonner la planche à tes collègues. Pour moi, tu étais finalement plutôt reposant dans l'ensemble.

C'est dans un état d'agitation redoublé qu'Arnold quitte pour toujours Eurofocus. Il se dit, émerveillé, que la vie est vraiment étonnante ! Avant de partir, il aurait aimé faire un cadeau à Claire. Il lui a bien donné une vieille maquette des Psychotics qu'il gardait au fond d'un tiroir, mais les Asiatiques intellectuelles doivent plutôt écouter de la musique classique. C'est du moins son opinion. En chemin, il téléphone à Karl pour lui raconter ses aventures et lui annoncer qu'il sera plus que jamais disponible pour l'assister dans ses interviews d'hommes célèbres. Afin d'interrompre le flot de ses glapissements dans l'écouteur, cet incurable casanier de Karl l'invite en ronchonnant à passer chez lui.

Arnold trouve son ami plongé dans la contrariété. Un quotidien du soir est étalé sur la table du séjour.

— Regarde, dit Karl en désignant un article d'un huitième de page, pour moi aussi c'est la journée des surprises.

Arnold commence la lecture de l'article, un peu froissé du manque de tact de son ami, qui l'oblige à différer le récit de ses malheurs diurnes et nocturnes. Mais bientôt il fronce les sourcils et colle son grand nez au papier, en poussant des exclamations de surprise. L'article annonçait la mort violente du célèbre académicien René Meindert, à la suite d'une chute de la mezzanine de la nouvelle médiathèque nationale pour handicapés sensoriels qu'il était en train d'inaugurer à la tête d'un bataillon de responsables associatifs et politiques. Les circonstances de l'accident demeuraient floues et la rédaction renvoyait le lecteur à une édition ultérieure, mais on comprenait, à bien lire entre les lignes, que l'hypothèse d'un suicide n'était nullement exclue.

— C'est Kremer, mon référent au ministère, qui m'a appelé pour me prévenir. Évidemment, c'est mauvais pour *Professeurs d'énergie*, il va falloir retirer Meindert du catalogue.

— Pourquoi ? Au contraire, sa mort mystérieuse permettra de lancer plus facilement le bouquin. Ça va lui donner une aura tragique, il deviendra le testament littéraire de René Meindert. Les cultureux et les amateurs de faits divers voudront tous lire le texte de sa dernière interview. Tu vas sûrement être appelé par les journalistes, mon salaud.

— Ça m'étonnerait. Dans ce projet, mon nom n'apparaîtra nulle part. Je ne suis qu'un forçat des lettres, une paire de lunettes posée sur le néant… Et de toute façon, si jamais la thèse du suicide est vraiment crédible, Meindert pourra difficilement être présenté comme un professeur d'énergie…

— Bof, on dira qu'il avait l'énergie du désespoir, et on passera à autre chose. Tu raffines trop, les gens n'y regardent pas de si près. Ce qui compte, c'est qu'ils puissent éprouver des émotions. En lisant le bouquin, ils se diront : « Et dire que ce mec si intelligent, si célèbre, qui gagnait des millions en droits d'auteur, en plus de sa retraite de prof d'université, n'a pas pu résister à l'envie de se laisser tomber d'une mezzanine ! On n'est quand même pas grand-chose ! » Finalement, ça les réconfortera de penser que personne n'est plus malin qu'eux devant la vie et la mort, et les réconforter, c'est justement le but du livre, non ? Rigole si tu veux, mais c'est vrai.

Karl se dit qu'il aurait eu bien tort de rompre avec ce brave Arnold à la suite de l'expédition chez André Bogarsky. Certes, ce naufrage lui a coûté des heures de travail pour rédiger à froid les questions et les réponses de l'entretien, et beaucoup d'argent en frais de télécopie pour expédier les multiples versions successives au vieux barde libertaire, mais enfin il faut reconnaître qu'Arnold le dédommage amplement à sa manière, et qu'il mériterait même, malgré sa pugnacité de mollusque, de compter au nombre des professeurs d'énergie !

— En tout cas, reprend Karl, avec tout ça il sera difficile de tenir les délais prévus pour la réalisation du projet. L'embêtant, c'est que la plupart des personnalités pressenties sont très âgées. Il va falloir prévoir des remplaçants pour combler les vides éventuels et éviter que le livre se transforme en monument funéraire.

— Il faudrait déjà faire surveiller ce vieux cancrelat de Bogarsky, il serait capable d'aller se jeter dans une fosse à lisier dans un moment de lucidité.

La conversation se prolonge dans un délire macabre, rebondissant sur un mot lancé par l'un ou l'autre. Bien qu'il ne soit pas très tard, des coups se font entendre au plafond. Arnold peut enfin raconter ses aventures de la journée, l'échauffourée sordide avec Simon, la déclaration d'amour professionnel de Claire... Karl rit encore de bon cœur, secrètement attristé cependant par le pressentiment d'un naufrage :

— J'espère pour toi que tu ne regretteras pas d'avoir lâché ce boulot.

— Non, pas de danger. J'ai un tas de trucs à régler avant mon départ aux States, j'aurais pas eu la tête à autre chose. Et puis vraiment j'en pouvais plus de leurs week-ends de deltaplane pour souder l'équipe, de leurs coups de champagne pour arroser un nouveau contrat ou un anniversaire. Non, c'étaient des guignols, tu peux pas savoir…

Le boulevard Zamenhof forme un angle aigu, au sud-est, avec la rive droite du fleuve. Il traverse un quartier monumental foisonnant d'ambassades et de bâtiments officiels, dont les rues sont beaucoup plus paisibles que celles environnant, par exemple, le ministère de la mémoire et de la création, égaré parmi les grands magasins et les sociétés de services, dans un secteur moins noble où des immeubles triangulaires, semblables à des étraves de navires, fendent aux carrefours la foule des voitures et des piétons qui grouille à leur pied jusque tard dans la nuit. Le boulevard Zamenhof, quant à lui, n'est guère animé que par la présence d'un grand hôtel doté d'un restaurant fameux, dont les vitres dépolies jusqu'à mi-hauteur laissent entrevoir des gourmets âgés, souvent venus en couples, qui ne finiront leur déjeuner que dans l'après-midi, peu avant l'heure du goûter. Les rares commerces ferment aux mêmes heures que les bureaux, et l'on entend dès dix-neuf heures le fracas déprimant des rideaux de fer qu'on abaisse.

Le siège du Blindlife Club est situé plus bas en direction du fleuve, dans les hauts murs d'une institution spécialisée pour jeunes aveugles, jadis réservée aux filles et tenue par des religieuses, mais réduite depuis quelques décennies à l'état laïque et à la mixité. La cloche de la chapelle continue néanmoins de régler la vie de nombreux riverains. L'Institut abrite encore quelques internes, mais la plupart des élèves résident désormais hors des murs et viennent parfois de loin suivre leurs cours dans la vieille maison.

Karl, arrivé trop tôt, n'a pas trouvé dans ces rues désertes de café où attendre l'heure fixée. Il s'est assis sur un banc, dans l'ombre des marronniers, espérant vaguement rencontrer Alice avant la séance et lui parler enfin, pour la première fois, en dehors du cadre professionnel de son cabinet. Mais il existe peut-être une autre entrée, connue des seuls aveugles et de leurs amis, puisque Karl ne voit personne sonner à l'interphone du portail de l'Institut. Quand vient le moment de décliner son identité dans l'appareil grésillant, il craint un instant que le monde des aveugles ne soit aussi déplorablement organisé que celui des voyants et qu'une voix hargneuse ne lui réponde : « Connais pas ! » Mais non, la consigne a bien été transmise au portier, et Karl est même accueilli, dans la vaste cour macadamisée, par un tout jeune homme posté là spécialement à son intention, afin de le guider, lui l'homme aux yeux fonctionnels, jusqu'au lieu de la réunion.

— Les membres de la Ligue sont déjà arrivés ?

— Oh oui, monsieur, depuis longtemps. En général, ils participent dans la matinée à des ateliers spécifiques. Mais M. Skrobot vous en parlera mieux que moi.

De peur de le déconcentrer et de dérégler son sens de l'orientation, Karl n'ose interroger davantage le jeune homme aux lunettes fumées qui le fait passer sous un portique, puis traverser une cour secondaire. Ils arrivent devant un pavillon sur le pignon duquel on peut encore lire ces lettres usées, gravées sur le linteau de pierre brune : « Infirmerie ». Dans le modeste hall, des manteaux sont accrochés à des patères, comme dans les écoles d'autrefois. Sur les côtés s'alignent les portes de cabines de déshabillage donnant sans doute sur des salles de soins et d'examen. Karl voudrait prendre le temps d'observer les détails de cette construction insolite, mais son guide l'entraîne vers une haute salle voûtée où se déroule déjà la réunion. (« C'est ici que, du temps des religieuses, étaient alitées les malades de l'Institut, chuchote le jeune homme. Il y avait deux rangées de lits clos par des draps, de part et d'autre de l'allée centrale. En cas de décès, on faisait rouler le lit jusque dans la pièce qui se trouve derrière la porte du fond. »)

Déconcerté par ces précisions morbides, Karl peine d'abord à distinguer les silhouettes qui se tiennent dans la pénombre, et même les sons lui parviennent assourdis. Charles Skrobot, debout derrière un pupitre en plexiglas, s'adresse à un auditoire de trente à quarante personnes, réunies autour de lui en arc de cercle. Immobile sur son estrade, il accompagne ses paroles de gestes lents, comme s'il manipulait un objet fragile et invisible. Karl aperçoit Alice au premier rang, un peu à l'écart des autres. Il se souvient juste à temps qu'il est inutile de lui adresser un signe. La voyant ainsi isolée, il se demande si elle joue un rôle particulier dans le groupe. Les aveugles sont presque tous de jeunes adultes, parfois à peine sortis de l'adolescence, alors que la moyenne d'âge des autres membres est nettement plus élevée. Quelques-uns portent péniblement les stigmates de la grande vieillesse. Un homme qui semble assoupi sur sa chaise est affligé d'un tremblement continuel de la tête et des mains. Une demi-douzaine de dictaphones sont posés sur le pupitre. Leurs petites lumières rouges, les « bips » qu'ils émettent parfois créent une atmosphère un peu lugubre, presque inhumaine. Karl s'étonne de ne pas avoir été invité à venir plus tôt ; il a sans doute manqué l'essentiel de la conférence, qui traite de ce que Skrobot appelle les pollutions visuelles et auditives :

« … le fait, par exemple, que nos concitoyens passent en moyenne trois heures et demie par jour devant leur téléviseur me paraît accablant. Trois heures et demie par jour ! C'est effrayant ! Cela représente près de deux mois par an ; déduisez aussi le temps consacré à un travail souvent non choisi et aliénant, aux tâches ménagères, aux diverses corvées, à la paperasse, aux transports, à ce que l'on nomme avec indulgence la vie sociale (quelques rires montent du public à ces mots), que reste-t-il pour mener une vie réellement active, pour commencer à progresser ? Bien entendu, certains diront qu'ils sélectionnent leurs programmes, ou même qu'ils ne regardent pas vraiment la télévision, qu'elle n'est là que pour créer une atmosphère, dont ils sont à peine conscients.

« En réponse au premier argument, j'objecterai simplement qu'il me semble utopique de chercher à découvrir, dans les innombrables grilles de programmes qui nous sont aujourd'hui proposées, un tel quota d'émissions dignes de retenir notre attention ; quant à ceux qui prétendent naïvement qu'un téléviseur parlant dans le vide tandis qu'ils essuient la vaisselle ou lisent leur journal ne peut avoir de prise sur eux, ils ignorent cette vérité fondamentale que les ondes sonores ou visuelles captées par nos sens, fût-ce à notre insu, nous influencent et nous modifient, d'une façon analogue aux aliments que nous ingérons et qui, devenant notre chair, nous construisent ou nous dégradent, selon leur nature et leur qualité. Rien n'est anodin, tout apport extérieur a son importance. À cet égard, un autre fléau consiste en la diffusion autoritaire de musiques dites "d'ambiance" dans des lieux publics tels que les cafés, les clubs sportifs, les centres commerciaux et même les rues de certaines villes… »

Karl scrute les visages tournés vers Charles Skrobot. Ils sont visiblement tous convaincus d'avance par ses paroles, soucieux de lui manifester leur approbation par des mimiques ou des sourires que pourtant il ne saurait percevoir. Alice seule semble écouter avec une concentration impartiale ; ses traits parfaits, un peu froids, restent sans expression, comme si elle refusait d'être distraite par les réactions de son propre corps et s'efforçait de le tenir complètement en repos. (« Elle est peut-être tout simplement indifférente, se dit Karl, et elle dort debout comme les chevaux. »)

Des applaudissements crépitent enfin, d'abord indécis puis enthousiastes, quand chacun a compris que Skrobot en a bien terminé et ne reprendra pas la parole après avoir avalé quelques gorgées d'eau. Les propriétaires des dictaphones se précipitent sur leurs appareils et félicitent l'orateur, qui leur répond en les nommant sans hésiter par leurs prénoms. Un couple de vieillards, dans la confusion qui suit la fin de la conférence, s'est approché de Karl en cherchant timidement son regard. Ils sont bronzés et vêtus de façon élégante ; la femme, en particulier, porte un tailleur dont Karl croit deviner la provenance – un couturier qui habille également l'épouse du ministre de la mémoire et de la création.

— Pardonnez mon indiscrétion, commence l'homme, mais n'est-ce pas la première fois que vous assistez à une de nos séances ?...

— En effet, monsieur, mais on m'a sans doute indiqué un horaire erroné, car j'en ai manqué la plus grande partie.

— C'est peut-être que vous n'êtes pas encore membre à part entière et que l'on a craint de vous lasser par une trop longue causerie. Il s'agit d'abord de prendre langue, de humer l'air avant de s'engager plus avant. Quoi qu'il en soit, je vous félicite de votre initiative ; vous ne la regretterez pas, je crois pouvoir l'affirmer. Pour mon épouse et moi, la rencontre de la Ligue a constitué un tournant ; il est seulement dommage qu'il se soit présenté si tard dans notre vie, au crépuscule… Si je me réjouis de votre présence ici, continue le vieillard après avoir attendu vainement que son interlocuteur dise quelque chose, c'est parce que les jeunes visuels sont malheureusement rares parmi nous. Je sais bien que la vie moderne est surchargée de contraintes et d'obligations, mais cette situation n'en reste pas moins très regrettable. Nous avons tant à apprendre de nos frères aveugles !

Sa voix a pris un accent passionné, comme s'il voulait à toute force persuader Karl d'adhérer sans réserve au groupe, pour le salut de son âme. Sa femme sourit de le voir si animé et soucieux de bien faire. Tous deux portent des prothèses dentaires parfaitement réalisées, sans blancheur excessive ni incisives surnaturelles. Ils deviennent positivement radieux quand Charles Skrobot, qui s'est approché en silence, se glisse entre eux et les prend par les épaules.

— On n'a pas l'air de s'ennuyer dans votre petit coin ! dit-il en riant.

— Nous étions en train de lier connaissance avec un jeune homme qui fait ses premiers pas dans notre groupe.

— Mon mari essaie même d'obtenir sa conversion définitive, Charles, avec le zèle missionnaire qui le caractérise !

— Suzanne et Albert comptent parmi nos membres les plus anciens et les plus solides, mon cher Karl. Il n'est pas exagéré de dire que, sans eux, la Ligue n'existerait pas.

Écrasés par l'énormité de l'hommage, Suzanne et Albert, comme une seule personne, se récrient et protestent qu'ils ne méritent pas tant d'honneur. Le mari renverse même la tête en arrière pour en prendre le ciel à témoin, au mépris de l'usure de ses disques vertébraux. Karl, mal à l'aise, se demande comment Skrobot a pu savoir qu'il se trouvait dans cet angle de la vaste salle, alors qu'aucun des voyants présents ne le connaît. Alice est restée en retrait, mais il la devine attentive à la conversation qui se tient dans son dos, peut-être un peu nerveuse. À force de cajoleries et de mouvements de rotation imperceptibles, Skrobot parvient à diriger Suzanne et Albert vers le modeste buffet de rafraîchissements dressé contre la muraille du pavillon. Mais soudain Albert lui échappe un instant et vient souffler à la face de Karl, en essayant de donner à son regard le pouvoir de fascination d'un serpent :

— Ce n'est pas un hasard si ma femme a employé tout à l'heure un vocabulaire religieux. Vous verrez, Charles est une sorte de prophète, un visionnaire !

Quand il peut enfin se tourner à nouveau vers Karl, Charles Skrobot peine d'abord à dissimuler son exaspération, puis ses traits se détendent dans un sourire semblable à une décharge électrique. Voyant de près la peau de son visage, marquée d'irrégularités et de marbrures, Karl songe à ces étudiants allemands d'autrefois qui s'infligeaient volontairement des balafres en se battant en duel.

— Excusez-moi d'avoir été un peu long dans mon exposé et de vous en avoir fait subir bien malgré moi les dernières minutes. J'espérais avoir fini avant que vous n'arriviez, mais il y a toujours des retardataires, il faut attendre que cessent les raclements de chaises.

— En voyant que vous aviez commencé depuis longtemps, j'ai justement craint d'avoir été le dernier de ces retardataires.

Tout en parlant, Karl observe que les aveugles de l'assistance semblent prendre en main les voyants et s'entretenir avec eux comme s'il s'agissait de prolonger les paroles de Charles Skrobot. Ils s'orientent aisément dans ces lieux qu'ils connaissent par cœur depuis l'enfance, et conduisent peu à peu leurs hôtes hors de la salle et de l'infirmerie, par petits groupes.

— À vrai dire, cette conférence banale ne présentait pas d'intérêt pour un homme de votre culture, reprend Skrobot. C'était une sorte de cours pour débutants, c'est pourquoi je vous avais prié de venir après son terme prévu. Je rougis de vous avoir fait entendre des choses aussi triviales. Alice a beaucoup d'estime pour votre intelligence, ajoute-t-il après un temps, comme s'il avait soigneusement pesé ces mots avant de se résoudre à les prononcer.

Karl se rétracte devant des paroles qu'il juge plutôt déplacées, tout juste dignes d'un flagorneur ou d'un escroc. Il voudrait qu'Alice vienne les rejoindre, mais voilà que Skrobot lui saisit le bras et l'entraîne vers un petit escalier en colimaçon qu'il n'avait pas remarqué, menant à un niveau inférieur.

— Je vais vous montrer une partie de nos installations, cela vous en apprendra davantage sur l'organisation et les buts de notre groupe. Cinq années seulement se sont écoulées depuis la fondation de la Ligue pour la vue profonde, mais grâce à l'aide de nos membres bienfaiteurs, tels Albert et Suzanne, nous avons déjà pu réaliser quelques travaux.

Karl, inquiet, se retourne à plusieurs reprises avant de s'engager dans le raide escalier, mais son regard ne rencontre que des visages inconnus et indifférents. Arrivé au bas, il constate avec surprise que le sous-sol, de toute évidence creusé à une époque très postérieure à la construction du pavillon, a été aménagé en salle de sport. Des cloisons de papier coulissantes segmentent l'espace. Dans l'une des cellules ainsi délimitées, un couple d'aveugles s'exerce au maniement de bâtons. Ils miment un combat singulier où chaque coup, aussi rapide soit-il, est infailliblement paré par l'adversaire, dans le claquement sec des bois qui s'entrechoquent. Plus loin, une autre cellule, deux fois plus vaste que la première, est équipée d'appareils de musculation, d'agrès et de tapis de course. Bien qu'il ne soit nullement connaisseur en la matière, Karl est impressionné par toute cette machinerie d'acier chromé et de caoutchouc. Peut-être Skrobot perçoit-il, d'une façon ou d'une autre, l'étonnement de son invité, car il ne cesse de se frotter les mains de satisfaction tout en donnant quelques précisions :

— Il n'y manque, évidemment, que les traditionnelles glaces dans lesquelles les culturistes des salles de sport ordinaires aiment tant à s'admirer, paraît-il. Nous avons créé cet outil parce qu'il est très difficile à un aveugle de s'inscrire dans les clubs tenus et fréquentés par les visuels, officiellement pour des raisons de sécurité et d'assurances. En fait, c'est surtout une question de confort – celui des visuels s'entend. Si les aveugles étaient admis, les moniteurs devraient faire leur travail de conseil et de surveillance au lieu de draguer les hôtesses, et les autres clients se plaindraient qu'on leur impose, à eux qui paient si cher leur forfait annuel, une présence qu'ils trouvent dérangeante. Avez-vous déjà remarqué, dans la rue, que les gens qui voient venir droit sur eux un aveugle tâtant le sol de sa canne, au lieu de l'avertir calmement de leur présence, s'écartent d'un bond sans rien dire, comme s'ils avaient affaire à un dément auquel il ne faut surtout pas adresser la parole, de peur de le mettre en fureur ? Nos amis visuels nous racontent souvent des anecdotes de ce genre, qui provoquent leur indignation et notre amusement… Pour en revenir à cette salle, j'ai considéré, lorsque j'ai fondé la Ligue, qu'il était indispensable de donner aussi aux aveugles une formation physique, de les exercer dans tous les domaines. S'en tenir aux disciplines intellectuelles et aux rares formations professionnelles accessibles m'a toujours paru une erreur, mais quand j'ai commencé à enseigner dans cette vénérable institution, je ne suis pas parvenu à rallier à mes idées le directeur – un visuel, cela va sans dire. J'ai donc dû créer les équipements nécessaires en marge des structures officielles, et souvent contre la volonté de mon administration. Mais cette opposition initiale n'a fait que nous renforcer, et j'entretiens maintenant les meilleures relations avec le nouveau directeur. Nous avons vidé ensemble maintes bonnes bouteilles tirées des réserves jadis constituées par les religieuses !

— Mais pourquoi avoir admis des visuels dans votre Ligue ?

— Disons que nous souhaitions démontrer par l'expérience que nous pouvons beaucoup leur apporter, alors que l'on nous définit d'une façon purement négative, comme étant privés d'un sens majeur. On a l'habitude de penser qu'un aveugle est destiné à végéter socialement – et il est vrai que le taux de chômage est dramatiquement élevé dans nos rangs. Au mieux, il serait susceptible d'exercer une de ces professions auxquelles nous sommes par tradition réputés aptes, pour on ne sait quelles raisons, telles qu'accordeur de piano ou kinésithérapeute. Bref, il doit se montrer humble et limiter ses ambitions, ses aspirations à ce qui sied à un aveugle selon la *doxa*, c'est-à-dire une aimable médiocrité… Or notre but est au contraire de donner aux aveugles toute la place qui leur revient dans la société, et pour cela nous avons besoin d'établir des liens avec le monde des visuels. Sur un plan très pratique, nous essayons par exemple d'obtenir, grâce à l'intervention de certains de nos membres influents, que les aveugles bénéficient des mêmes taux de crédit bancaire que les autres. À l'heure actuelle, aussi incroyable que cela puisse paraître, on nous applique des taux d'intérêt plus élevés, sans doute parce qu'un aveugle est un pauvre être fragile qui risque fort de casser sa pipe prématurément, avant d'avoir remboursé à la banque tout ce qu'il doit !

Quelque peu ébranlé par cette révélation, Karl se sent tenu de manifester son indignation :

— Vraiment ? C'est révoltant, je ne savais pas que les choses pouvaient aller jusque-là ! Vous avez raison de vous organiser pour lutter contre de telles pratiques. Maintenant je verrai les aveugles d'un autre œil – c'est une façon de parler, bien sûr !

À ces mots, Charles Skrobot éclate d'un rire tout à fait excessif. Quand il exprime une émotion quelconque, il l'accentue à outrance, au contraire d'Alice, ce qui semble à Karl une preuve accablante de vulgarité, de mauvaise éducation.

— Vous commencez à comprendre, c'est parfait ! Et encore, je ne vous ai donné là qu'un exemple matériel, mais c'est dans tous les domaines que la cécité est tenue pour une faiblesse, alors que nous sommes riches de potentialités dont les visuels n'ont pas idée, sans même parler ici des génies issus de nos rangs, Homère, Milton… Figurez-vous qu'il n'est pas rare qu'un aveugle s'entende dire, par des gens pleins de compassion : « À votre place, moi, je me suiciderais ! »

Karl se met à rire franchement lui aussi, mais déjà Skrobot a changé de visage, et conclut d'un ton presque sévère :

— En un mot, nous demandons la justice et non la charité, voilà tout. Nous voulons vivre pleinement, et pour cela nous devons être forts. Un aveugle ne doit pas nécessairement être gentil et effacé. Bien au contraire. Nous allons montrer à la société quelle est notre véritable mesure, mais pour cela nous devons nous former, viser l'excellence dans tous les domaines, et aussi constituer un réseau, trouver des alliés. Cela étant, nous ne sommes pas une organisation de masse ; nous n'aimons pas la masse – les émotions de masse, la culture de masse, les loisirs de masse... Une masse ne peut pas progresser, seuls des individus déterminés peuvent éventuellement y parvenir. *Odi profanum vulgus et arceo*, disait Horace. Je ne vais pas tourner autour du pot, Karl : obtenir une écoute et des relais au sein du ministère que vous représentez nous intéresse. Nous avons besoin de visibilité, comme on dit si laidement aujourd'hui. Mais venez, le bruit des combats devient assourdissant…

Les deux hommes remontent à la surface et se dirigent vers la cour d'honneur tout en poursuivant leur discussion. Karl constate avec soulagement qu'Alice a quitté les lieux sans adresser un mot à Skrobot. « Elle n'est sans doute pour lui, se dit-il, qu'un membre ordinaire de la Ligue, amené à rejoindre le groupe par les circonstances, puisque le fondateur recrute beaucoup parmi ses anciens élèves. En fait Skrobot, sous ses dehors coupants, est surtout un homme dynamique et spécialisé, dont toute l'énergie est vouée à son œuvre. » Il se sent malgré tout flatté d'être l'objet de son intérêt, peut-être de sa sympathie. Les murs gris, les imposants bâtiments de pierre et de brique, le clocher émouvant exercent sur lui leur séduction discrète. Il voudrait devenir un familier de la maison, connaître les recoins de l'infirmerie, pouvoir lui aussi expliquer à des profanes l'emploi du temps des religieuses, leur organisation morbide. Alice, ancienne élève, pourrait lui révéler progressivement tous les secrets de l'Institut – tragédies muettes, manies absurdes des professeurs, mystères familiaux des internes – en retournant avec lui dans son passé, jusqu'à ce que plus aucune zone obscure ne subsiste entre eux.

— Je ferai part au ministre de votre souhait, dit-il finalement à Skrobot, mais en tout cas vous inclure dans la liste des professeurs d'énergie ne devrait poser aucun problème *a priori.* Vous m'avez fourni des éléments tout à fait convaincants.

— Eh bien j'en suis ravi, absolument ravi ! C'est un grand privilège pour nous de pouvoir vous compter parmi nos amis, Karl. Une grande joie surtout. Rien n'est au-dessus de la joie, vous ne trouvez pas ?

Karl serre volontiers la main qui lui est tendue, légèrement trop à gauche. Il se dit qu'il est facile, si besoin est, d'échapper à un aveugle. On peut habiter le même quartier que lui et le croiser tous les jours dans la rue sans risque ; il suffit de faire silence à son passage, il est même superflu de rentrer la tête dans les épaules.

— Le rapport confidentiel que m'a remis la préfecture de police ne permet pas de trancher entre l'accident et le suicide. Plus de trente témoins directs ont été interrogés, mais leurs avis divergent, comme toujours : les uns affirment avoir vu Meindert se pencher par-dessus la rambarde pour se jeter dans le vide, les autres certifient qu'il a été déséquilibré à la suite d'un mouvement de foule autour du buffet installé sur la mezzanine. Quant aux responsables des associations d'aveugles et des bibliothèques braille qui étaient présents, ils ne peuvent évidemment pas avoir d'opinion sur le sujet, les pauvres ! Mais enfin, Karl, toi qui es l'un des derniers à avoir parlé longuement à Meindert, est-ce qu'il t'a paru dépressif ou encore plus sombre que d'habitude ?

Charpine est embarrassé de tutoyer Karl et de l'appeler par son prénom devant cette langue de vipère de Kremer, qui ne manquera pas de répercuter partout l'écho de cette familiarité incongrue avec un contractuel défavorablement connu. Mais la mort de Meindert a rendu nécessaire cette réunion tripartite, car il faut bien prendre un certain nombre de dispositions urgentes afin d'assurer la bonne réalisation de *Professeurs d'énergie* dans les délais impartis par le ministre, qui compte présenter en personne l'ouvrage lors du prochain salon littéraire, entouré de toutes les sommités interviewées.

— Non, pas du tout, répond malaisément Karl. René Meindert nous a semblé, à mon assistant et à moi-même, plein de vitalité pour un homme de son âge. Je ne dis pas qu'il était rayonnant d'allégresse ou d'humeur frivole, mais rien dans son attitude ne laissait penser qu'il envisageait d'en finir avec la vie.

— Peut-être, intervient Kremer, conviendrait-il d'investiguer du côté de sa vie privée, monsieur le directeur. Les services compétents de la préfecture de police ne peuvent-ils nous éclairer sur ce point ? Cherchez la femme, dit-on – ou l'homme, soyons modernes !

Charpine fixe ses petits objets fétiches alignés sur le bord de son bureau et pousse un profond soupir, soudain accablé par la solitude du décideur.

— Quoi qu'il en soit, reprend-il, vu l'incertitude où nous sommes, il faut mettre au panier l'interview de Meindert, d'autant que sa famille souhaite que toute cette histoire ne soit pas trop commentée. On fera rehausser la rambarde de la mezzanine à la médiathèque nationale pour les déficients sensoriels – c'est d'ailleurs doublement recommandable, dans un lieu qui doit accueillir toutes sortes d'éclopés – et la presse se désintéressera vite de la question. Il faut simplement que tu réalises un entretien de substitution, Karl.

— Justement, j'ai rencontré…

Karl n'a hésité qu'une fraction de seconde, mais cela suffit à Kremer pour s'engouffrer dans la brèche et le rejeter dans le silence :

— L'hypothèse de la défection d'une personnalité, pour cause de décès ou tout autre motif, avait été d'emblée prise en compte dans notre réflexion, monsieur le directeur. J'avais dressé dès le départ une liste de remplaçants potentiels, si je puis employer ce vilain mot, où il suffira de puiser. Il me semble que nos homologues du ministère de l'expression corporelle et sportive appelleraient cela, dans leur jargon, un *coaching* judicieux !

Kremer, radieux, dépose sur le bureau de son directeur une liste manuscrite d'une dizaine de noms, chargée de ratures. Charpine la parcourt du regard sans la toucher, comme s'il soupçonnait Kremer de l'avoir rédigée aux toilettes, juste avant la réunion.

— Il faudrait une femme, lâche-t-il pensivement. La liste actuelle est trop masculine. Je verrais bien Maud Torcelli, la danseuse étoile. Elle est un peu toquée mais dans un livre d'entretiens cela peut se corriger, et son histoire personnelle est intéressante. À propos, Karl, j'ai lu en diagonale ton papier sur André Bogarsky. C'est plutôt pas mal, mais un peu trop lissé à mon goût. Tu vois ce que je veux dire ? Le public est habitué à ses imprécations, et même à ses grossièretés, et là tu le fais parler comme un séminariste qu'on interrogerait sur sa vocation au sacerdoce.

Foudroyé par ce trait d'esprit, Kremer se renverse sur sa chaise, la bouche grande ouverte, les bras écartés. Il hoquète longuement avant de pouvoir exprimer à Charpine sa joie et sa gratitude de servir sous l'autorité d'un homme tel que lui :

— En entendant votre mot si fin, si bien venu, j'ai pensé aussitôt à notre regretté Michel Wilmoz, qui occupa sous trois ministères successifs les fonctions qui sont aujourd'hui les vôtres. Je débutais alors ma carrière dans cette maison – ce qui ne me rajeunit pas, hélas ! –, et il nous faisait hurler de rire, nous les *new boys* de l'époque, par ses saillies inattendues ! Vous vous inscrivez brillamment dans cette glorieuse filiation, monsieur le directeur, ce qui n'est pas, croyez-moi, un mince compliment ! Quant au papier de notre jeune Karl, j'ai envie d'y porter l'appréciation suivante : « élève doué et prometteur, doit cependant encore progresser dans tous les domaines pour atteindre à une complète maîtrise ». En particulier, la ponctuation laisse franchement à désirer ; vous abusez du point-virgule et vous mésusez de la virgule. Cela passe avec un semi-illettré comme Bogarsky, qui doit croire que Spinoza est un coureur cycliste espagnol, mais ce pauvre Meindert vous aurait sèchement repris de volée, s'il avait vécu ! Plus fondamentalement, il est tout à fait exact que l'on n'entend pas, dans votre texte, le souffle crasseux de prolétaire parvenu, les accents faubouriens de Bogarsky. Vous devriez pratiquer le gueuloir, mon cher Karl, à l'instar de notre bon Flaubert !

L'occasion de parler de Charles Skrobot est passée, mais Karl sent trop bien que cela aurait été inutile. « J'aurai fait ce que j'ai pu », se console-t-il, vaincu par une ultime rafale de critiques et de recommandations qu'il subit stoïquement. Charpine veille néanmoins à le réconforter et à lui renouveler sa confiance, tout en engloutissant deux dragées à la menthe glaciale supplémentaires :

— Bon, disons en guise de conclusion que tout cela n'était pour toi, jusqu'à présent, qu'un galop d'essai. Meindert étant mort dans des conditions embarrassantes, oublions sa contribution ; quant à celle de Bogarsky, retravaille-la, ou plutôt reprends-la de zéro, en collaborant avec lui de préférence, car manifestement tu n'as pas l'habitude de son vocabulaire. Les autres professeurs d'énergie seront plus classiques sur ce plan, mais maintenant il faut accélérer la cadence, car nous venons de reculer d'une case alors que nous n'étions déjà pas en avance. Je compte sur vous, monsieur Kremer, pour me tenir au courant de la progression du manuscrit.

— Vous me trouvez l'arme au pied, monsieur le directeur. Fini de rire !

Depuis la création du groupe, les Psychotics répètent dans un garage double attenant à la maison familiale de leur batteur. Les parents de Stan ont acheté, peu après la naissance de leur fils unique, un pavillon sans étage alors situé en lisière des champs, dans une zone encore rurale, maintenant digérée par les lotissements et les hypermarchés. Stan travaille d'ailleurs dans l'un d'eux comme adjoint au chef du rayon épicerie sèche, ce qui l'expose à d'infinis tourments sentimentaux, étant donné l'importance du personnel féminin dans ce genre d'entreprise. Le fait que le lieu de répétition des Psychotics appartienne à ses parents explique, pour l'essentiel, que le groupe n'ait pas encore changé de batteur. Souvent le père fait irruption pendant les séances, sous prétexte d'avoir besoin en urgence d'un bidon de lubrifiant ou de son masque d'apiculteur. Il observe le groupe au travail, sans mot dire, en général d'un air approbateur, parfois même en laissant onduler son long corps décharné sous la caresse des vibrations musicales. Cependant, pour des raisons insondables, il peut arriver qu'il soit moins accommodant. Il entre alors en trombe dans le garage et beugle des griefs imprécis :

— J'ai été jeune moi aussi, je sais ce que c'est, mais tout d'même faut pas exagérer ! Il y a des limites à ce qu'un homme de mon âge peut supporter, surtout sous son propre toit ! Je veux bien être sympa, mais pas con !

Il ressort aussi violemment qu'il est venu, sous les yeux hagards de son fils, en menaçant de couper l'électricité et de défoncer les caisses de la batterie à coups de merlin. Mais il n'en fait jamais rien, et de tels débordements verbaux, aussi déplaisants soient-ils, restent exceptionnels de sa part.

La séance de répétitions d'aujourd'hui s'annonce banale, d'autant qu'aucun concert n'est programmé dans un avenir plus ou moins proche. Les deux frères guitaristes et le clavier sont arrivés depuis une demi-heure et règlent encore leurs instruments quand Arnold pénètre dans le garage par la petite porte latérale, accompagné de Mandrake, son ami boxeur. Curieusement, il n'a pas amené sa basse mais porte dans ses bras un volumineux carton. Tout suffocant, à bout de forces, il le dépose lourdement sur le sol en ciment, puis en sort des bouteilles de mousseux, ainsi que des sachets de graines salées et de biscuits au fromage.

— Qu'est-ce qui se passe, demande Stan, une maison de disques veut nous signer ?

Arnold prend le temps de vider entièrement le carton avant de lui répondre :

— Non les mecs, c'est pas ça, navré de vous décevoir. Aujourd'hui est un triste et beau jour, un jour dont on se souviendra tous *when we are sixty-four.*

Les Psychotics sont trop habitués à la prose ampoulée de leur leader pour se soucier de cette déclaration liminaire. Ils s'approchent des bouteilles et commencent à piocher dans les petites cochonneries huileuses en questionnant mollement Arnold, un peu déçus qu'il n'ait pas apporté plutôt des alcools forts. Lui profite de ce qu'ils lui tournent le dos pour se lancer d'un bloc :

— Vous vous souvenez sûrement du mannequin américain avec qui je suis sorti l'été dernier, pendant la tournée ? Eh ben je me suis aperçu, au fil du temps, que cette fois-ci c'était du sérieux. Bien que séparés par un océan, on est restés en contact et notre relation s'est approfondie, sans qu'on en ait eu forcément conscience au début. Alors voilà, Angela et moi… J'ai décidé d'aller m'installer aux States, à la fois pour me rapprocher d'elle et pour commencer une carrière solo là-bas. Je sais que c'est un peu dur à entendre, c'est même presque incroyable, mais ça implique bien sûr la dissolution des Psychotics, puisque vous, votre vie est ici. Alors voilà, j'ai voulu qu'on partage quelque chose une dernière fois, avant mon départ définitif. On a fait une belle route ensemble, tous les cinq ; elle s'arrête aujourd'hui, mais après tout on ne sait jamais ce que l'avenir peut réserver. En tout cas, c'était une grande époque, et je tenais à vous dire merci pour tout, du fond du cœur.

Arnold s'étrangle en prononçant ces derniers mots, et se détourne à demi pour cacher son émotion.

Il s'attend à ce que les autres poussent des exclamations incrédules, des cris de douleur, se mettent à parler tous en même temps, mais rien de tel ne se passe. Même Mandrake, assis dans un coin sur un jerrican, épluche des pistaches sans s'intéresser à la situation. L'un des frères guitaristes, dont Arnold avait toujours pressenti la contestation sournoise de son emprise sur le groupe, prend finalement la parole d'un ton acerbe, presque méprisant :

— Tu peux quitter le groupe et suivre ta poufiasse où tu voudras, Arnold, franchement on s'en branle. Mais nous on est toujours là, tous les quatre, et les Psychotics disparaîtront seulement quand on l'aura décidé. Je peux très bien te remplacer au chant, et on n'aura pas de mal à trouver un bassiste moins limité que toi.

Arnold réfléchit à toute vitesse. Étant donné les circonstances, il juge plus habile de glisser provisoirement sur l'offense faite à Angela. En fait, il ressent une intense jubilation en répliquant à son adversaire :

— Puisque tu le prends comme ça, tu me mets dans la pénible obligation de te faire remarquer que tu négliges un léger détail : je suis l'auteur de la majorité des titres du groupe, notamment de tous ceux qui tiennent la route, et ce fait est enregistré à la Société des auteurs-compositeurs. Par conséquent, si vous voulez continuer à les jouer après mon départ, il faudra me payer des royalties. De plus, j'ai eu la présence d'esprit, au début de notre aventure commune, de déposer le nom du groupe, qui est donc ma propriété intellectuelle. Le cas échéant, mes avocats sauront vous le rappeler.

Un début de pugilat, bientôt interrompu par l'intervention musculeuse de Mandrake, succède à cette déclaration. Attiré par les éclats de voix, le père de Stan surgit dans le garage, encore vêtu de sa cotte d'ouvrier mécanicien. Il est dans un bon jour, et prend toute cette agitation pour un chahut sans conséquence :

— Alors, les jeunes, on fait la foire ? Je vois ce que c'est, vous avez raison d'en profiter ; à votre âge on n'a pas encore de responsabilités, c'est ce que je dis toujours à Stan. À la bonne heure ! Oh, vous avez même amené des bouteilles, le réconfort après l'effort ! Je peux ?

Sans attendre de réponse, il s'empare d'un gobelet en plastique et l'emplit de mousseux tiède, en jetant, par le vasistas, de fréquents coups d'œil vers sa maison où sa femme s'active à la cuisine. Il engloutit son verre d'une lampée, en faisant des bruits d'évier, et plonge une main avide dans les arachides et les crackers au gruyère.

L'interview de Maud Torcelli a dû être organisée d'urgence, avant le départ pour le Japon de la célèbre danseuse étoile. Son loft a été aménagé dans une ancienne usine automobile du début du vingtième siècle, depuis longtemps reconvertie en logements de standing et en ateliers d'artistes. Extérieurement, l'édifice a gardé son caractère de forteresse industrielle et ses longues cheminées signalées à la navigation aérienne, dès la tombée du jour, par des lumières rouges. À l'intérieur, les volumes ont été redistribués, en conservant toutefois des hauteurs de plafond d'église gothique.

Le rendez-vous a été fixé non loin de là, dans un salon de thé où l'on vend des livres d'occasion étrangers, regroupés par langue sur des étagères plus ou moins imposantes selon la diffusion de la culture considérée. Amateur d'exotisme et de rareté, Karl a choisi de s'asseoir sous l'étagère modeste des livres slovaques. Dans l'attente de l'envoyé de Maud Torcelli, il feuillète des bandes dessinées idéologiques parues avant la fonte du bloc communiste, lecture qu'Arnold perturbe en l'entretenant abondamment de ses échanges électroniques ou épistolaires avec l'Amérique :

— Tiens, regarde ça, c'est le dernier corrigé que j'ai reçu du révérend Braddock. Ce mec est un enculeur de mouches, un taré, il cherche à me coincer par tous les moyens, peut-être même en inventant des trucs exprès. Je le vois d'ici avec sa gueule de lombric, en train de baver de l'encre rouge sur mes copies… À la question sur la résurrection, j'ai répondu en gros que c'était une sorte de métaphore, une façon de parler à prendre au second degré. Eh ben non, pour lui tous les macchabées remonteront un jour à la surface, exactement comme ils étaient de leur vivant, avec leurs varices et leurs fistules… À mon avis, si on tient vraiment à se rassurer, on peut dire que c'est l'âme qui survit, à la rigueur, un truc immatériel qui s'en va flotter quelque part, comme la fumée d'un cigare, mais qu'à notre époque on puisse croire à la résurrection des corps, avec toutes leurs misères et tous leurs défauts, ou seulement la souhaiter, non mec, là vraiment ça me dépasse !

Karl repose sa bande dessinée et se penche avec résignation sur le devoir d'Arnold. Le pasteur, outre les corrections, a ajouté en marge des renvois aux Écritures. Ses commentaires lui semblent plus pointilleux que malveillants.

— Est-ce que les aveugles continueront à ne pas voir après la résurrection ?

Arnold est trop immergé dans son mécontentement pour prêter grande attention à la question de son ami.

— Je sais pas, il faudrait demander à Braddock… Mais bon, tu parles, lui non plus il n'en sait rien. Moi je dirais qu'on doit leur faire une remise de peine, puisque dans les Évangiles Jésus guérit des handicapés à la pelle. Pas de raison que ça s'arrête après la parousie…

Arnold s'étire en baillant à grand bruit, puis se rappelle subitement qu'il voulait demander à Karl un service de la plus haute importance :

— Au fait, comme tu sais, Angela vient avec ses parents la semaine prochaine. Je crois qu'ils sont curieux de voir où je vis, de connaître mon environnement… Seulement je peux pas les emmener chez moi, tu devines pourquoi… S'ils voient ma piaule de toxico, ils vont se mettre à pleurer. Ils ont l'habitude de tout à fait autre chose pour leur fille, du luxe, du *king size*, du superpropre… Ça m'aiderait vachement si tu me prêtais ton appart' une petite semaine, Karl. Je leur ferai croire que c'est là que j'habite, il fait quand même meilleur effet que le mien, et le quartier encore plus. De toute façon ils dormiront à l'hôtel, donc tu pourras rentrer en fin de soirée si ça te débecte de passer les nuits chez moi.

Karl se crispe et cogne des phalanges sur la table pour donner une issue à son exaspération. La pensée que des inconnus vont s'introduire chez lui en son absence, boire dans ses verres, examiner ses rayonnages de livres, marcher sur son tapis avec leurs chaussures boueuses, le désespère. Pourtant il préfère ne pas refuser nettement et cherche un moyen d'amener Arnold à renoncer de lui-même à son idée :

— Tu sais, j'ai énormément de travail en ce moment. J'ai pris beaucoup de retard dans la retranscription des interviews, et il n'y a que chez moi que j'arrive à être efficace. Dans les circonstances actuelles, ça ne m'arrange pas tellement de te prêter mon appart'.

— Justement, après leur départ, si tout s'est bien passé, j'aurai les mains et l'esprit entièrement libres pour t'aider. Je serai ton esclave reconnaissant, tu pourras disposer de moi comme bon te semblera puisque j'ai déjà largué les Psychotics et mon boulot chez Eurofocus. À nous deux ça va usiner, tu vas voir ! Et si t'as pas confiance en moi pour retranscrire les enregistrements, je pourrai au moins m'occuper des courses et du ménage, apporter des cafés à mon grand écrivain à moi, être le grillon du foyer…

Un homme d'une quarantaine d'années, athlétique bien qu'enrobé, a poussé brusquement la porte de la librairie-salon de thé. Il se dirige sans hésiter vers la table de Karl et d'Arnold. Avec ses moustaches épaisses et son teint cuivré de flibustier, il n'a pas l'air commode, ni désireux de boire une infusion en lisant des auteurs slaves dans le texte. Il s'exprime pourtant avec un fort accent est-européen, qui le rend difficilement compréhensible :

— Vous êtes les monsieurs du mystère ?… Madame Motte m'a chargé de vous apporter.

L'homme de confiance de madame Maud entraîne les messieurs du ministère à sa suite dans un périple compliqué, d'allée privée en jardin intérieur, jusqu'à un ascenseur protégé comme le sas d'une agence bancaire, dont les portes s'ouvrent directement dans le loft de la danseuse étoile, au dernier niveau des anciens ateliers. Quoiqu'ils ne veuillent pas se l'avouer, Arnold et Karl sont émus à l'idée de rencontrer cette femme dont le visage éclatant apparaît parfois sur les couvertures des magazines en vente aux caisses des supermarchés. Certes, la danse classique n'est pas le plus populaire des arts, mais Maud Torcelli a aussi joué dans plusieurs films ou téléfilms. Surtout, sa vie privée mouvementée contraint souvent les feuilles spécialisées à publier sur elle des articles saturés de points d'interrogation et d'exclamation. Pour Karl, un motif supplémentaire de stress tient au fait que Charpine lui a lourdement laissé entendre qu'elle est une amie personnelle du ministre.

Les verrières donnent sur une loggia peuplée d'arbustes et de plantes vertes, au point que l'on ne peut guère profiter de la vue panoramique sur la ville. Avec beaucoup de gentillesse, Maud installe ses visiteurs dans une sorte d'espace zen au sol couvert de tapis et de coussins, où l'on s'assoit à l'orientale autour d'un immense plateau de cuivre ciselé. Karl et Arnold s'émerveillent d'abord du raffinement de la décoration et de la cordialité de leur hôtesse. Comme ils s'y attendaient, elle paraît moins jeune au naturel que sur les photos, mais aussi plus séduisante. Un réseau serré de ridules entoure ses yeux presque noirs. Sa peau trop tendue semble avoir été ajustée sur une ossature qui ne lui correspond pas. Quand elle écoute, son visage est traversé de crispations et de mimiques douloureuses, sans rapport avec ce qu'on lui dit, comme si un lutin invisible s'amusait à lui infliger des décharges électriques. Au moment de commencer l'entretien, elle prend une expression et une voix horrifiées à la vue des dictaphones qu'Arnold sort de la poche de son blouson :

— Oh non non non non, pas d'enregistrement surtout ! On ne sait jamais ce que les gens en font ensuite ! Il est déjà arrivé que l'on utilise ma voix à mon insu, sur des répondeurs téléphoniques, pour des plaisanteries d'un goût plus que douteux !

Les muscles faciaux de Maud semblent torturés par une crise de tétanos. Karl ressent un léger coup au cœur en comprenant qu'il devra s'accrocher à son stylo pendant toute la discussion, afin de prendre les notes les plus complètes possible. Cela l'incite à s'en tenir plus que jamais, pour simplifier les choses, aux questions figurant dans le vade-mecum concocté par Carole Stern et les services autorisés du ministère :

— Maud, comment êtes-vous venue à la danse ?

Maud écarquille les yeux à les faire jaillir des orbites et tire au maximum sur les commissures de ses lèvres, apparemment prise de vertige devant la profondeur du sujet. Elle se recueille un long moment, puis finit par se risquer avec une infinie prudence, en pinçant les lèvres, le regard tourné vers un mystérieux objet intérieur :

— Comme vous le savez sans doute, mon père était compositeur… Il me semble que, dès mon âge le plus tendre, j'ai eu l'intuition d'une sublimation paradoxale de la musique par la danse. (Elle lève les yeux au plafond si vivement qu'elle fait sursauter Arnold, surpris dans son désœuvrement.) Je dis « paradoxale », parce que, bien entendu, la musique est immatérielle, tandis que la danse, elle, est incarnée, bien que sous-tendue par l'esprit. Dans ces conditions, me direz-vous, comment parler de sublimation, puisqu'il s'agit donc, *a priori*, j'y insiste, d'une réduction à la matière – fût-ce celle de nos corps ? C'est un paradoxe, je le reconnais.

Karl prend frénétiquement des notes durant les quelques secondes de silence qui suivent cette déclaration. Une goutte de sueur dévale le long de sa colonne vertébrale. Tout en écrivant, il décide de passer à des questions plus terre-à-terre, étroitement liées au thème du fantomatique livre à venir :

— Vu sous un angle très concret, la vie d'une danseuse étoile est un tissu d'efforts et de contraintes ; quand, en plus, elle se consacre également, comme vous, à l'art dramatique, où puise-t-elle l'énergie vitale qui lui permet de faire face à toutes ses obligations ?

Maud éclate d'un rire frais. La question lui paraît à l'évidence naïve.

— Ai-je l'air de faire des efforts, de me soumettre à des obligations ? Regardez-moi bien. Il n'y a rien à ajouter.

Et en effet elle se tait, hormis quelques exclamations d'allégresse, malgré les tentatives de Karl pour nourrir le débat. Il serait souhaitable, pour des raisons éditoriales, que le texte de l'entretien remplisse une dizaine de feuillets. Karl pourra bien sûr délayer, dire de façon alambiquée des choses très simples, mais ces procédés ont tout de même leurs limites ; il faut absolument qu'il obtienne davantage de matière, ce qui le pousse à prendre des risques inconsidérés, emporté par un début d'affolement :

— Je voudrais maintenant, si vous le voulez bien, que nous nous penchions sur un sujet qui intéressera, je crois, de nombreux lecteurs dans le contexte socio-économique actuel, celui du « rebond » professionnel, quand il faut entamer une nouvelle carrière, bon gré mal gré. On sait qu'un danseur se retire de bonne heure, vers la quarantaine ; comment envisagez-vous ce tournant qui se profile pour vous et s'apparente souvent à une petite mort ?

Karl se rend immédiatement compte de son erreur. Il jette à Arnold, épouvanté sur son pouf, un regard de bête découvrant l'abattoir. Mais il n'y a plus rien à faire, la partie est déjà perdue. Maud arbore le masque las d'une femme blessée, une fois de plus, par la brutalité masculine.

— Je me préoccuperai d'un éventuel… « rebond », comme vous dites, quand le temps sera venu, ce qui n'est nullement le cas. À vrai dire, j'estime qu'à chaque jour suffit sa peine. *Carpe diem*. Aujourd'hui, je suis danseuse, heureuse de l'être, et je me préparais, avant votre arrivée, à partir pour le Japon, où j'arriverai à temps, si vous ne me faites pas manquer mon avion, pour l'exquise saison des cerisiers en fleurs. Je vous serais donc infiiiiniment reconnaissante de bien vouloir vous acheminer rapidement vers la conclusion de cet entretien.

Le quart d'heure suivant s'étire sous un ciel de plomb. Karl essaie de regagner du terrain en dépensant toute la prévenance servile qu'il possède, mais il est trop tard, définitivement. Il n'obtient plus que de squelettiques considérations générales sur l'entraînement et l'hygiène de vie des danseurs, pas même de quoi rédiger un articulet sur la condition physique des seniors pour le compte d'un magazine du troisième âge. Finalement, profitant d'un nouveau creux dans la conversation, Maud Torcelli appelle son homme de confiance et lui demande de raccompagner les visiteurs jusqu'à l'ascenseur, qu'ils gagnent l'échine ployée.

Dans le métro du retour, Arnold n'épargne rien à Karl. Un rire impitoyable le secoue en revivant mentalement le désastre du jour.

— Cette fois-ci, j'y suis pour rien ! T'as vraiment été con, qu'est-ce qui t'a pris ? C'est rare que je te voie te gaufrer comme ça ! Mais dès le début elle accrochait pas avec toi, ça se sentait. Il aurait fallu que je prenne les choses en main, moi j'aurais réussi à la dérider, eh ! eh ! eh !

Karl essaie de faire bonne figure et parvient même parfois, lui aussi, à sourire. Maud Torcelli était peut-être déjà en train de téléphoner au ministre pour se plaindre de lui, et de toute façon il ne pourrait jamais tirer de cet interview un chapitre de *Professeurs d'énergie*. Que faire ? Pendant des années, il a su se montrer habile et tenace pour se maintenir dans les marges de la toute petite bourgeoisie, mais il a maintenant le sentiment d'arriver au bout de ses ressources psychologiques. Quand il regarde les autres passagers de la rame, il lui semble ne voir que des gens plus favorisés que lui par le destin.

Karl se reproche de s'être infligé l'humiliation d'arriver une heure à l'avance pour guetter comme un détective privé, depuis le comptoir de chez Dany, les allées et venues autour de l'immeuble d'Alice, alors qu'il devrait vouer chaque minute de son temps libre à l'élaboration de ses œuvres complètes. Il tente sans conviction de se persuader qu'il s'agit seulement d'apercevoir Alice marchant librement dans la rue, et non plus confinée dans son cabinet et sa fonction sociale, qui l'obligent à une sérénité impénétrable, opposée comme la vitre d'un hygiaphone aux débordements émotionnels de ses patients. Ce plaisir d'esthète pourrait se justifier, pense-t-il, s'il trouvait une transposition élégiaque dans son travail littéraire ; mais il ne croit nullement à la noblesse de ses motifs et se sent obligé d'admettre qu'un homme consacrant une heure de son après-midi à surveiller, depuis un bar inamical, la porte d'un immeuble où habite une femme qu'il connaît à peine n'est qu'un pauvre type, un taré, au mieux un malade à soigner.

Une autre motivation moins trouble, il est vrai, l'a poussé à venir en avance. Depuis trois jours, Arnold a réquisitionné son appartement afin de recevoir dans des conditions à peu près dignes sa future belle-famille américaine. À son grand déplaisir, Karl occupe le studio de son ami, où chaque objet semble imprégné d'une longue histoire sordide. Il le fuit dès le petit matin pour ne le regagner qu'à la nuit, à contrecœur, et y dormir sur le canapé, sans toucher à ce lit où il peut trop facilement imaginer Arnold vautré dans des draps sales, contre une de ces dulcinées de hasard dont il parle avec tant de complaisance. Chez Dany, au moins, la laideur et la tristesse sont impersonnelles, sans visage identifiable.

Une idée stimulante lui vient cependant à la vue d'une petite boutique de fleuriste, en face du café. Offrir aujourd'hui un bouquet à Alice ne serait pas déplacé, puisqu'il compte lui annoncer de bonnes nouvelles. Ce sera une attention bienvenue, une façon aussi de marquer son entrée dans sa vie secrète, celle qu'elle mène dans des lieux qui lui étaient jusqu'à présent inaccessibles.

À l'heure convenue, Karl se présente donc à la porte de l'appartement muni d'une douzaine de pivoines. Malheureusement, la ménagère, dès qu'elle lui a ouvert, pousse une exclamation admirative, tuant tout effet de surprise. Alice reçoit les fleurs poliment, sans manifester de joie particulière. Telle une cantatrice se débarrassant du cadeau encombrant qu'un enfant est venu lui remettre sur la scène, elle les confie aux bons soins de la ménagère, après avoir respiré brièvement leur parfum et prononcé la formule d'usage, mais sur le ton d'un reproche sincère :

— Il ne fallait pas, Karl.

Pourquoi a-t-elle parlé ainsi, presque avec sévérité ? Karl voudrait reprendre ses fleurs et les jeter par la fenêtre sur un fourgon mortuaire en attente de chargement, mais déjà Alice est passée à autre chose, et le questionne plus gentiment sur sa première visite à l'Institut pour déficients visuels :

— Qu'avez-vous pensé de notre maison-mère ? La plupart de nos invités la trouvent austère, intimidante même, mais pour nous c'est un point de ralliement, comme un coffre magique dans lequel est préservée toute notre enfance… Il est bien rare que d'anciens pensionnaires en conservent un si mauvais souvenir qu'ils ne veuillent plus y remettre les pieds à l'âge adulte ! C'est un peu notre patrie…

— Je suis toujours ému par les vieilles constructions en brique rouge, je ne sais pas pourquoi. J'ai surtout aimé le clocheton de la chapelle et la grande horloge au fronton du bâtiment principal ; on a l'impression de découvrir un village d'autrefois caché en pleine ville, presque un monde parallèle.

— Oui, un monde parallèle, c'est exactement cela, ce que vous dites est très juste. D'ailleurs il me semble souvent que les aveugles forment un peuple à part. Nous avons une expérience de la vie très particulière, dont les autres ne soupçonnent pas la richesse. Et si nous parlons la même langue qu'eux, nous la comprenons d'une façon beaucoup plus subtile, soit dit en toute modestie ! Par exemple, quand quelqu'un s'adresse à nous, notre attention n'est pas détournée par son apparence physique, les vêtements qu'il porte, les gestes ou les mimiques qu'il peut faire tout en parlant ; elle se focalise sur sa voix nue, sa façon de la laisser aller librement ou au contraire de la contrôler comme une prisonnière, dans le cas d'un menteur... Tout cela nous permet de percevoir l'autre d'une façon beaucoup plus sûre et profonde que les visuels, qui s'attachent trop aux signes extérieurs. Hier soir, j'entendais à la radio un homme politique parler devant un congrès de son parti, et je me demandais comment ses auditeurs pouvaient ne pas sentir qu'il ne croyait pas un mot de ce qu'il disait. Ils auraient dû tous se lever et le laisser en plan !

Si Karl ne sait pas déchiffrer les voix, le rire d'Alice résonne douloureusement à ses oreilles. Chacune de ses paroles semble le tenir à distance, dans ce monde primaire des visuels où l'on se contente de la banalité des formes et des couleurs. Elle se lève pour aller demander que l'on prépare du thé, dit-elle, mais si vivement que Karl a l'impression qu'elle veut lui échapper. À son retour dans la pièce, il ne sait plus quoi lui dire, et la séance débute par des exercices de relaxation consciente effectués dans le silence, d'abord en position debout puis allongé sur la table de massage. Karl sait maintenant appeler les sensations de chaleur ou de pesanteur dans une partie précise de son corps, sur l'indication d'Alice. « Votre bras gauche s'échauffe... » Les premières fois, Alice contrôlait l'élévation de température en posant sa main sur celle de Karl, et constatait aussitôt, sans jamais se tromper, s'il était ou non concentré sur l'accomplissement de l'exercice proposé. Cet après-midi, sans avoir besoin de le toucher, elle devine sa nervosité et sa distraction.

— Vous n'êtes pas du tout présent, Karl. Qu'y a-t-il ?

— Je traverse une phase difficile, encore une fois, comme d'habitude et pour toute la vie. En particulier sur le plan professionnel, en l'occurrence.

Très légèrement, Alice laisse courir ses doigts sur les épaules et le torse de Karl, comme si elle craignait, en insistant, de réveiller un démon endormi. Elle non plus n'est pas aussi sereine qu'à l'accoutumée. Karl remarque pour la première fois, à la racine de son nez, un pli vertical qui vieillit son visage.

— Vous ne m'avez pas demandé ce que je pense de Charles.

Alice, peut-être par déformation professionnelle, ne se précipite jamais pour répondre, mais semble laisser reposer en elle les paroles entendues pour en chercher la signification à un niveau inhabituel. Cette fois pourtant elle s'exprime rapidement, d'une voix un peu sèche, comme si elle avait une réponse toute prête à une question prévisible :

— Non, parce que je sais qu'il ne fait pas forcément bonne impression à la première rencontre. Je n'ai pas voulu vous mettre dans l'embarras, ni vous obliger à dire du bien de lui.

— Mais justement, vous m'avez fait remarquer un jour, devant cette fenêtre (il gesticule au point de faire trembler dangereusement la table de massage), que je ne devais pas chercher en permanence à embellir les choses, mais dire avec franchise ce que je voyais ou ressentais ! Eh bien il se trouve que Charles me semble être un homme particulièrement intéressant, comme on n'en rencontre presque jamais dans une vie. J'ai parlé de lui au ministre, qui est tout à fait d'accord pour le retenir parmi les professeurs d'énergie. Cela tombe d'ailleurs très bien, car une des personnalités que j'avais déjà interviewées ne pourra figurer dans le livre, pour une raison de force majeure. Dès que possible, je me rendrai à l'Institut avec mon assistant pour procéder à un entretien approfondi.

Le soleil qui tombe de la fenêtre donnant sur le funérarium fait ressortir plus nettement encore la pâleur d'Alice et le calme de l'appartement. Les aveugles ont souvent une apparence plus posée que les voyants, presque méditative, pense Karl, et si Skrobot fait exception dans une certaine mesure, son extraversion relative est surtout liée au souci de convaincre et de gagner du terrain sur un monde hostile. Le fait qu'il soit enseignant explique sans doute aussi sa voix forte et ses attitudes d'orateur, sa façon agaçante de s'adresser aux autres comme depuis une tribune.

— Vous n'avez jamais souhaité aller en classe dans une école ordinaire ?

— Quand j'étais enfant, j'étais très timide et solitaire, et l'idée de fréquenter une école où les autres élèves se rassembleraient autour de moi, au moins les premiers jours, comme si j'étais un monstre de foire me terrorisait. L'Institut était pour moi un cocon, un havre de paix. Par la suite, j'ai compris que j'avais eu tort de m'effrayer. Quand j'ai eu des activités en dehors de l'école, aux cours de musique ou au manège, je me suis aperçue que les aveugles attirent les enfants les plus généreux et les plus intelligents, qui les protègent des autres. C'est l'un de nos petits privilèges.

— Êtes-vous aveugle de naissance ?

— Oui, ma cécité est d'origine génétique. Pourquoi cette question ?

— Je me demandais si un aveugle de naissance a une notion de la beauté des visages, par exemple. Quand vous touchez le visage de quelqu'un, est-ce que vous sentez autre chose qu'un relief, une succession de creux et de bosses sans harmonie d'ensemble ?

— Si je posais mes mains sur votre visage, je pourrais m'en faire une image très précise. Quant à dire si un visage est beau ou non, je serai moins catégorique. Il y a des peaux désagréables au toucher, déplaisantes, avec des aspérités, des irrégularités ; mais comme je l'ai déjà dit, je crois que nous avons une perception plus profonde de la personne. Nous sommes plus sensibles à l'énergie que dégage un être. Il y a des gens dont le seul voisinage fatigue ou irrite, d'autres qui charment ou apaisent. Nous avons nos préférences, nous aussi, mais nous n'accordons pas tant d'importance à ce que les visuels appellent la beauté, ou plutôt ce mot n'a pas la même signification pour nous. D'ailleurs, ceux d'entre nous qui n'étaient pas aveugles à la naissance mais ont perdu la vue à la suite d'un accident ou d'une maladie oublient généralement les visages de leurs proches. En ce qui me concerne, il me semble que si je me mettais subitement à voir, je trouverais beaux les gens que j'aime. Ce serait ma définition de la beauté. Mais nous voilà partis dans une discussion bien sérieuse…

Karl songe que Skrobot ne tiendrait sans doute pas les mêmes propos, ou alors en leur donnant une tournure agressive et belliqueuse. Déjà, lors de sa visite à l'Institut, il avait eu l'intuition qu'Alice ne devait avoir aucun goût pour les arts martiaux et les théories spartiates de son ancien professeur. Peut-être allait-elle aux réunions de la Ligue pour la vue profonde comme on participe, par tradition familiale, à un culte dont on n'a jamais ressenti la vérité.

La séance s'achève sans que beaucoup d'autres paroles soient prononcées. Cette fois-ci, l'appartement est resté complètement silencieux ; aucun bruit n'est venu de la cuisine ni des pièces inconnues où vivent la ménagère et l'enfant. Tout en remplissant son chèque avec application pour se donner une contenance bien artificielle, Karl risque enfin l'invitation qu'il méditait depuis des jours :

— Il y a un concert d'orgue à l'église Saint-Ephrem, samedi en fin d'après-midi. Est-ce que cela vous tenterait de m'y accompagner, après la réunion de la Ligue ?

Évidemment, il a bêtement bafouillé en débitant ces phrases, qu'il a transformées en une bouillie infantile. En ce qui le concerne, il a horreur de l'orgue, instrument impérieux dont les tuyaux grondeurs semblent menacer les auditeurs des supplices de l'enfer, mais les distractions accessibles aux aveugles sont rares, un samedi après-midi d'hiver, et il ne s'imaginait pas lui proposer d'entrer dans un café pour rester assis en face d'elle pendant une heure ou deux, en oubliant sans cesse qu'il est inutile de rechercher à établir un contact visuel.

— Oh, il se trouve que j'ai déjà pris un autre engagement, répond Alice d'un ton malicieux. J'ai prévu d'aller au cinéma avec une amie d'enfance, elle aussi membre de la Ligue. Pour nous, c'est plus difficile que le théâtre, où les déplacements des acteurs nous aident à suivre l'action, mais en fait nous cherchons surtout à entretenir notre anglais en allant voir, si l'on peut dire, des films en VO. Si vous souhaitez nous accompagner, nous en serons très heureuses, à condition que vous acceptiez de nous raconter ensuite les passages de l'histoire qui nous auront échappé.

— Ce serait volontiers, très volontiers…

Dans le bus qui le ramène vers le taudis d'Arnold, Karl se représente son prochain samedi après-midi. Il devra se crever les yeux, à son tour, pour déchiffrer des sous-titres minuscules sur fond blanc. Ensuite, dans un café surpeuplé, il hurlera pour couvrir la retransmission d'un match de foot, tendra l'oreille afin d'entendre deux copines raconter des blagues d'initiées et ressasser des potins remontant à leurs années de collège. Le soir venu, il n'aura passé aucun moment en tête-à-tête avec Alice, et il rentrera chez lui fourbu, les paupières brûlantes et les tympans sifflants, seul avec ses livres et ses objets fidèles, mais débarrassé au moins du squatter Arnold.

Une fois arrivé à destination, son portable sonne, et un numéro dont les premiers chiffres indiquent que l'appel provient du ministère s'affiche sur l'écran. L'organe poussif de Kremer grésille dans l'écouteur : « Karl ? C'est vous mon pauvre ami ?… Des circonstances de la plus extrême gravité… nous mettent dans la pénible obligation… »

Le fracas de la circulation contraint Karl à crier dans la rue, sous le regard exaspéré des passants : « Je vous entends très mal, monsieur Kremer… Comment ça, remercié ? »

Il comprend, entre deux crachotements, que Maud Torcelli s'est plainte à son ami le ministre de son attitude désobligeante, voire insultante. Même s'il s'y attendait plus ou moins, il voudrait frapper les vieillards à cabas qu'il croise dans la rue du Transvaal, insulter le petit commerçant prenant le frais sur le seuil de sa boutique, tandis que Kremer achève voluptueusement sa tâche de bourreau administratif :

« Vous avez échoué, Karl ! La mission qui vous était confiée pouvait vous permettre de sortir du rang des vacataires, d'accéder à des fonctions plus élevées, mais vous avez échoué, sans rémission ! Charpine est déçu, très déçu, et il ne pouvait vous sauver une seconde fois… Une telle mansuétude aurait mérité le nom de faiblesse… »

Un cliquetis de serrure sauve Karl d'un sommeil gluant de mauvais rêves. Au mépris de tous ses principes, il s'est endormi la veille en se saoulant à la bière, seule boisson disponible dans le réfrigérateur. Voyant le mur taché, près de son nez, il se souvient qu'il se trouve chez Arnold, lequel précisément l'observe de toute sa hauteur, avec une tête de fait divers.

— Kess tu faisais ? Il est midi passé, ça fait deux heures que j'essaie de t'appeler ! J'ai un truc vachement grave à te dire.

— Au point où j'en suis arrivé, plus rien ne peut me sembler grave.

— Tu ferais mieux de te lever et d'aller te foutre sous l'eau, au lieu de jouer les pauv'types !

Arnold va fourailler dans le coin cuisine, à la recherche d'un fond de paquet de café. Il claque la casserole entartrée sur la plaque chauffante, à la fois par énervement et pour inciter son ami à s'extraire du canapé défoncé qui lui tient lieu de lit. Karl le guette depuis son nid douteux, heureusement surpris de se sentir beaucoup mieux que la veille au soir, en tout cas sur le plan psychologique. Il s'émerveille de sa capacité à rebondir, mais ce dernier mot lui ramène à la mémoire l'interview de Maud Torcelli et la question fatale. Le ministère lui paiera encore un reliquat de salaire, de quoi tenir quelques semaines en se terrant dans son deux-pièces ; il faudra qu'il se remette d'arrache-pied à son dernier manuscrit, afin de pouvoir négocier un petit à-valoir avec Carole Stern ; ensuite, si le livre marche un peu, il aura gagné le droit d'en publier un autre – une nouvelle chance à la loterie. Sinon… Karl se lève et se dirige vers le réduit où sont entassés la douche, les toilettes et un lavabo, mais Arnold se dresse sur son passage, rongé d'impatience :

— Karl, j'ai besoin de ton aide. Tu tiens littéralement ma vie entre tes mains. Je m'en remettrai à ton verdict, quel qu'il soit. Cette fois-ci je suis à fond de cale, au bord du précipice !

Il est vrai qu'il paraît encore plus maigre et livide que d'habitude. Ses mains tremblent légèrement, et quand il verse l'eau bouillante dans le filtre de la cafetière, on croirait qu'il ne lui reste que la musculature d'un centenaire et qu'il ne pourra venir à bout d'un tel effort. Karl est sur le point de lui répondre que lui non plus n'est pas dans une situation enviable, mais il se retient en pensant qu'il vaut mieux laisser Arnold dévoiler le premier ses batteries.

— Comme tu sais, j'ai passé une semaine éreintante à jouer les bouffons pour Angela et ses parents, à leur montrer toutes les curiosités de la ville.

Je tiens à te remercier à nouveau de m'avoir prêté ton appartement. C'était tellement nickel et bien rangé que j'avais l'impression d'être à l'hôtel. Je peux bien te l'avouer, à l'époque de l'*Octopode*, je te trouvais vachement *straight* et psychorigide, mais je me rends compte aujourd'hui que je ne pourrais pas survivre s'il n'y avait pas sur Terre des types comme toi pour tout organiser et mettre en ordre. Je t'ai mal jugé, Karl, pardon ! Quand j'ouvrais ton frigo, j'en revenais pas de voir les yaourts alignés suivant la date de péremption, les plus anciens du côté de la porte. Et toutes ces réserves de pâtes et de purée déshydratée dans les placards ! Paré pour la guerre nucléaire ! Par contre, j'ai eu du mal à trouver les capotes ; j'ai d'abord cherché sous le lit et dans les tiroirs de la table de chevet, mais j'aurais bien dû me douter que tu les mettais dans l'armoire à pharmacie, entre les cotons-tiges et les anxiolytiques ! Sacré Karl, c'est tout toi : la bite coincée entre l'hygiène et les angoisses métaphysiques !

— Écoute, dis-moi rapidement ce que tu as à me demander, j'ai besoin de me laver, je me sens très sale.

Arnold prend des précautions oratoires inhabituelles, marmotte un préambule incompréhensible. Voyant que ses hésitations commencent à irriter Karl, il se décide :

— Tu vois, depuis deux jours, c'est tempête sous un crâne… Au début, tout s'est bien passé ; le père d'Angela a même été supercontent du cadeau que je lui ai fait, ce petit bouquin débile avec des nains de jardin que tu m'avais donné. Chez lui, il fait toutes sortes de collections, alors je suppose qu'il saura quoi en faire. Bref, l'inquiétude est montée en moi subrepticement, tandis que tout baignait en apparence. Hier matin, ça m'a crevé les yeux ; je me suis réveillé tout en sueur dans tes draps, j'avais passé une nuit atroce à faire des cauchemars où des assassins me poursuivaient sans que j'arrive à décoller les pieds du sol pour m'enfuir. C'était symbolique, bien sûr : mon rêve me disait que la part la plus précieuse de mon identité, ma créativité artistique, était menacée de mort, et qu'il fallait que je m'échappe au plus vite. J'y ai pensé toute la journée, pendant les visites de musées et les repas au restau. Ils me souriaient tous, et moi en voyant leurs dents éblouissantes, j'avais l'impression d'être entouré d'une meute de loups affamés. Le pire, c'est qu'ils m'ont dit que le révérend Braddock était très content de moi : qu'un mec pareil puisse me considérer comme un élément d'avenir, ça m'a vraiment affolé, tu peux pas savoir ! Je me suis rendu compte qu'ils étaient tous à vouloir me transformer et m'annexer, que si j'allais là-bas ils finiraient par m'employer dans l'entreprise familiale, à faire du recouvrement d'impayés…

— Bon, conclut Karl d'un ton indifférent, tu es en train de me dire que tu ne veux plus te marier ni partir aux États-Unis. Il n'y a pas de problème, c'est ton droit le plus strict. Personne ne peut t'y forcer.

Arnold se raidit dans une posture tragique, celle qu'il adopte instinctivement sur scène quand il en arrive à un climax émotionnel, et il geint plus qu'il ne parle :

— Si, moi ! Je suis hypervulnérable dans ce genre de situations, quand je risque de blesser les sentiments de quelqu'un… Je suis capable de m'autodétruire pour éviter de faire de la peine, je me connais !

Si tu ne m'aides pas, Karl, je vais foutre ma vie en l'air…

Karl entrevoit aussitôt ce qu'Arnold attend de lui. Il s'apprête à refuser avec horreur d'accomplir une démarche aussi pénible et humiliante, mais Arnold le devance, étouffe ses protestations sous une gerbe d'arguments visqueux :

— Il y a des choses qu'on ne peut pas exiger d'un être humain, Karl ! À l'impossible nul n'est tenu ! Je m'en remets à notre amitié, parce que toi tu es fort, tu es capable de te fixer des objectifs et de tout écraser pour les atteindre. Tout le monde n'est pas fait du même métal, Karl, on ne peut pas aller contre sa nature ! Tu me regardes d'un air sévère, on dirait même que tu te délectes à me voir ramper à tes pieds, mais si tu pouvais être une seule minute dans ma peau tu me jugerais moins durement ! Je souhaite à personne de se retrouver dans ma situation, j'ai pensé plus d'une fois à me faire sauter l'caisson, tu saisis ?

Tout en contemplant avec dégoût cet affaissement, Karl se livre à toute une série de réflexions pragmatiques. Il aura peut-être lui aussi besoin d'aide dans les prochaines semaines, lorsqu'il entrera dans le tunnel obscur de l'avenir. Oui, il aura peut-être besoin d'un recours, d'une compagnie, bonne ou mauvaise, de quelqu'un à qui il puisse confier ses déboires comme on met ses détritus à la poubelle. De guerre lasse, il entrouvre la porte :

— Qu'est-ce que tu voudrais que je leur dise, exactement ?

Arnold reste coi. Il n'en revient pas d'avoir réussi encore une fois à obtenir ce qu'il désirait, comme si les êtres et les événements se pliaient par magie à son attente. Déjà il se sent libéré de l'énorme fardeau qui l'écrasait ; il va pouvoir dormir ou écouter de la musique, ce brave Karl se chargera à sa place de mettre un terme à toute cette histoire insupportable. Une joie folle s'empare de lui, il exulte sans retenue !

— Tout ce que tu veux, du moment qu'ils rentrent chez eux et qu'ils oublient mon existence ! J'en peux plus, Karl ! Toi qui es écrivain, tu sauras trouver les mots, je te fais entièrement confiance ! T'as carte blanche, qu'ils arrêtent de me faire chier, c'est tout !… On avait rendez-vous à leur hôtel à quatorze heures, t'as juste le temps d'y aller, en deux minutes ce sera fini. Explique-leur que je suis émotionnellement épuisé et hors d'état de me déplacer, voilà ! C'est la vérité, d'ailleurs. Oui, c'est ça, dis-leur que je suis complètement cuit, que l'idée même de les revoir me tue ! Je veux plus entendre parler d'eux, Karl, je les atomise mentalement ! C'est comme pour les Psychotics, la page est tournée. Tous ces gens-là me sucent le sang et m'empêchent de progresser, je dois couper les câbles et partir au large… Je suis un homme de ruptures, il est grand temps pour moi de commencer une nouvelle vie !

Une fois dans la rue, Karl tente d'élaborer en son for intérieur un argumentaire en trois périodes, à la Charpine – un premier développement sur la sincérité des sentiments d'Arnold, un second sur la faiblesse de sa constitution nerveuse et psychique, une synthèse débouchant sur la nécessité de rompre, dans l'intérêt même d'Angela. Mais le trajet à effectuer est trop court et sa réflexion trop paresseuse pour qu'il ait le temps d'articuler son discours au-delà de ce vague schéma. La façade mangée de lierre de l'hôtel où logent la jeune femme et ses parents se dresse déjà devant lui. C'est un établissement de charme, de taille modeste, pourvu d'un jardinet et d'une véranda à l'arrière. Karl y découvre Angela dans le salon de lecture, seule, tout occupée à examiner un plan de la ville et à tracer des itinéraires afin de préparer le programme culturel de la journée. Elle est plus jeune et encore plus jolie qu'il ne se l'était imaginé d'après les nombreuses photos d'elle qu'il avait vues, et sur lesquelles son sourire apparaissait figé dans une sorte de rictus disgracieux. Ses avant-bras sont couverts de poils blonds qui brillent dans la lumière comme des paillettes d'or. Karl ne les quitte pas des yeux tout en parlant. Il pense au halo solaire qui nimbe parfois les cheveux d'Alice, quand son profil se découpe contre la grande fenêtre donnant sur le funérarium. « *... emotionally exhausted... kind of nervous breakdown...* »

En quelques phrases approximatives, Karl dépeint les tourments, les scrupules et les regrets de son ami. Il se dépêche, de peur que l'arrivée des parents d'Angela ne vienne compliquer davantage encore la situation. Tout en bredouillant ses explications, il se voit tel un garçon boucher maladroit, taillant à grands coups de feuille dans la chair palpitante. Enfin il achève, s'incline ridiculement devant elle à la japonaise, sans l'avoir prémédité, et laisse tout ce désastre derrière lui, avant qu'Angela ait pu éclater en sanglots ou en imprécations.

L'entretien se déroule dans une petite salle de classe de l'Institut pour déficients visuels ne pouvant accueillir qu'une quinzaine d'élèves au maximum. Au plafond sont accrochées des cartes géographiques en relief que l'on fait coulisser sur des rails. Sur chaque table est disposé un clavier spécial permettant aux jeunes aveugles de prendre des notes pendant les cours. Arnold passe les doigts sur les pages d'un livre en braille, s'émerveillant qu'il soit possible de déchiffrer à grande vitesse ces caractères presque imperceptibles à un toucher non exercé. Il plaisanterait volontiers dans son registre habituel, mais pour le moment il est trop reconnaissant à Karl de l'avoir aidé à se libérer des chaînes du mariage pour risquer de le fâcher. Skrobot lui déplaît entièrement. Il regrette que ses yeux morts ne soient pas masqués par des lunettes fumées, qui lui rendraient moins pénible son aspect, étrange combinaison d'absolue confiance en soi et de vulnérabilité objective. De temps à autre, quand il est certain que Karl ne peut le voir, il adresse à Skrobot une grimace ou esquisse un geste offensant. Au début de l'entretien, il s'est surpris à espérer que Karl, emporté par ses automatismes, entamerait cette discussion, comme les précédentes, par une déclinaison de la question stupide inscrite au premier rang dans le vade-mecum de l'interviewer : « Charles, comment êtes-vous venu à la canne blanche ? »

Mais non, un garçon aussi intelligent et circonspect que Karl ne peut pas trébucher à tous les entretiens, et sait adapter son texte à l'interlocuteur du jour :

— Charles, peut-on transcender la cécité ?

Skrobot détourne la tête vers le mur, comme s'il espérait ainsi échapper à une conversation qu'il juge sans intérêt :

— Toujours cette idée d'une infériorité à compenser, décidément on n'en sort pas… Le but ultime des membres de la Ligue pour la vue profonde n'est pas de transcender la cécité, mais au contraire de plonger en son cœur, de la vivre pleinement, de démontrer toute sa valeur positive. Croyez-moi, bien des aveugles ne souhaiteraient pas recouvrer la vue si c'était possible, hormis pour satisfaire une curiosité compréhensible en ce qui concerne les aveugles de naissance. Il existe bien sûr parmi nous une majorité de tièdes, ce que j'appellerai, en aparté, des infirmes, mais leur nombre tend à diminuer, et encore s'agit-il le plus souvent d'anciens visuels, empêtrés dans une nostalgie inutile et dans leurs difficultés à retrouver un travail ou à apprendre rapidement le braille. Non, de manière croissante, les aveugles sont conscients de leur force, surtout dans un monde où les technologies de l'information et la synthèse vocale leur ouvrent un accès autonome à toutes les connaissances. À notre époque, la vue est un sens largement surestimé, et sa prééminence entraîne une atrophie du toucher, de l'ouïe et de l'odorat, sans parler de l'intelligence, soit dit sans vouloir être désobligeant ! L'aveugle est obligé d'être attentif, éveillé en permanence, dans ses déplacements, dans la vie courante, dans les rapports sociaux, or l'attention est la clé du développement intellectuel. Par exemple, songez à la nécessité où nous sommes, quand nous payons en liquide, de reconnaître les billets à leur taille et les pièces à leur épaisseur et à leur diamètre, et vite si nous voulons éviter de froisser le commerçant qui nous rend la monnaie… De même, un aveugle qui commande une bonne bouteille au restaurant a intérêt à être capable de distinguer les crus grâce à ses papilles et à son odorat s'il ne veut pas être la victime impuissante du gargotier. Alors que beaucoup le prennent pour un arriéré mental, l'aveugle est toujours en alerte. Il est condamné à l'excellence ou à l'assistanat, sans moyen terme. Vous l'aurez compris, la Ligue a choisi la première voie, en toute immodestie.

— Je comprends… Mais comment comptez-vous faire admettre aux visuels que les aveugles leur sont à certains égards supérieurs ?

Skrobot pousse un cri sauvage et lève les bras au ciel, comme si Karl venait de l'offenser.

— Mais notre objectif n'est pas de convaincre les visuels de quoi que ce soit, il est d'aider les aveugles à prendre confiance en eux ! Notre devise pourrait être : « Soyons hardis ! » D'ailleurs, nous incitons nos membres à oser, dans tous les domaines, y compris au moyen d'exercices très concrets, par exemple en envoyant sèchement bouler les maniaques qui nous fourrent une Bible dans les mains en nous disant que nous allons y trouver un réconfort ! Mais ce ne sont là que des enfantillages... Les aveugles doivent devenir des maîtres de vie, et nous accueillons au sein de la Ligue ceux des visuels qui sont disposés à se mettre à notre école, pour apprendre à voir au-delà des faux-semblants. Comprenez bien que nous n'entendons pas être un banal lobby demandant la généralisation de la signalétique en braille et de la synthèse vocale, ou une discrimination positive à l'embauche en faveur des aveugles.

Tout en prenant quelques notes, Karl songe qu'il aurait eu de toute façon bien du mal à faire admettre l'obscur Skrobot parmi les professeurs d'énergie, entre un poète maudit et une danseuse étoile. Arnold, dans son coin, mal remis encore de son surmenage émotionnel, semble accablé par la chaleur qui règne dans la pièce. Les voix lui parviennent de très loin, à travers un brouillard gris et moite. De temps à autre, dans un effort de volonté, il tente de réfléchir aux événements qui viennent de bouleverser sa vie, mais replonge instinctivement dans sa torpeur dès qu'ils lui apparaissent sous une lumière trop crue.

Au bout d'une demi-heure de questions et de réponses, Charles Skrobot propose de poursuivre l'entretien en compagnie de quelques membres de la Ligue convoqués spécialement pour cette occasion. Arnold et Karl s'engagent derrière lui dans les larges couloirs du bâtiment principal de l'Institut. Parfois il leur désigne de sa canne une statuette de saint thaumaturge placée dans un renfoncement, en contant d'un ton sarcastique une anecdote tirée de la *Légende dorée*. Les trois hommes montent au premier étage et débouchent, après avoir traversé une bibliothèque ravalée au statut de débarras, dans une salle ornée de lambris et d'une demi-douzaine de hautes fenêtres à imposte.

— Nous voici, annonce Skrobot, dans le salon d'apparat, où l'on recevait autrefois l'archevêque, les principaux donateurs et les autorités civiles. De nos jours le cérémonial s'est beaucoup allégé. On n'accueille plus guère que des représentants de l'inspection académique ou les responsables de l'association des parents d'élèves, et ce dans le bureau du directeur, qui est néanmoins de belles dimensions et s'ouvre sur le jardin. Comme les remises des prix solennelles sont passées de mode elles aussi, cette salle vénérable ne sert plus que pour les soirées dansantes organisées par les anciens élèves. Tout devient vulgaire, c'est ainsi.

Une nappe de poussière s'est déposée sur les bustes des bienfaiteurs alignés face aux fenêtres. Des lames du parquet ont été changées, mais on a employé un bois d'une essence plus sombre que l'original. Le long des murs sont disposées des vitrines présentant des ouvrages en braille contemporains du créateur de la méthode, ainsi que des instruments utilisés jadis par les élèves ou les enseignants, en particulier des planches sculptées figurant des scènes bibliques, des animaux, des monuments célèbres ou de simples formes géométriques. Fasciné par cette modeste exposition, Karl découvre, sur une table métallique calée dans un recoin, de vieilles photographies regroupées sous l'intitulé « Les aveugles et la guerre », prises dans des centres de rééducation pour soldats ayant perdu la vue au combat. De très jeunes hommes affublés de lunettes noires s'initient au maniement de la canne, se forment à des métiers manuels depuis longtemps disparus ou apprennent le braille. Leurs visages sont dénués d'expression, comme si on leur avait demandé, avant de les présenter à l'objectif, de maintenir l'attitude neutre, sans joie ni chagrin, qui convient aux figurants d'un document pédagogique. Au-dessus des photographies sont conservées dans des boîtiers des prothèses d'époque – yeux artificiels en verre ou en celluloïd, ensembles nez-œil en cire, masques complets destinés à remplacer le visage détruit, pourvus d'atroces regards peints.

Pendant ce temps, à l'autre extrémité de la pièce, Charles Skrobot a ouvert une double porte capitonnée. Une quinzaine de personnes, dont trois sont guidées par des chiens, font leur entrée dans une rumeur joyeuse. Karl reconnaît, outre Alice, Suzanne et Albert, qui lui adressent des sourires de connivence.

— Mes chers loups ! dit Skrobot en désignant le groupe d'un ample geste du bras. Voici quelques-uns des membres les plus fidèles de la Ligue, visuels et aveugles mêlés. Ils se tiennent à votre disposition, prêts à répondre à toutes vos questions, autour de la petite collation que nous a aimablement fait préparer l'intendant de notre institution bien aimée.

Un buffet a été dressé contre l'une des fenêtres à deux vantaux s'ouvrant sur la cour d'honneur. De petits noyaux se forment près des toasts et des verres de jus d'orange. Albert, pour une fois disjoint de Suzanne, est en grande discussion avec un aveugle d'une trentaine d'années, athlétique, dont les yeux éteints, braqués sur le mur, paraissent attentifs à un autre monde. Son nez busqué, son faciès brutal lui donnent l'allure d'un faune.

— Je vous présente Francis, mon référent, dit Albert à Karl en pointant cavalièrement le doigt vers le jeune homme. Tous les visuels membres de la Ligue sont « coachés », si vous me permettez ce mot, par un aveugle. En ce qui me concerne, je suis particulièrement gâté : non seulement Francis est d'une patience angélique quand je m'exerce à marcher les yeux bandés, mais il a eu la gentillesse de venir vivre chez nous, qui possédons un grand appartement trop vide, hélas ! Vous devriez le voir pratiquer le krav maga : il sent les mouvements de l'adversaire comme s'il était pourvu d'un radar, c'est tout à fait stupéfiant, presque surhumain, un vrai fauve !

Albert poursuit à voix basse, en roulant des yeux méfiants de droite et de gauche :

— Je peux bien l'avouer, Francis nous est plus proche que nos propres enfants. C'est un peu triste à dire, mais c'est la pure vérité, et la vérité est souvent triste. Il est le fils que j'aurais été fier d'avoir. Figurez-vous que nous avons eu, Suzanne et moi, l'occasion de le voir mettre hors d'état de nuire un voyou qui s'était glissé dans le hall de l'immeuble à notre suite, au retour du marché, sans aucun doute pour nous faire un mauvais sort. Le pauvre type n'a pas eu de chance : d'une manchette juste à la base du nez, Francis l'a mis au tapis pour bien plus que le compte, rapide comme l'éclair, ah ! ah ! ah ! Il n'y a pas eu de témoin et nous sommes vite montés à l'appartement sans signaler l'incident, car la police fait plus d'ennuis aux citoyens qui se défendent qu'aux crapules !

Nous sommes d'autant plus contraints à la discrétion que les activités de la Ligue ne seraient pas toujours comprises à l'extérieur si nous dévoilions tous nos petits secrets sans précautions. C'est pourquoi le livre que vous écrivez peut beaucoup nous aider, en faisant connaître notre chef, sans pour autant révéler des détails que la société visuelle n'est pas prête à accepter…

— Albert, tu emmerdes tout le monde avec tes discours, intervient Francis d'un ton rogue et déplaisant. La Ligue ne fait que mettre le doigt sur les préjugés et les faiblesses mentales des visuels. Rien d'extraordinaire à ça, mais Albert aime voir des mystères partout, conclut-il en se tournant vers Karl avec une amabilité ironique.

Cependant l'enthousiaste Albert ne se laisse pas éteindre aussi facilement. Il agrippe Karl par la manche et rapproche son visage du sien comme s'il voulait lui faire examiner ses bridges et le fond de sa gorge. Karl, qui est nettement plus grand que lui, distingue une géographie de vaisseaux thrombosés striant les ailes de son large nez.

— Après avoir chanté les louanges de Francis, je peux bien, à titre d'anecdote à la fois instructive et distrayante, parler un peu de moi et vous raconter ce qu'a été mon épreuve d'admission dans la Ligue (il s'étouffe de rire par avance à l'idée d'évoquer une fois de plus ce souvenir, et son teint prend une inquiétante nuance lie-de-vin tandis qu'il cherche son souffle). Alors voilà, je devais me faire passer pour un aveugle et marcher le long d'un trottoir très fréquenté, en frôlant les véhicules en stationnement. Avec ma canne et mes lunettes noires, j'avançais à bonne allure, en sondant frénétiquement l'air devant moi, de manière à faire croire que j'étais dans un état d'agitation extrême, complètement affolé – bref le demeuré à la vue basse tel que se l'imagine le visuel moyen. Chaque fois que se présentait un de ces rétroviseurs de 4x4 ou de camionnette placés à hauteur du visage d'un homme de ma taille, je le fracassais de ma canne, à laquelle on avait fixé pour l'occasion une pointe plombée ! C'était un vacarme de plastique arraché, une dégringolade de verre brisé qui faisait se retourner tous les passants ! Eh bien figurez-vous qu'aucun d'entre eux n'a osé intervenir, même pas un type qui se trouvait au volant de son véhicule quand j'ai massacré son piège à bigleux ! Je revois encore sa tête d'abruti ! Il est d'abord sorti de sa voiture comme un fou furieux, mais il a pilé net quand il a vu mes lunettes noires et ma canne ! Il s'est contenté d'agiter ses petits poings dans ma direction et de crachoter des menaces, sans trop insister de peur que les témoins de la scène ne viennent prendre ma défense… Ah ! ah ! ah ! J'ai vécu une minute de liberté totale, oui, j'aurai connu cela avant de mourir !

Les éclats de voix d'Albert ont attiré l'attention du reste de l'assistance, qui forme maintenant un large demi-cercle autour du retraité, dont l'hilarité prend une coloration péniblement sénile. Profitant d'une pause entre deux hoquets, Charles Skrobot l'interrompt du ton abrupt qu'un père emploie pour atténuer les propos indiscrets tenus par son enfant devant des membres éloignés de la famille :

— Ce genre d'exercice tient bien entendu une place très marginale dans notre démarche, et je vous serais reconnaissant de ne pas en faire état dans votre compte rendu, Karl. C'était une sorte de jeu de rôle. Il s'agissait seulement de souligner l'impunité absurde dont bénéficient les aveugles, au motif sans doute qu'ils seraient des victimes dignes de pitié, bref des sous-hommes. D'habitude, nous proposons simplement au visuel qui désire nous rejoindre de chausser des lunettes opaques et de gagner par les transports en commun ou à pied, accompagné d'un des nôtres, un café situé à l'autre bout de la ville, où nous allons l'attendre gaiement autour d'un verre ou deux ! Cette petite épreuve lui donne le commencement du début d'une notion de ce qu'est la vie d'un aveugle dans une grande cité. Je le répète, notre but primordial est de sortir nos frères aveugles de leur inhibition, de leur effacement.

— Est-ce que vous imposez aussi des épreuves aux membres aveugles de la Ligue ? demande Karl à tout hasard.

— Le point essentiel est qu'ils soient décidés à s'affirmer en tant qu'aveugles, avec toute la fierté que cela suppose. Les actes suivent d'eux-mêmes, d'ailleurs la cécité n'est pas faite pour les mous. Nous leur demandons de se comporter en représentants d'une communauté qui s'est maintenant organisée sur quatre continents au travers d'associations comme la nôtre, dont l'objectif n'est pas de quêter la bienveillance de la société, de lui demander des pensions d'invalidité ou des aménagements, mais de la mettre devant sa médiocrité, elle qui repose sur le plus grossier et superficiel des sens, sur la pauvreté de la vue…

— Si tu le permets, Charles, je voudrais ajouter que l'attitude des visuels à l'égard des aveugles est très révélatrice de leur mauvaise conscience. La présence même des aveugles dans la ville les gêne, c'est pourquoi ils s'empressent de leur accorder des allocations plus ou moins généreuses, à condition qu'ils renoncent à toute existence sociale ! La société visuelle voudrait paradoxalement que les aveugles deviennent invisibles, parce qu'ils sont inaccessibles à son conditionnement aliénant par l'image et qu'ils révèlent à tous ceux qui les croisent dans la rue la possibilité de préserver la pureté de son univers intérieur.

Albert appuie cette diatribe par des hochements de tête vigoureux, accompagnés de petits grognements de satisfaction. La femme d'âge moyen qui s'est ainsi exprimée avec véhémence n'est pas aveugle, son regard lance même des éclairs de fureur. Vêtue comme une pauvresse, elle se tient au côté d'Alice, dont Karl scrute le visage sans y lire autre chose que cette attention flegmatique qu'elle lui offre, chaque lundi, dans son cabinet, lorsqu'il lui confie ses douleurs lombaires et ses inquiétudes existentielles.

— Comme vous le voyez, reprend Skrobot, nous avons notre pasionaria ! Cynthia tient une chronique quotidienne, intitulée « L'œil qui ment », sur les ondes de notre station de radio, Fréquence subtile. Cette émission s'adresse plus particulièrement aux visuels, elle nous vaut un abondant courrier de leur part.

— J'imagine qu'ils doivent parfois se croire mis en accusation et que le ton de leurs lettres s'en ressent.

— Détrompez-vous, Karl. La plupart d'entre eux écrivent au contraire pour nous encourager dans notre action. Il n'est pas rare de trouver un chèque dans l'enveloppe, et plusieurs de nos membres sont venus à nous par ce biais. Il est très réconfortant de constater que bien des visuels prennent conscience de la misère de leur vie intérieure, de l'indigence de leurs ressources ! Cela tourne même souvent à la haine de soi, c'est assez drôle…

Arnold, resté muet depuis son entrée dans le salon d'apparat, voudrait formuler un commentaire sardonique, mais le spectacle des membres de la Ligue formant devant lui une famille soudée et harmonieuse l'incite à demeurer pour une fois silencieux. Les chiens haletants assis au pied de leur maître, les cannes blanches au repos, les verres teintés ou les pupilles insondables, tout lui donne envie de fuir et d'aller retrouver l'air froid du dehors, les gens pressés, les néons clignotants, ce monde superficiel maladivement tourné vers ce qui brille, certes, mais confortable et accueillant comme un matelas ayant pris l'empreinte du corps du dormeur, au terme de milliers de nuits. Karl, au contraire, acquiesce benoîtement aux propos de Charles Skrobot. Se rendant soudain compte que celui-ci ne peut voir ses mouvements de menton, il émet des bourdonnements approbateurs, tout en braquant des regards attendris tantôt sur les bustes des bienfaiteurs, tantôt sur les membres bien vivants de la Ligue.

— Permettez-moi, en tant que béotien, d'apporter un simple témoignage extérieur, dit-il enfin d'une voix trop forte, comme s'il voulait s'adresser, au-delà des murs de l'institution, à la masse amorphe des travailleurs et des badauds répandue dans la ville en cette fin d'après-midi. Ce qui m'a frappé chez les membres de la Ligue, dès ma première visite, c'est, comment dire ?... c'est leur tenue, voilà, leur tenue !

En vous regardant, j'ai le sentiment que vous êtes portés par une armure intérieure. À cet instant, je voudrais d'ailleurs rendre hommage à celle qui m'a en quelque sorte introduit parmi vous, et qui incarne à mes yeux cette attitude devant la vie que je viens de saluer…

Tout en prononçant ces mots, Karl se dirige vers Alice, qu'il isole du groupe en écartant sans ménagements ses voisins, comme s'il voulait la placer au centre d'un cercle de lumière.

— Je tiens à vous remercier, Alice, de m'avoir fait connaître la Ligue pour la vue profonde. Vous avez joué à mon égard le même rôle que Francis pour Albert et Suzanne, dans des circonstances très différentes, il est vrai, puisque nous appartenons à la même génération.

Un silence opaque reçoit cette déclaration. Albert et Suzanne se sont raidis et ont froncé le sourcil à l'évocation de leurs liens avec Francis, comme si une part intime et secrète de leur vie venait d'être livrée au public. Arnold pressent que quelque chose de vaguement honteux vient de se produire et qu'il doit secourir son ami. Bousculant à son tour plusieurs personnes, il s'approche de Karl et lui murmure à l'oreille que la mémoire du dictaphone est arrivée à saturation ; il lui semble que, pour la première fois, sa voix tremble dans le mensonge, au point qu'il va être démasqué par les ouïes exercées qui l'encerclent. Mais rien de tel ne se passe. Karl annonce simplement à leurs hôtes la nécessité technique de mettre fin à l'entretien, et Skrobot s'avance vers lui pour le remercier, l'inviter à revenir quand il le voudra :

— Peut-être aurons-nous un jour l'honneur d'accueillir en ces lieux M. le ministre, et de lui présenter notre modeste association ? Avec mon impudence habituelle, je ne vous cacherai pas que j'aimerais beaucoup que vous soyez notre ambassadeur auprès de lui. Après tout, la création et la mémoire sont au cœur de la vie des aveugles ; la création pour nous représenter les objets et les visages, faute de pouvoir nous reposer paresseusement sur la vue, et la mémoire pour remplacer les plans de ville, retenir l'emplacement et la fonction des touches de la machine à laver, nous rappeler la forme et le contenu de chaque flacon dans la salle de bain…

— Je ne manquerai pas d'en parler à M. le ministre dès que je le verrai, répond Karl distraitement. D'ailleurs, il est prévu qu'il rencontre l'ensemble des professeurs d'énergie à l'occasion du prochain salon de la littérature. Vous aurez alors la possibilité d'échanger quelques mots avec lui, en tout cas avec son directeur de cabinet, qui se trouve être un de mes amis proches.

Albert saisit la manche de Karl. De sa voix glapissante, il lance une invitation générale à se retrouver dans son « humble demeure » pour un « pot de l'amitié », mais l'assistance s'est déjà dispersée dans la salle d'honneur et ne lui prête pas la moindre attention. Au moins Karl est à sa merci, ainsi qu'Arnold, qui ne s'est pas écarté assez vite.

— Je vous les confie, Albert, dit Skrobot d'un ton mielleux.

Le vieillard entraîne les deux jeunes hommes à travers les couloirs en les tenant par les poignets, tels des délinquants primaires alpagués par un citoyen courageux et responsable. Suzanne, Francis et deux adolescents aveugles les suivent à quelques pas de distance, formant le cortège des témoins à charge.

— Venez, je vous montrerai l'endroit exact où Francis a cassé la figure de la crapule !

Karl et Arnold sont arrivés les premiers devant le Parnassum, où l'on joue le film choisi par Alice, *The Silent Guy*. Arnold devient encore plus maussade en s'apercevant qu'il s'agit d'un film d'espionnage, genre qu'il méprise. Même s'il est curieux de mieux connaître Alice, il n'a accepté de venir que sur l'insistance de Karl, presque sous sa contrainte. Il aimerait rentrer chez lui, s'enfouir sous sa couette pour ruminer le passé récent, puis s'assoupir rapidement, abruti par l'ennui et l'incompréhension de sa propre nature.

— J'aime pas du tout ce Skrobot, marmonne-t-il à l'adresse de Karl tout en broyant du pop-corn salé. Je comprends vraiment pas comment ton ministère peut accepter d'inclure cette face de cadavre dans son bouquin. Il me fait penser à Braddock : même cerveau d'obsédé, même teint d'endive, mêmes protubérances rougeâtres sur le visage… J'aimerais bien leur ouvrir le crâne pour voir ce qu'il y a dedans. Sûrement des mécanismes spécialisés, comme les insectes.

Mais Alice et son amie apparaissent au coin de l'avenue, là-bas, dans l'agitation et les vrombissements du grand carrefour. Comment peuvent-elles survivre un seul jour dans la ville, comment peuvent-elles traverser les voies urbaines sans se faire aplatir par ces véhicules aussi lourds que des tanks, comment peuvent-elles marcher le long des rues sans buter sans fin contre les chaises et les tables des brasseries qui mangent les trottoirs ? Karl observe leur progression avec une admiration effrayée. Elles s'avancent bras dessus, bras dessous, leurs cannes sondant l'espace alternativement à droite et à gauche, en opposition avec leur pas. Elles sont engagées dans une conversation animée qui se brise souvent en éclats de rire. Les passants s'écartent à leur approche, puis se retournent et les suivent du regard, en profitant si bassement de leur cécité que Karl, frémissant d'indignation, voudrait aller les gifler et les insulter. L'amie fait pâle figure auprès d'Alice ; elle est semblable à ces arbustes anonymes qui forment la masse des sous-bois. Karl songe avec tristesse que ce n'est là qu'un préjugé, dénué de valeur dans le monde des aveugles, mais que toute sa vie, pourtant, se passera sans aucun doute dans ce parti-pris vulgaire.

Au cours des présentations, il s'aperçoit que les deux jeunes femmes portent une même bague à la main droite, dont le motif figure une chouette attique. Arnold hasarde quelques blagues désolantes, mais bienvenues pour une fois, et la caissière du cinéma, absorbée dans une discussion égrillarde avec le vigile, ne remarque même pas ces clients incongrus. La salle est déjà plongée dans le noir quand ils y pénètrent. Karl et Arnold baissent aussitôt la voix, comme on le fait d'instinct en entrant dans l'obscurité. Ils choisissent une rangée, vers le milieu, en s'interrogeant intérieurement sur d'hypothétiques préférences des aveugles dans ce domaine. Les visages des spectateurs qu'ils dérangent reflètent lugubrement les images projetées sur l'écran. Au terme d'un long pilonnage de publicités et de bandes-annonces, le film commence à toute allure par des scènes d'action confuses, des hurlements de pneus et des rafales d'armes automatiques. Il apparaît très vite que les dialogues ont été construits autour du verbe *to fuck* et de ses dérivés. Alice, navrée, demande à ses compagnons de l'excuser de les avoir condamnés à un si médiocre après-midi. Après un bref conciliabule, elle et son amie, Marcia, proposent de quitter la salle bien avant la fin du film, au moment où un terroriste récupère un détonateur dans une chasse d'eau des toilettes publiques de l'aéroport de Chicago.

De retour à la lumière naturelle, les quatre jeunes gens décident d'entrer dans un salon de thé leur paraissant plus tranquille que les bars ouverts au bruit des travaux urbains et de la circulation. Avec leurs cannes et leurs rires, ils perturbent les autres consommateurs, retraités croqueurs de gâteaux secs ou employés à la recherche d'un moment de répit dans la lutte commerciale. Le serveur tarde à s'occuper d'eux ; quand il se tourne enfin dans leur direction, il hausse les sourcils, comme s'il s'étonnait de découvrir leur présence en un tel lieu, où chacun l'appelle par son prénom et connaît par cœur la carte des pâtisseries. Gardien du temple du macaron et de la théière en inox, il semble croire à un malentendu et se prépare à défendre l'esprit chaud et sucré du Novelty's.

— Vous désirez ?…

Il regrette que les deux aveugles ne soient pas accompagnées de chiens, ce qui lui aurait permis de soulever des difficultés « rapport à l'hygiène ». Arnold traîne avec lui, comme d'habitude, un petit sac à dos minable dans lequel il transporte les objets électroniques nécessaires aux travailleurs itinérants de l'économie moderne. Emporté par sa volonté de bien faire, il lit aux deux jeunes femmes le contenu de la carte à voix beaucoup trop haute, en articulant chaque mot autant qu'il le peut :

— Alors voilà, y'a une formule « dolce vita », chocolat chaud à l'ancienne et assortiment de petits fours…

— Nous sommes bigleuses, Arnold, pas sourdes ni débiles mentales, fait remarquer joyeusement Marcia, avec une pétulance que Karl trouve un peu forcée. En ce qui me concerne, je boirai plutôt une bière…

— Ah mais madame, on ne sert pas d'alcool au Novelty's !

Le jeune serveur, animé des valeurs de la maison comme de la flamme d'un premier amour, a claironné cette phrase avec une énergie triomphante, tout réjoui de pouvoir opposer un refus de principe à des clients de troisième ordre. Mais, au lieu de se lever et de s'avouer vaincus, ses adversaires commandent de simples expressos, prêts à monopoliser une table jusqu'au soir autour de la plus minime addition possible, sans laisser le moindre pourboire.

— Je me suis déjà souvent demandé comment il peut exister autant de bars et de cafés dans cette ville, dit Karl sans attendre que le garçon se soit éloigné, alors qu'on y est souvent mal reçu, que les boissons sont ordinaires et la nourriture généralement infecte. Près de chez vous, Alice, il y a un bar-tabac, chez Dany, où on marche sur un matelas de mégots. L'homme qui fait les sandwichs et les salades, dans une espèce de cagibi, prend les tranches de jambon à mains nues et les déchire en morceaux pour préparer ce qu'ils appellent assez logiquement une « chiffonnade ». Mais le pire, c'est l'ambiance désespérée qui règne dans cet endroit, de quoi donner l'impulsion finale à un suicidaire.

— J'y vais quelquefois acheter des cigarettes pour mes amis fumeurs, répond Alice d'un ton un peu piqué. Quand Marcia vient me rendre visite, elle fait souvent un arrêt chez Dany, sans doute parce qu'elle a un goût pervers pour ce genre d'atmosphère à couper au couteau.

Karl se reproche d'avoir parlé de façon négative d'un commerce voisin du domicile d'Alice, tant il est vrai que beaucoup de gens manifestent une sorte de micropatriotisme et considèrent la moindre parole de dénigrement visant leur quartier comme une atteinte à leurs choix de vie ou à la santé du marché immobilier local. Il s'efforce aussitôt d'orienter la conversation sur un sujet qui lui semble sans risque et de bon aloi :

— Et vous, Marcia, qu'est-ce que vous faites dans la vie ?

— Je fais aveugle. L'État providence me verse tous les mois une rémunération relativement confortable à ce titre. Pour meubler mes temps libres, je m'occupe bénévolement de la programmation musicale de Fréquence subtile.

Marcia a débité cette tirade d'un trait, en levant légèrement le front, d'une voix un peu tendue. À l'évidence, elle a mis au point depuis longtemps cette réplique destinée à la défendre contre l'indiscrétion d'inconnus rencontrés au hasard des activités sociales.

— Ah bon, tu fais de la programmation musicale sur une radio ? s'extasie Arnold, soudain ramené à ses ambitions artistiques. Et quel genre de musique tu passes ?

— Ray Charles, Stevie Wonder, et aussi Beethoven, car entre les sourds et les aveugles, il y a malgré tout comme un lien de parenté… Non, je déconne, on a beau être la radio des aveugles fiers d'être ce qu'ils sont, on ne pousse quand même pas le communautarisme jusque-là. En fait, on est obligés d'être éclectiques. Les anciennes générations d'aveugles étaient très branchées grande musique, mais c'est beaucoup moins vrai des plus jeunes. En tout cas, quand tu es aveugle, on continue à t'asseoir devant un piano, vers quatre ou cinq ans, pour voir si par hasard tu ne serais pas un enfant prodige, ce qui sauverait la mise à tes parents. Il paraît que ça marche quelquefois.

Encouragé par ce langage direct, Arnold se laisse aller à évoquer sa modeste expérience de la cécité :

— J'ai connu un gars, quand j'étais enfant, qui avait perdu la vue et les deux avant-bras à la guerre. Une grenade lui avait pété dans les mains. Il travaillait plus ou moins dans la papeterie tenue par sa vieille mère, c'était pathétique. Il saisissait entre ses deux moignons les objets que les clients commandaient et il les apportait au comptoir sans jamais se tromper, tellement il connaissait la boutique. Avec les copains on allait acheter des gommes ou des crayons à deux balles juste pour le voir en action. Au moins ça faisait marcher le commerce familial ! Quand on demandait des articles trop petits pour qu'il puisse les attraper, il se mettait à ronchonner tout seul dans son coin, les moignons ballants, en regardant en l'air...

Arnold s'esclaffe, insensible aux coups de pied furieux que Karl lui allonge sous la table. Cependant les deux jeunes femmes ne s'offusquent nullement de cette bonne histoire. Karl constate avec amertume, une fois de plus, que son ami est protégé par une grâce incompréhensible, lui permettant de repousser impunément toutes les limites du mauvais goût sans lasser la bienveillance de son auditoire. Alice devine peut-être son irritation, car elle lui demande avec une gentillesse particulière où en sont ses projets littéraires.

— Oh, vous savez, je suis accaparé par mes travaux alimentaires, malheureusement. On n'imagine pas quel temps ça peut prendre de retranscrire des enregistrements et de les mettre en forme. Les gens s'expriment si mal de nos jours que c'est presque de la traduction, il faut compter quinze heures de travail pour une heure d'interview. Dans ces conditions, bien sûr, mon manuscrit n'avance pas. La parution de mon dernier livre remonte maintenant à près de deux ans, et j'ai l'impression que tout le monde est en train de m'oublier, les lecteurs, les critiques, et même mon éditeur… Pour citer de mémoire un de nos grands poètes, « je suis un blessé qui agonise sous un grand tas de morts, et qui meurt sans bouger dans d'immenses efforts ».

Karl devine qu'il doit s'arrêter là. Sa citation est suivie d'un long blanc, qu'Arnold rompt d'un rire grêle :

— Sacré Karl, avec son humour de médecin légiste, il finirait presque par plomber l'ambiance ! Tu nous as bien eus, oh ! oh !

— En tout cas, reprend Alice, j'aimerais beaucoup lire ou entendre vos textes. Il est possible de les faire enregistrer, et même de les transcrire en braille. Je pourrais en parler à Charles, si vous êtes d'accord ; lui-même serait très curieux de connaître vos œuvres.

— Il a raison parce que, d'un point de vue psychanalytique, c'est vachement intéressant (Arnold parle avec précipitation, comme s'il avait des arguments décisifs à présenter, justifiant l'intérêt de Charles Skrobot pour la prose de Karl). Pour vous donner une idée, ça ressemble aux mémoires d'un mec qui serait enfermé depuis sa naissance dans un souterrain et qui se mettrait à décrire le monde extérieur sans l'avoir jamais vu, seulement parce qu'il en a entendu parler. On dirait que ça sort d'une boîte de conserve. Karl est très fort dans son genre, c'est vraiment un artiste de la frustration et de l'accablement. Le plus étonnant, c'est que c'est passionnant. En lisant ses bouquins, on a envie d'ouvrir la fenêtre pour respirer un peu d'air frais, pourtant on ne peut pas s'arrêter, c'est comme une drogue !

Stupéfié par l'analyse et l'éloge ambigu d'Arnold, Karl ne sait que dire.

— Je n'ai pas encore le droit d'écrire des choses ennuyeuses, de faire chiant. Mon statut ne me le permet pas, marmonne-t-il seulement.

Une tentation se lève en lui de raccompagner Alice jusqu'à son appartement, bien loin d'Arnold, et de lui lire toute la nuit son dernier livre, dans l'espoir délirant de la voir fondre d'émotion sous ses yeux, vaincue par ses phrases hypnotiques. Un tel miracle le dédommagerait de bien des... Mais il se rend compte qu'il retombe déjà dans la comptabilité de la défaite et de la revanche. Un jour, pense-t-il, il faudra bien en finir avec cette éternelle avidité de l'avenir, s'ancrer dans l'instant présent, boire par exemple consciemment les dernières gouttes de ce café suave du Novelty's, sans se disperser dans le monde stérile des regrets et des espérances, petites ou grandes. C'est d'ailleurs ce que tente de lui apprendre Alice au fil de leurs séances hebdomadaires, face au funérarium, dans ce petit cabinet où mille questions éparpillent pourtant son attention.

Marcia s'est levée, en expliquant qu'elle doit rejoindre son compagnon.

— Il est comme toi, ton mec ? demande l'intarissable Arnold.

— Non, pas tout à fait, il est barbu, et sur le plan hormonal il fonctionne différemment.

Arnold n'est pas rebuté par cette réponse piquante, au contraire. Il propose aux jeunes femmes d'assister au prochain combat de son ami Mandrake, le magicien des rings :

— C'est tout un univers, je suis sûr que ça vous plairait, surtout à toi, Marcia. Même si vous ne voyez rien, il y a le choc des gants de cuir sur la chair moite, l'odeur de la sueur des combattants, les hurlements du public, les coups de gong... Une vraie symphonie sensorielle.

Ces perspectives n'arrachent que des exclamations dégoûtées aux deux amies. Tout en dépliant leurs cannes, elles repoussent les ultimes assauts d'Arnold. Angoissé maintenant à l'idée de passer seul la soirée, il débite une série de plates suggestions de sorties, depuis le bowling jusqu'au karaoké, afin de retenir celles qui s'enfuient déjà vers leurs vies égoïstes.

— Pourtant c'est bien la boxe, vous devriez au moins essayer…

Arnold multiplie les propositions jusque sur le trottoir, mais c'est une nouvelle fois l'heure de la séparation, d'autant plus amère pour lui qu'il voit Alice et Karl monter dans le même taxi, tandis que Marcia a été aspirée par la bouche de métro avec tous les salariés pressés de rentrer chez eux. Il est trop tard ou trop tôt pour aller chercher de la compagnie sur internet. Arnold, isolé sur le boulevard, se tourne de tous les côtés comme pour exiger une explication. Ce quartier ne lui évoque pas grand-chose, il n'y est venu jadis que pour une mission d'intérim de quelques semaines, au tout début de sa vie professionnelle, dans une maison d'édition de bandes dessinées religieuses.

Et puis si, il se rappelle qu'à la pause de midi, il allait manger un sandwich, les jours sans pluie, sur l'un de ces bancs abrités par les marronniers. De nombreuses jeunes femmes travaillant pour des compagnies d'assurances affluaient des rues voisines, attirées par les self-services et les grands magasins où elles faisaient leurs courses entre copines. Arnold s'asseyait donc sur un banc, prenait un air méditatif, obscurément malheureux, pour donner l'impression d'être un jeune homme intéressant, perdu dans l'existence avec son sandwich au thon posé près de lui sur une serviette en papier. Il rit sans vergogne à ce souvenir ; le plus extraordinaire, c'est que cette méthode grotesque donnait de bons résultats, surtout avec les neurasthéniques et les détraquées, il est vrai. Il ne comprend toujours pas. Infailliblement, il finissait par sentir une présence à ses côtés, d'abord discrète comme celle d'un oiseau, puis une conversation s'engageait, à mots couverts, entre gens de bon niveau socioculturel, ignorant la vulgarité, malmenés par la grande ville… Parfois, évidemment, c'était une femme entre deux âges, sentant peut-être légèrement l'alcool, dont les yeux noyés ne portaient plus de regard. Mais, le plus souvent, c'était une jeune femme vibrante, à la beauté inutile, dont les paroles les plus anodines semblaient soulignées d'un grondement de ligne à haute tension. Un jour, l'une d'elles s'était assise à côté d'Arnold avec une autorité brutale ; une cuisse déployée sur le banc, le tronc complètement tourné vers lui, elle avait murmuré d'une voix sourde, sans autre précision, comme on profère une menace : « Vous n'en pouvez plus, n'est-ce pas ?… Moi non plus je n'en peux plus. Emmenez-moi, ou plutôt, venez avec moi ! » Arnold, épouvanté, n'avait pas osé la regarder, ni lui répondre. Au terme d'un long silence, elle était partie aussi sèchement qu'elle était venue. Les jours suivants, il avait espéré en vain son retour, installé sur le même banc, repassant minutieusement, dans son esprit, chaque mot et chaque inflexion de l'inconnue. Qu'avait-elle voulu lui offrir, au juste ? Sa curiosité s'était finalement étiolée d'elle-même ; sous les marronniers, au soleil du déjeuner, Arnold avait vu s'ouvrir à lui une multitude d'autres possibilités, moins tragiques.

Depuis, l'essaim des secrétaires et des *junior executives* s'était dispersé, bien sûr, mais pour mieux se reformer, avec encore plus de charme et d'attrait que naguère aux yeux éblouis d'Arnold, en présentant mille visages tournés vers le bonheur, toujours renouvelés. C'est l'heure de la sortie des bureaux, précisément, l'heure des lampes électriques et des nuages pourpres dans le ciel noir. Arnold marche à grands pas dans l'ombre qui s'approfondit, scrute les traits tirés par une journée de travail, durcis par les néons des vitrines. Il se dit que parmi toutes ces femmes fatiguées, il doit bien s'en trouver une, prise de frénésie érotique, qui le cherche sans le connaître. Le tout est de tomber sous son regard ; il est temps encore de parcourir les rues à sa rencontre, jusque tard dans la nuit s'il le faut. La jeunesse est longue, presque infinie.

Les volets baissés n'empêchent pas le jour de s'infiltrer dans l'appartement, grâce aux mille bruits caractéristiques du matin. Des employées de bureau remontent la rue en faisant claquer leurs talons sur le trottoir. Elles gagnent leurs postes en petits groupes, déjà énervées par un long trajet dans les transports en commun, échangeant leurs points de vue sur une démission survenue la veille. Du côté du jardin, près du magnolia dont la floraison enchante chaque année quelques jours de la fin d'avril, la gardienne tente de calmer un copropriétaire qui se plaint de la vie nocturne d'un jeune locataire, ou du meurtre d'un pigeon par le chat du rez-de-chaussée. Tout à l'heure, elle sortira les poubelles dans le vacarme des roues grippées qu'elle traîne sur les cailloux de l'allée, noyés dans le ciment. Mais pour l'instant on n'entend que le déclic de la porte d'entrée sous la poussée du facteur ; il vient déposer le sac de courrier à la porte de la loge, en chantonnant, la bouche fermée, un air idiot qu'il invente au hasard, guidé cependant par la réminiscence de vieilles rengaines populaires. Ce bourdonnement informe se mêle, dans le demi-sommeil de Karl, aux ondes radiophoniques traversant les murs et le plafond. « Cette nuit, à Tokyo, l'indice Nikkei a atteint son niveau le plus bas de la décennie… » « Que tu sois fille ou garçon, des rencontres super sympas sur ta région, pour la nuit ou pour la vie, en appelant le… »

La veille au soir, il avait pris la résolution héroïque de travailler jusqu'à l'aube pour résorber une partie de l'éternel retard. Il s'était installé d'abord à la table du séjour, encombrée de livres et de vieux papiers, mais n'avait pas tardé à sentir ses épaules se crisper douloureusement, et son dos lui rappeler la scoliose contractée dans l'enfance lointaine, quand il était déjà assis sur du bois dur, voûté au-dessus d'une feuille quadrillée. Après une lutte inutile contre son corps, il s'était décidé à économiser ses forces en passant dans le fauteuil, sincèrement convaincu que, cette fois, il saurait garder les paupières ouvertes jusqu'à ce qu'il ait abattu une masse gigantesque de travail, de quoi le libérer pendant une semaine de la pesanteur du devoir. Il avait entrepris de rédiger une sorte de synthèse à partir des matériaux amassés lors de ses visites au Blindlife Club, afin de pouvoir la présenter à Charles Skrobot, au besoin, en gage de son application à l'ouvrage.

Mais le bloc-notes avait bien vite glissé de ses mains jusque sur la moquette, et il s'était mis à rêvasser, se remémorant une fois de plus les détails de ce soir stupéfiant où il avait raccompagné Alice chez elle, après la sortie manquée au cinéma. L'appartement était vide. Passé les heures de consultation, un climat de douceur mélancolique l'imprégnait. Dans la pièce où Alice traitait ses patients, la table recouverte de cuir semblait murmurer à l'adresse de Karl : « Eh bien tu vois, surpris dans le noir, privé de ma fonction, je ne suis pas si terrible. Juste un vieux meuble désarmé, qui finira bientôt dans une brocante ou une déchetterie. » Alice s'était éloignée pour mettre de la musique et préparer du thé. Karl n'alluma pas la lumière comme elle l'y avait invité. Il ne s'agissait pas pour lui d'approcher artificiellement la cécité, mais de manifester une forme de délicatesse, comme s'il avait enlevé ses chaussures pour ne pas salir le parquet. Quand elle revint dans le salon, chargée d'un plateau en métal argenté, ses mouvements, dans l'obscurité, semblaient encore plus souples et précis qu'à l'habitude. En l'observant, Karl se souvint d'une lecture récente sur le rituel japonais du thé. L'auteur, un Occidental, se perdait en conjectures ingénieuses sur sa signification – beaucoup de bruit autour du silence. Il se dit qu'il lui suffirait pour sa part, après chaque journée exténuante, de revenir prendre le thé dans cet appartement seulement éclairé par les lampadaires du boulevard pour retrouver ses forces, comme Antée touchant le sol de sa patrie. Oui, rien d'autre ne lui serait nécessaire, et surtout pas des discours, des explications. Toutes ces péripéties risibles qui avaient constitué jusqu'alors la trame de son existence trouveraient enfin leur terme et leur cohérence.

Pour l'heure présente, les paroles et les gestes de Karl et d'Alice se faisaient déjà rares, comme si un voile précieux, toile d'araignée ou cordes de harpe, les séparait encore, captivant leur attention.

— Ce serait sans doute un moment et une atmosphère propices pour me lire un chapitre d'un de vos livres, Karl, murmura-t-elle cependant.

— Non, au contraire, répondit-il précipitamment. Je ne voudrais pas vous décevoir ou risquer de briser quelque chose. Arnold n'aurait pas dû vous parler de mes livres, c'était une faute de goût.

— Comme vous êtes drôle. Vous êtes pareil à un plongeur sur le point de perdre l'équilibre et qui agite les bras pour se retenir.

Par la suite, Karl devait souvent se demander à quel instant précis sa vie s'était infléchie de façon irréversible. Cet instant, il ne parvenait pas à le ressaisir, mais en retrouvant la grande lumière du matin, au bas de l'immeuble, il avait su qu'il ne reviendrait jamais dans l'appartement d'Alice en tant que patient, moins parce que leur relation avait changé de nature que parce qu'il était mystérieusement guéri pour toujours.

Tout en somnolant, Karl revoit les pupilles troubles de Skrobot glisser avec lenteur de droite et de gauche, dans un mouvement liquide, qui semble purement aléatoire. Pourtant il ne peut s'empêcher de suivre leur dérive hypnotique, comme s'il tentait d'y déchiffrer une intention. Ce monde des aveugles dans lequel il est entré par effraction lui reste étranger et hostile, même dans l'appartement d'Alice, où chaque objet doit demeurer à la place assignée par sa propriétaire ; s'il vivait avec elle, il devrait respecter cet ordre pour ne pas la désorienter, et il deviendrait fou à observer des consignes maniaques, tel un majordome de maison royale. Il faudrait qu'il sache exactement où reposer le livre dont il lui a lu de longs passages pour l'aider à s'endormir, où replacer la brosse à cheveux avec laquelle il l'a coiffée de longues minutes devant le miroir. Il commettrait sans cesse des erreurs, et elle finirait par s'agacer de sa maladresse. C'est peut-être cette idée qui fait maintenant rire Skrobot, de ce rire laid dont il appuie ses arguments en faveur de la supériorité des aveugles. Karl a alors l'impression que l'être profond caché derrière ces yeux morts, ce visage voilé d'ironie, se trahit par l'hilarité qui lui secoue la gorge et les côtes. « Notre regard est tourné vers l'intérieur, mon cher Karl, vers la seule véritable source de connaissance. Nous en savons plus que vous sur la vie et la mort, car nous avons mangé le fruit de l'arbre de la connaissance. » Kremer approuve avec vigueur : « Voyez-vous, Karl, il vous manquera toujours quelque chose. Charpine me disait l'autre jour que l'on pourrait essayer de vous crever les yeux, mais je lui ai rétorqué que cela ne vous ferait pas chanter plus juste. Jadis, on aveuglait les horlogers qui avaient réussi un chef-d'œuvre, pour qu'ils n'aillent pas faire profiter une autre ville de leur génie ; mais vous, où est votre chef-d'œuvre, où est votre génie ? J'ai beau chercher, je ne vois pas... Non, vous avez platement, complètement échoué, et vous pouvez bien vous traîner à nos pieds, vous ne méritez en rien que l'on vous crève les yeux ! »

Les rites familiers du matin, les songes et les cauchemars sont bientôt détruits par une sonnerie que le sommeil le plus lourd ne pourrait étouffer. La vie extérieure s'adresse cette fois au seul dormeur, à lui et à personne d'autre, et ne se contente plus de l'entourer d'un halo confus de bruits domestiques le rejoignant discrètement, sous le seuil de la conscience, pareils à ces gestes amortis que l'on s'impose dans la chambre d'un malade, pour ne pas le déranger. Quelque part dans le monde déchu des travaux et des obligations, un individu a décidé d'appeler Karl pour exiger quelque chose, ne serait-ce que la confirmation de son incapacité à taper dans le bon ordre les dix chiffres du numéro de son coiffeur ou de son dentiste. Karl est trop imprégné de ses devoirs sociaux pour ne pas bondir de son fauteuil, les yeux gonflés, mécontent de se réveiller dans ses vêtements défraîchis de la veille. Tout en saisissant l'appareil, il lui revient à la mémoire que son travail n'a pas progressé d'un centimètre la nuit dernière, en dépit de toutes ses bonnes résolutions. La journée nouvelle commence dans la déception et le laisser-aller, à l'heure où d'autres ont déjà refait leur lit au carré, agité des haltères et pris une douche tonifiante.

— Allô, c'est vous, Karl ? Ici Charles Skrobot.

Dès les premières syllabes, Karl a reconnu avec horreur la voix dominante de sa rêverie. En dépit de sa cordialité, elle sonne comme une réprobation complète de son existence, de son manque d'ardeur au travail, de son incurie, de ses relations souterraines avec Alice, de ses manœuvres sournoises, de tout ce qui le compose, lui Karl, long tas d'habitudes funestes et de vices médiocres.

— Excusez-moi de vous déranger encore, mais je souhaiterais vous présenter deux de nos homologues japonais, de passage au Blindlife Club. Leur utilisation de l'énergie psychique dans les arts martiaux est tout à fait fascinante. Cela nous ramène quelque peu au sujet de votre livre, n'est-ce pas ? Si vous n'avez pas tout à fait achevé votre travail, je crois qu'une démonstration pourrait vous intéresser... Vous serait-il possible de nous rejoindre dans une heure, à l'Institut ?... C'est absolument parfait ! Je n'osais pas espérer qu'un homme aussi occupé que vous puisse se libérer, mais cela en vaut la peine, vous verrez... Les Japonais sont vraiment un peuple à part, comme tous les insulaires d'ailleurs, et leurs aveugles ne font pas exception.

Après avoir raccroché, Karl se dit que, comme d'habitude, il s'est trop précipité pour donner son accord et se créer une contrainte supplémentaire. Maintenant le voilà obligé de passer en vitesse dans la salle de bain, d'enfiler n'importe quels vêtements et de rassembler les menus objets indispensables aux déplacements d'un chômeur urbain – tickets de transport, carte de crédit, téléphone, carnet, stylo... Tout en accomplissant fiévreusement ces préparatifs, Karl songe qu'il sera toujours temps, dans quelques jours, de révéler son licenciement. Au fond, il n'a pas vraiment travesti la réalité, puisqu'il n'a encore reçu aucune notification officielle. Il ne sait même pas au juste s'il est licencié ou mis à pied ou relevé de ses fonctions. Sur le plan juridique, ce n'est pas du tout la même chose, se dit-il avec une satisfaction absurde, bien qu'il soit parfaitement incapable d'établir une distinction claire entre ces différentes catégories de rejet. D'ailleurs, tout cela n'est peut-être qu'une exagération ou une manœuvre malveillante de Kremer, jaloux de son amitié avec Charpine, lequel a sans doute déjà ramené l'affaire à ses véritables proportions et s'apprête à lui téléphoner pour lui renouveler sa confiance – écornée certes par une série d'incidents ridicules, mais il est de notoriété publique que Maud Torcelli, en dehors de son talent d'artiste et de ses relations ministérielles, est une anomalie humaine. Bref, toute cette affaire est loin d'être tirée au clair, et Karl juge légitime, dans le doute, de poursuivre son travail d'enquêteur.

Parvenu au bas de son immeuble, il s'aperçoit qu'un vent froid souffle en bourrasques, enveloppant les piétons d'un nuage de poussières et de débris végétaux. Bien qu'il ait le ventre vide, il ne ressent aucune sensation de faim, et c'est seulement le besoin psychologique de réconfort par un temps maussade qui le dirige vers une boulangerie où l'on peut consommer debout, accoudé à une tablette courant le long de la vitrine, de sorte que les passants observent avec étonnement ces gens qui mastiquent sous leurs yeux, tels des poissons monstrueux gobant des daphnies dans un aquarium éclairé. Coincé entre deux lecteurs de journaux, Karl consulte la messagerie de son portable. Le numéro d'Alice apparaît ; elle l'a appelé une demi-heure plus tôt, alors qu'il se trouvait sans doute sous la douche. Elle lui annonce seulement, d'une voix rapide, qu'elle veut lui parler, qu'elle a des choses importantes à lui dire. Karl s'arrête davantage à ses intonations qu'au sens de ses paroles. Ce n'est pas ce qu'il espère depuis ce fameux soir, à l'évidence. Il hésite, puis décide de la rappeler plus tard, après son rendez-vous. Ce sera peut-être l'occasion de l'avertir de ses difficultés professionnelles et de lui demander conseil ; elle saura mieux que lui comment expliquer la situation à Skrobot. À cet instant, il lui revient à la conscience, dans un éclair, qu'il n'a jamais été question, au ministère, d'introduire le président de la Ligue pour la vue profonde parmi les professeurs d'énergie, mais il repousse immédiatement ce fait, qu'il se promet d'expliquer lui aussi, le moment venu. Tout à l'heure, une fois rentré chez lui, au calme, il ira droit au but, et elle comprendra pourquoi il a été jusqu'à présent économe de la vérité.

Quand il sonne à la porte principale de l'Institut, un jeune aveugle lui ouvre cette fois encore et le guide vers l'ancien dispensaire, comme le jour de sa première visite. Dans la cour d'honneur, des élèves discutent en petits cercles discrets. Karl est frappé de leur bonne tenue et de leur calme. Existe-t-il des aveugles chahuteurs ? Cela lui semble improbable. Un homme comme Skrobot avait dû passer sa jeunesse triste et furieuse dans la retenue, contraint de limiter sa révolte à des insolences de premier de la classe. Le voilà aujourd'hui rayonnant, enfin parvenu à l'âge adulte, libéré des servitudes de l'enfance. Il se tient dans le couloir de l'infirmerie, la main appuyée sur l'épaule du vieil Albert. Il sourit déjà à Karl qui s'avance vers lui en cherchant, toujours et encore, ses yeux regardant en deçà du monde, comme s'ils l'avaient trop vu dans une incarnation antérieure et ne pouvaient plus rien en apprendre.

— Comme c'est gentil à vous, Karl…

— C'est toujours un plaisir particulier pour moi de venir dans cette maison. C'est un lieu si étrange, si envoûtant… On a l'impression de sortir du temps pour entrer dans un conte.

— Mais c'est qu'il devient poète ! s'exclame Skrobot en feignant une stupéfaction admirative.

Tel un valet de comédie, Albert émet un rire automatique. Il brûle manifestement d'ajouter un commentaire, mais la poigne de Skrobot est refermée sur son épaule avec la force d'un bâillon, et il se contente de rester la bouche entrouverte, les yeux mi-clos, dans une hilarité muette.

— Pour une fois, continue Skrobot, je vais regretter de ne pas y voir. La démonstration à laquelle vous allez assister est certainement très spectaculaire, n'est-ce pas Albert ?

— Très spectaculaire, oui, certainement ! Au meilleur sens du terme !

Albert paraît avoir prononcé ces derniers mots sans intention précise, pour le seul plaisir de prendre une part active à une discussion qui lui semble importante et pleine d'intérêt. Les trois hommes descendent au dojo installé dans le sous-sol de l'infirmerie, d'où montent des ahanements et des bruits de chutes. Dans la pièce principale, une dizaine de lutteurs vêtus de kimonos s'exercent à donner et à parer des coups de pied ou de bâton, en se succédant par couples sur les tatamis. Ils doivent s'entraîner depuis un certain temps déjà, car la plupart d'entre eux ruissellent de sueur.

— Il paraît que nos masques de protection sont assez réussis dans leur genre, dit nonchalamment Skrobot, faisant allusion aux sortes de lunettes de piscine que portent les combattants. Outre leur fonction élémentaire, ils permettent aux visuels de s'habituer à se déplacer et à se battre comme les aveugles, en se fiant à leur œil intérieur.

— Il n'y a jamais d'accidents ?

— Bien sûr que si ! Cela fait partie intégrante de l'entraînement, et de toute façon l'infirmerie est juste au-dessus. Au besoin, nous pouvons même procéder à des inhumations clandestines dans le petit cimetière de l'Institut, derrière la chapelle. Jusqu'à la dernière guerre, on y enterrait les religieuses et les élèves qui décédaient dans les murs. Je plaisante, bien sûr !

Au bout de quelques instants, Skrobot interrompt d'un claquement de mains la chorégraphie des escrimeurs, qui appuient contre le sol l'extrémité de leurs sabres de bois poli, comme s'ils voulaient ainsi à la fois rassurer le visiteur sur leurs intentions pacifiques et le saluer.

— Excusez-moi, Charles, mais pour l'instant, hormis les masques de protection, je ne vois pas de grande différence avec la démonstration à laquelle j'ai pu assister l'autre jour.

Craignant de vexer les combattants, Karl a parlé à mi-voix, mais l'acoustique particulière de la salle souterraine porte ses mots à toutes les oreilles.

— Jusqu'à présent, en effet, rien de bien nouveau. Je dois pourtant tenir ma promesse. Francis ?

À l'appel inattendu de ce prénom, Karl cherche du regard le « référent » d'Albert. Avant d'avoir pu le découvrir, juste à sa droite, il éprouve cette curieuse anticipation de la douleur qui précède un choc au visage. Il s'abat d'une masse en arrière, comme si la souffrance avait d'abord cisaillé ses jambes, tel un fauve sachant infailliblement où porter son attaque. Dans un brouillard rouge, Karl aperçoit Francis debout devant lui, son sabre de kendo à la main. Il a relevé ses lunettes de protection sur le front, juste au-dessous de ses cheveux en broussaille, comme un soudeur relève son masque pour contrôler la qualité de son travail.

— Mon pauvre Karl, vous n'auriez pas dû… Comment avez-vous pu commettre une telle erreur ? Le châtiment était inéluctable, sévère mais juste.

Karl reconnaît la voix chuintante d'Albert, qui l'a saisi par les épaules de ses mains débiles, comme s'il prétendait ainsi l'empêcher de se relever et de fuir. Les genoux tremblotants du vieillard lui pointent sous les omoplates, et il sent contre sa joue son souffle chargé d'une odeur mentholée :

— Maintenant, qu'est-ce qu'on va faire de toi, mon pauvre garçon ?… Te voilà bien avancé, continue de bredouiller Albert, passant subitement au tutoiement comme s'il avait décidé que Karl ne méritait finalement pas plus d'égards qu'un enfant ou un simple d'esprit. Je t'avais pourtant bien dit que mon Francis est un lutteur redoutable. Si tu avais pu voir comme ton visage a éclaté, tel un fruit trop mûr, sous l'impact de son sabre, c'était vraiment impressionnant ! Ça m'a rappelé une séquence d'un vieux film de Laurel et Hardy, ou de Chaplin, je ne sais plus très bien… C'est drôle, on s'imagine toujours que les cinéastes exagèrent, qu'ils enjolivent tout, et pourtant on finit par s'apercevoir qu'ils sont restés en deçà de la réalité…

Le bout de la langue de Karl s'agace déjà à explorer les aspérités de trois dents brisées, une canine et deux incisives. Sa bouche est emplie d'un sang épais qui commence bientôt à coaguler, et dont la saveur lui procure une ivresse violente, causée aussi, certainement, par les innombrables réactions biochimiques déclenchées dans son corps en réponse à l'agression. Il lui semble que toute son énergie vitale est engagée dans un immense effort de sauvegarde et de réparation qui va le tuer d'épuisement. Un démon s'est éveillé à l'intérieur de sa boîte crânienne, dont il repousse les parois en exhalant une haleine brûlante, saturée d'amertume et de larmes. Karl voudrait porter la main à ses yeux afin de vérifier leur intégrité, mais il craint de ne pas en avoir la force. Il essaie de se persuader que le coup l'a atteint plus bas, sous le nez, un peu au-dessus de la lèvre supérieure, tout en songeant que l'ossature de son visage a pu céder sous la violence du choc. Des délires gore de lycéen, des souvenirs de lectures effrayantes – faits divers, nouvelles des maîtres de l'horreur, articles de vulgarisation médicale – lui reviennent en foule à la mémoire, comme si son cerveau, endommagé ou non, s'était mis à travailler au même rythme que sa machinerie cellulaire. Il voudrait hasarder avec précaution sa main le long de sa joue droite, mais cette tentative est décidément hors de sa portée, et il subit, résigné, l'assaut de pensées tristes, croyant entendre, à travers un casque d'ouate, la voix froide de Skrobot tomber sur lui d'une hauteur vertigineuse :

— Ne t'en fais pas, pour nous les aveugles, l'apparence physique n'a pas une telle importance. Si tu devais vivre, Alice ne serait pas rebutée par ton nouvel aspect, j'en suis certain.

La tête et le cou de Karl sont devenus une seule pulsation sauvage. Il ressent des variations incessantes de volume et de température, qu'il essaie d'observer afin de détourner son attention de la pointe blanche de la souffrance. Les paroles de Skrobot lui parviennent teintées d'une couleur jaunâtre, écœurante. Enroulé autour de sa douleur, Karl voudrait, sans employer de mots ni de gestes, exprimer son indifférence à tout ce qui ne relève pas de ses sensations corporelles immédiates. Il se demande pourtant, l'espace d'un instant, si son assurance personnelle couvre les dépenses de chirurgie réparatrice ; c'est plus que douteux, mais il laisse bientôt cette question de côté, pour plonger dans un rêve fébrile où on l'emporte chez lui, dans sa petite chambre aux stores baissés, pleine d'objets familiers qui guérissent toutes les blessures, par leur seule présence amicale, dans l'obscurité.

C'est d'abord une montée en puissance oppressante, un mugissement mécanique qui se prolonge en vibrations déchirant l'air et les cerveaux. On commence à guetter leur éloignement, mais une autre onde sonore les recouvre bien avant qu'elles n'aient disparu, sans que les ronflements et les sifflements s'éteignent jamais tout à fait. Leur intensité écrase en général tout autre bruit, et peut devenir intolérable selon le type d'avion et la trajectoire suivie. Karl se demande si cette furie aéronautique est à l'origine des nombreuses fissures du plafond, dont il étudie le réseau depuis son éveil. Quelque chose remue au fond de la pièce. Un vieil homme entre prudemment dans son champ de vision. Il devait être assoupi sur une chaise, car aucun signe de présence humaine – ombre sur un mur, craquement de parquet – n'avait été perceptible jusque-là.

— Ah, vous voilà réveillé… Bienvenue au Vieux Pays, monsieur !

L'homme sourit gentiment. Lui aussi a perdu deux incisives à la mâchoire supérieure. Ses yeux rapprochés lui donnent une allure de hibou. Il a dû passer sa vie au grand air, à travailler dans les champs ou sur mer, car la peau de son visage et de son cou est beaucoup plus brune et parcheminée que celle de ses biceps ruinés, laissés à découvert par un polo gris. Il esquisse un geste d'apaisement, afin de dissuader Karl de parler, et quitte la pièce aussi vite que sa démarche claudicante le lui permet. Ainsi renvoyé à l'introspection, Karl prend conscience d'une douleur diffuse. Il s'aperçoit, en faisant jouer avec circonspection ses muscles faciaux, que les chairs doivent être fortement tuméfiées. Son œil droit est d'ailleurs en partie fermé, mais il constate avec joie, en clignant de l'autre, qu'il n'a pas été éborgné. Somme toute, sa situation serait à peu près supportable si les hurlements de réacteurs ne venaient pas électriser son crâne de plomb.

Dans un bref moment d'accalmie, une voix connue résonne sur le palier. Arnold montre sa tête d'oiseau de proie par la porte entrebâillée. Il a l'air désemparé, presque abruti, comme s'il avait vécu des événements trop complexes pour qu'il puisse les analyser, ou seulement y repenser. Il s'approche enfin et se penche sur son ami, dont il scrute le visage avec une attention inquiétante.

— Bienvenue parmi les vivants, mec. Ils t'ont quand même salement arrangé…

— Je suis défiguré, c'est ça ?

— Le doc qui t'a soigné a dit que c'était provisoire, que ça finirait par se remettre. Enfin, c'est plutôt un ancien étudiant en médecine qui n'est pas allé jusqu'au diplôme, mais il a l'air à peu près compétent malgré tout. De toute façon faut faire avec, on n'a pas le choix. Par contre, il faudrait que tu voies un vrai dentiste. Remarque, ta canine ébréchée te donne un air bienveillant, on dirait un vieux clébard qui perd ses crocs. T'as l'air plus humain comme ça.

Le vieil homme refait son apparition, une tasse fumante à la main. Il bombe le torse en se déplaçant, comme s'il était en recherche permanente d'oxygène. Tout en marchant, il ne quitte pas des yeux la surface du liquide. On pourrait croire qu'il accomplit un tour d'équilibrisme particulièrement difficile, perché sur une poutre.

— C'est Marcel, il nous héberge depuis deux jours, dit Arnold en le désignant du menton. Il est cool, tu verras.

— C'est pas déplaisant d'avoir un peu de compagnie, observe Marcel en guise d'explication. Ça change.

Des bribes de phrases se perdent dans le vrombissement d'un décollage. Karl se crispe pour entendre les deux hommes debout au pied de son lit, qui échangent placidement les plaisanteries fades, les formules convenues qu'ils ont déjà eu le temps de mettre au point tandis qu'il dormait d'un sommeil comateux. Voyant sa nervosité, Arnold hausse le ton pour le réprimander tel un invalide fatiguant son entourage par ses prétentions déraisonnables à mener une vie normale :

— Bois ta chicorée et tiens-toi peinard ! On a eu assez de mal, avec Mandrake, à te tirer du merdier où tu t'étais fourré. Cette nuit, si tu vas mieux, on parlera, quand le trafic aérien se sera calmé.

Karl manifeste son exaspération en soufflant et en remuant les bras, mais les deux autres n'en tiennent aucun compte. Eux savent exactement où ils en sont et n'ont besoin d'aucun éclaircissement supplémentaire. Pour un peu, Karl les croirait ligués contre lui, bien décidés à l'exclure de leurs chuchotis infantiles. Il suppose, à l'aspect de la chambre, que la maison est une de ces vieilles fermes restées à l'écart du confort moderne, où l'on se lave encore au robinet de la cuisine. Un broc métallique attend d'ailleurs son bon vouloir, posé sur une chaise en bois sombre. Triste et fâché, Karl se tourne contre le mur, dans l'espoir de se rendormir. Face à lui est suspendu un petit cadre, présentant cet avertissement brodé sur un canevas, entouré de fleurs champêtres : « À chaque minute de colère, tu perds soixante secondes de bonheur. »

Au rez-de-chaussée, la cuisine s'ouvre directement sur la rue. Ses murs sont peints en jaune vif ; eux aussi sont traversés de quelques fissures. Marcel a sorti deux verres à pied d'une crédence où sont rangés, derrière des vitres coulissantes, des assiettes décorées et des animaux en porcelaine. Par discrétion, il laisse les deux jeunes gens seuls, sans même trinquer avec eux. Une demi-heure plus tôt, Karl est parvenu à se lever, non sans être d'abord retombé à plusieurs reprises sur la courtepointe. Ses vertiges ont cependant fini par s'atténuer, et il a pu descendre à la cuisine en s'asseyant sur les marches de l'escalier comme un enfant. Là il s'est longuement regardé dans le petit miroir placé au-dessus de l'évier. Une large zébrure violacée et bourgeonnante lui soulève un côté du visage. Sa lèvre supérieure a coagulé en un épais bourrelet de sang noir, mais c'est surtout le spectacle de ses gencives dévastées et de ses trois dents brisées qui l'a un temps désespéré. Maintenant, écroulé sur un tabouret, il contemple lugubrement, par la fenêtre, la nuit montante qui noie la rue déserte et le pignon de brique et de calcaire de la grange d'en face. La circulation aérienne commence à décroître, et Arnold, à la fois épuisé et surexcité, met à profit les intervalles de silence relatif pour apprendre à son ami les événements des derniers jours :

— Alice a essayé de te joindre des tas de fois, mais comme tu répondais pas elle m'a appelé pour me prévenir que Skrobot te voulait pas spécialement du bien. Il s'est renseigné au ministère et on lui a dit que t'as jamais fait partie de l'organigramme. Il a dû te prendre pour un flic ou un fouille-merde quelconque et, comme tu t'en souviens peut-être, il avait commencé à te demander des précisions quand Mandrake et moi on est arrivés à l'Institut... En tout cas, tu l'as échappé belle. Alice m'a raconté que c'est lui qui a balancé Meindert par-dessus la balustrade, pendant l'inauguration de la médiathèque. Il était invité en tant que responsable d'une association d'intellos aveugles, et il a profité d'une bousculade pour envoyer Meindert s'écraser comme une bouse dix mètres plus bas, sur le dallage en marbre... C'était une de leurs épreuves initiatiques à la con, apparemment. D'après Alice, les gens qui ont vu la scène n'ont pas voulu y croire. Certains se sont persuadés que Meindert avait en fait sauté volontairement, les autres ont cru à un accident causé par un handicapé, et ils ont préféré ne rien dire aux enquêteurs, pour ne pas faire davantage d'ennuis à un malheureux. D'ailleurs Meindert n'était pas très aimé dans les milieux autorisés, surtout depuis qu'il se montrait à la télé. Pauvre Meindert, dire que trois jours avant on mangeait des biscuits dans son salon !... Ça fait un choc, quand même, de savoir qu'il est mort comme ça, quasiment assassiné. Enfin, de toute façon il tenait plus trop à la vie non plus, ça se voyait, surtout quand il parlait de sa femme.

Karl tente d'assimiler les informations consternantes qu'il reçoit à jet continu. Il voudrait demander des explications complémentaires, par une sorte de scrupule, mais il se sent en vérité indifférent au sort de Meindert. Tout cela lui paraît relever d'une époque obscure et révolue, dont il écouterait avec ennui la chronique. Il se surprend même à penser à Alice avec une certaine lassitude, comme si, après avoir trop exigé de lui dans le passé, elle osait encore le tourmenter aujourd'hui, sur son lit de douleur. Karl regarde autour de lui la buée sur les vitres, les murs aux couleurs joyeuses, les meubles humbles et bruts qui semblent sur le point de rejoindre un vide-grenier, et ce qu'il voit lui plaît étrangement, pour un peu il y lirait l'annonce d'un nouveau départ.

— Mais où sommes-nous ?

— Dans un village officiellement abandonné, mais qui sert de refuge à un tas de marginaux, des mecs à la redresse. C'est Mandrake qui connaissait son existence ; il y a passé plusieurs semaines à son arrivée d'Afrique. On t'a chargé dans sa voiture comme un quartier de bidoche saignante et on t'a amené ici. Ce sera une bonne planque, au moins pour quelques jours, le temps d'aviser et de voir ce que feront Skrobot et ses mecs.

Tout en se resservant de petits verres d'eau-de-vie, Arnold jette des coups d'œil nerveux vers la porte, dont la vitre dépolie diffracte parfois le faisceau d'une lampe torche. Soudain il se lève de table et braque sur Karl un regard furieux, comme s'il venait de se rappeler qu'il avait affaire au dernier des dégueulasses :

— Et pourquoi tu m'as pas dit que le ministère t'avait viré ? On est retournés chez Skrobot alors que tu le savais déjà, on a enregistré un entretien bidon, et moi j'étais là à m'activer avec mon dictaphone, le con de service, pour que tu puisses faire l'intéressant devant ta bigleuse !... Ça s'appelle manipuler les gens, Karl, c'est lâche, moche, mesquin !... Vraiment tu m'as déçu ! À cause de toi, maintenant, je vis comme un braqueur en cavale, comme un réprouvé, un paria...

On frappe durement à la porte, et sans attendre de réponse deux hommes à la mine renfrognée entrent en clignant des yeux, éblouis par le néon circulaire qui éclaire violemment la cuisine de Marcel. Le plus grand, enveloppé dans un bizarre manteau de fourrure synthétique, est Mandrake. Karl a eu plusieurs fois l'occasion d'assister à ses entraînements, dans une salle installée dans un ancien dancing ; bien que complètement ignare en matière de boxe, il avait été impressionné par sa vitesse d'exécution, ainsi que par le dynamisme et la joie de vivre de tous ces types occupés à cogner sur des sacs, à faire des séries d'abdos ou à s'exercer devant des miroirs. Arnold lui avait expliqué que Mandrake attendait sa chance pour un titre, après avoir remporté toute une série de victoires expéditives, mais qu'elle ne viendrait jamais parce qu'aucun organisateur de combats ne voulait risquer d'argent sur un inconnu dont le public ne parvenait même pas à retenir le véritable nom.

L'autre arrivant est un trentenaire petit et fluet, aux joues bleues de barbe. Sans prendre la peine de se présenter, il se penche sur Karl avec la froideur d'un entomologiste et lui arrache des cris de souffrance en lui écartant les paupières de l'œil droit et en palpant la chair violacée.

— Le temps que le sang accumulé sous l'hématome se dégrade, ça va passer par toutes les couleurs jusqu'au jaune, annonce-t-il en conclusion de son examen. Pour le reste, si t'as les moyens de te faire soigner les dents il n'y paraîtra plus, sauf que du côté droit tu garderas peut-être une bouche à la Mick Jagger.

Ses verres de lunettes sont sales, et ses gestes les plus anodins trahissent une agressivité latente. Tandis qu'Arnold et Mandrake ont entamé une discussion animée dans leur coin, Karl, soucieux de cultiver une relation utile, se force à lui adresser civilement la parole :

— Alors c'est vous le docteur du village ? Merci de m'avoir posé les points de suture. Je ne sais pas si on vous a expliqué ce qui m'est arrivé…

— Je m'en fous complètement. Me demande pas pourquoi j'ai pas terminé mes études de médecine ni ce que je fais dans la vie, et de mon côté je serai pas plus curieux à ton sujet. Disons que je suis le chaman du village fantôme et que tu t'es pris le rouleau à pâtisserie dans la gueule en conclusion d'une scène de ménage, ça suffira.

L'altercation qui éclate près de la gazinière abrège encore cet échange au scalpel. Mandrake, d'une voix orageuse, demande à Arnold on ne sait quels comptes en le repoussant contre l'appareil en fonte :

— Alors c'est positif ou c'est négatif ?... Tu m'avais promis cent sacs pour t'arranger une embrouille facile, tu m'avais dit... Alors maintenant donne-moi mon argent ! Ils étaient dix mecs en face, j'aurais pu m'abîmer les phalanges en frappant à mains nues ou me faire arrêter par les flics pour avoir cogné des aveugles ! J'ai pris des risques pour ma carrière, moi, tu saisis ? Et maintenant tu dis que t'as pas l'argent ?... Je sais pas ce qui me retient de te casser la tête...

Un demi-sourire flotte sur les lèvres de Mandrake, comme s'il ne pouvait croire qu'Arnold soit assez fou pour lui avoir fait une promesse en l'air. Il tend le cou afin de poser son front contre celui de l'audacieux bavard qui lui verse un flot de paroles apaisantes, en prenant d'instinct l'expression la plus niaise possible pour manifester sa bonne foi. Après avoir observé la scène quelques instants avec une satisfaction sournoise, Karl déclare qu'il prend à sa charge tous les frais occasionnés par sa mésaventure du Blindlife Club. Sur ces mots, il jette un coup d'œil circulaire autour de lui, saisit son portefeuille et compte la somme promise à Mandrake. Avant qu'il ait pu ranger la maigre liasse restante, la main du docteur prélève quelques billets :

— En raison de ma notoriété, je pratique les honoraires libres, dit-il sans même regarder Karl. Il faut aussi compter le déplacement.

Alerté par les éclats de voix, Marcel est redescendu de sa chambre située à l'étage. Il a retiré sa casquette et son crâne luit sous le néon grésillant. Jugeant préférable de donner ses derniers billets à qui bon lui semble avant qu'on ne les lui prenne d'autorité, Karl propose au vieillard de le payer pour l'hébergement.

— Merci, répond doucement Marcel, mais je me suffis à moi-même. J'ai exploité ma ferme jusqu'à la construction de l'aéroport, il y a trente ans. Juste après la dernière moisson, ils ont repris toutes les terres et le matériel au meilleur prix, pour que personne ne fasse d'histoires. J'ai de quoi tenir jusqu'au bout sans problème.

Après toutes ces années, il paraît réfléchir de nouveau à ces questions d'indemnisation et de cessation définitive d'activité. Il est sur le point d'ajouter d'autres explications, mais se ravise comme s'il craignait d'abuser de la patience de jeunes gens indifférents au passé.

— Pourquoi vous ne lui montrez pas le village ? conclut-il en désignant Karl. À cette heure, il y a bien moins de bruit, et c'est joli avec toutes les lumières des pistes. Je préparerai quelque chose à manger en attendant votre retour.

Le docteur se lève et enfile sa parka bleue, au dos de laquelle figure le nom d'une grande société de travaux publics. Sans inviter les autres à le suivre, il marmonne que le foyer doit maintenant être ouvert et que des patients l'y attendent peut-être. Ils sortent finalement tous les quatre, à contrecœur, faute d'autres perspectives, tandis que le ventre clignotant d'un énorme jet frôle les toits des maisons en hurlant. Tassés sur eux-mêmes sous le rugissement des réacteurs, ils remontent la rue principale, la tête penchée vers le macadam terreux, les mains serrées au fond des poches comme si un froid polaire était soudain tombé sur la plaine. Le docteur s'arrête un instant et indique sur un ton morne, tel un guide touristique mal embouché, que seuls les rares autochtones n'ayant pas quitté le Vieux Pays après la mise en service de l'aéroport, comme Marcel, sont encore alimentés en électricité. La plupart des fenêtres sont noires, en effet, quelques-unes seulement sont éclairées par de petites lampes au gaz donnant une lumière jaune. Des bouffées puissantes de musique parviennent d'on ne sait où, ainsi que des explosions de colère ou d'allégresse, comme si quelque part dans la nuit des gens s'excitaient devant la retransmission d'un match de foot.

Avant de déboucher sur la place de la mairie, les quatre hommes se retournent à l'instigation du docteur. La modeste rue en pente semble monstrueusement prolongée, dans la distance, par une des pistes illuminées de l'aéroport. Les dernières maisons du village, au bord du tarmac, sont réduites à l'état de ruines. Deux d'entre elles sont isolées de l'autre côté des grillages qui délimitent le domaine aéroportuaire. Beaucoup plus loin, on aperçoit une tour de contrôle et de hauts bâtiments de verre scintillant dans la nuit, pareils à des vaisseaux spatiaux perdus sur une planète désolée.

— L'an dernier, le train d'atterrissage d'un vieux charter bourré à bloc a accroché la cheminée d'une maison au décollage. Le camé qui l'habite s'est cru dans un mauvais trip.

Sans autre commentaire, le docteur reprend sa marche. Au centre de la place, le monument aux morts est presque entièrement enfoui dans les arbustes et les herbes sauvages. On peut encore lire, sous la statue d'une femme en deuil, les yeux levés vers le ciel : « Aux glorieux enfants du Vieux Pays ». Pour déchiffrer les noms, il faudrait lutter contre la végétation, s'écorcher aux ronces et aux épines, espérer enfin que les intempéries n'aient pas tout effacé. Mais les ombres qui traversent la place n'y songent aucunement. Elles se dirigent toutes vers l'ancienne épicerie du village, une vaste bâtisse aux murs noircis, ornée de panneaux publicitaires en tôle émaillée et d'un avis insolite : « Ici les campeurs sont bien reçus ». La porte fait encore un bruit de crécelle quand on la pousse, mais nul ne lève les yeux à l'entrée de nouveaux venus. À l'intérieur, il faut s'habituer à la pénombre, crevée çà et là par la clarté brutale de l'éclairage au gaz.

Karl et Arnold finissent par distinguer de petits groupes de quatre ou cinq personnes répartis dans les diverses pièces. Certains sont vautrés sur de vieux sièges d'automobile dont la mousse de polyuréthane s'échappe par toutes les craquelures du skaï. Une bande plus nombreuse et bruyante est agglutinée autour du comptoir de l'épicerie, derrière lequel une fille sans menton, au nez en pic à glace, sert des bières et des alcools contre paiement comptant. Elle oppose son mépris aux plaisanteries salaces et aux remarques désobligeantes. Parfois, elle éclate de rire, sans motif clair, en lavant un verre ou en jetant sous le comptoir une bouteille vidée, comme si de tels actes d'hygiène ou d'élimination lui permettaient d'échapper à la crasse de la clientèle et de revenir à un monologue intérieur dont elle ne saurait partager la saveur avec personne. Les cris et les rires des buveurs, le boucan des quelques avions nocturnes rendent presque inaudible le fond musical baignant, ici comme ailleurs, la vie sociale. Le docteur est bientôt accaparé par des hommes tristes qui se disputent fébrilement son attention, tandis que Mandrake, au grand déplaisir de Karl, disparaît dans une arrière-cour, à la suite d'anciens compagnons de squat retrouvés.

— Salut les jeunes ! On peut vous offrir un cocktail de bienvenue ?

Arnold et Karl, perdus et isolés au milieu de la salle, se tournent de mauvaise grâce vers l'homme appuyé sur une béquille qui leur désigne deux verres emplis d'un liquide rosâtre. Ils s'aperçoivent soudain qu'ils sont devenus le centre de la soirée, semblables à des enfants faisant leurs débuts dans une nouvelle école bien après la rentrée des classes. Un sentiment de déjà-vécu les submerge ; une fois de plus et à jamais, il faut faire ses preuves, se mettre au diapason, gagner sa place, se fondre dans le collectif… Des voix impérieuses renouvellent l'invitation de l'infirme. La seule femme du groupe, dont la courte jupe laisse voir deux colonnes de cellulite enfoncées dans des bottes d'égoutier, se montre particulièrement véhémente. Arnold, désespéré, agrippe son verre d'une main lourde et le vide d'un trait, sans discuter. En un éclair, son champ de vision se rétrécit au tableau des résultats de l'équipe première du Vieux Pays pour la saison 1973-1974, affiché derrière la caisse enregistreuse.

— C'est une préparation à base de vin de table, de jus de betterave et d'alcool rectifié. On a retrouvé des stocks récemment, dans une cave de l'épicerie qui avait été murée pendant la guerre.

— Et toi, tu bois pas ? demande Arnold à l'homme à la béquille, dont la peau bouffie et crevassée semble en carton. C'est pas très convivial.

— Non mec, tu peux pas me demander une chose pareille, répond l'autre d'un ton pénétré, en écarquillant les yeux. Je suis un ancien alcoolique, et si j'avale une seule goutte, je deviens fou furieux comme l'incroyable Hulk. Dans l'intérêt général, je dois rester sobre. Par contre, ton copain devrait boire son verre, ça le décoincerait peut-être, et puis ce serait plus courtois pour l'honorable communauté qui vous accueille, ce soir, au Vieux Pays !

Des rires acides partent dans l'obscurité, sans que Karl puisse déterminer leur cible – lui ou l'homme prétendant avoir arrêté l'alcool. Dans un recoin éclairé d'une simple bougie, il entrevoit le docteur occupé à explorer une paroi abdominale affaissée. Des deux mains, le patient a relevé par-dessus sa tête le bas de son pull, dans une posture grotesque.

— Notre petite société, comme la grande du monde extérieur, repose sur une nécessaire hiérarchie, continue l'infirme. Mais ici, ce qui compte, c'est pas l'importance du patrimoine ou les diplômes, c'est l'habileté au jeu de la vie, le talent suprême... Elle se mesure scientifiquement, grâce à des parties de poker jouées avec des cartes spéciales. Comme vous voyez, elles sont dans un sale état, elles aussi... Ce soir, vous allez jouer ce que vous avez dans les poches contre des adversaires implantés de longue date au Vieux Pays, de vrais indigènes. Bien sûr, ils ont largement eu le temps, depuis qu'ils fréquentent ce lieu de perdition, d'apprendre à reconnaître les cartes à leurs marques d'usure, à leurs taches de graisse et à leurs cassures... Vous partirez donc avec un handicap, je vous préviens tout net, on pourrait même aller jusqu'à dire que le jeu est truqué et que vous avez perdu d'avance, mais après tout, n'est-ce pas le lot des nouveaux arrivants dans n'importe quelle société ?... C'est ça, le jeu de la vie ! Un jour, peut-être, c'est vous qui connaîtrez le dessous des cartes et qui aurez l'avantage sur les bleubites. Il suffit d'être patient et décidé à s'intégrer.

Sur ces explications, après qu'Arnold et Karl ont été fouillés et installés sur des tabourets en plastique, la partie s'engage, suivie par une vingtaine de faces captivées. L'homme à la béquille distribue les cartes et désigne les adversaires successifs des deux débutants, afin que chacun des anciens puisse gagner à coup sûr un peu d'argent à leurs dépens. Un myope se penche en avant d'une façon éhontée pour discerner les défauts des cartes de la main de Karl, qui de rage balance son jeu sur le tapis vert, tandis qu'Arnold, au contraire, essaie déjà d'apprendre à lire dans les plis et les salissures des bouts de carton. Le docteur est venu se joindre au cercle des observateurs, mais la partie s'interrompt avant qu'il ait pu prendre son tour, une fois épuisé, en moins d'une demi-heure, le petit tas de billets et de pièces dont disposait encore Karl.

— Prenez ça comme une expérience de détachement des biens matériels, commente un homme âgé portant une décoration au revers de son veston. De toute façon, personne n'est jamais mort de faim au Vieux Pays. Nous formons une société communiste, avec sa nomenklatura et ses assistés.

L'ambiance du foyer s'est échauffée de quelques degrés. C'est une bonne soirée, car il n'est pas si fréquent de pouvoir tondre et tourner en dérision de pauvres minables débarqués du monde extérieur, naufragés sur une île dont ils ne connaissent pas les lois ni les traditions. L'assistance est composée de buveurs entraînés, de joueurs de cartes aux allures de retraités sans pension ou de routards définitivement ensablés au Vieux Pays, unis contre le reste de l'univers par leurs rites, leur argot local, tout un attirail culturel dont ils sont fiers. Si la nécessité les a conduits ici, c'est un charme étrange et inattendu qui les a retenus, celui des petits commerces éteints à jamais, des maisonnettes aux pierres souillées par les résidus de kérosène brûlé, celui encore de l'église, de la mairie fermés dans l'attente d'un monde nouveau, gardant la place fantomatique du village et son monument aux morts comme on garde une promesse. Affalés dans des fauteuils crevés, répandus au comptoir devant leurs verres dépareillés, ils ont la certitude d'avoir acquis, par la magie du Vieux Pays, quelque chose d'inouï, une vérité précieuse qu'il ne servirait à rien d'essayer d'expliquer aux autres mais qu'ils croient faire miroiter au travers de leurs paroles brumeuses. Car le monde nouveau commencera ici, il est même déjà né, à l'insu des passagers internationaux et des gestionnaires de l'aéroport. C'est encore un germe fragile dont ils sont les protecteurs, et ce soir ils voudraient communiquer à Karl et Arnold, ces jeunes hommes égarés, l'envie ardente de les rejoindre pour toujours.

Mais une onde de nervosité parcourt bientôt la clientèle disparate du foyer. Des individus jusque-là silencieusement assis par terre s'approchent du docteur et lui murmurent à l'oreille, d'un air exaspéré, des paroles que Karl, malgré ses efforts, ne peut surprendre. On dirait qu'ils étouffent de rage impuissante, comme des enfants justement punis, et qu'ils promettent de faire un scandale terrible si on ne leur donne pas satisfaction. Après avoir attendu quelques instants pour ne pas laisser l'impression de céder trop facilement à des prières ou des menaces, le docteur élève finalement la voix, afin d'être entendu des habitués plus encore que de Karl et d'Arnold :

— Bon, maintenant y serait temps que vous dégagiez d'ici, tous les deux. Ça suffit pour une première fois, on vous a assez vus, on a envie de se retrouver entre nous. Si jamais un jour vous êtes admis parmi les résidents (il semble évoquer cette hypothèse par simple scrupule intellectuel, pour ne négliger aucune éventualité, aussi improbable soit-elle), vous pourrez rester aussi longtemps que vous voudrez, mais là on en a marre de vos gueules, alors tirez-vous !

Des beuglements approbateurs saluent cette exécution. Sans se faire davantage prier, Karl et Arnold se dirigent vers la porte. Ils auraient voulu trouver une réplique cinglante à l'affront, mais l'hostilité croissante qui les entoure les dissuade de s'attarder. Avant de s'éloigner dans la nuit, ils entendent encore des voix écœurantes les vouer au malheur, alors que déjà ils cherchent leur chemin à tâtons dans les rues boueuses. Souvent ils sont obligés d'étendre les mains devant eux pour palper l'obscurité où les attendent des obstacles invisibles – pan de mur écroulé, poteau téléphonique couvert de mousses, grille contre laquelle rebondit un chien furieux… Ils font demi-tour à plusieurs reprises, en échangeant des reproches puis des injures, inquiets à l'idée de sortir du village sans s'en rendre compte et de se mettre à errer en pleine campagne. Tout à l'heure, Arnold avait repéré la direction de la ferme de Marcel par rapport aux lumières distantes de l'aéroport, mais maintenant il n'est plus très sûr de lui. Par malchance, un grand quart d'heure s'écoule avant qu'un avion ne se présente dans l'axe des pistes pour atterrir.

— C'est par là, crie-t-il alors, soulagé, je me souviens qu'il faut suivre les avions pour arriver chez Marcel !

Karl se met à courir derrière lui, comme s'ils allaient s'accrocher à la queue de l'engin grondant qui doit donc leur indiquer le chemin du retour. Des conversations tenues dans les maisons noires s'éteignent à leur passage. Parfois une ombre gigantesque surgit dans le cadre d'une fenêtre éclairée, dont les rideaux mal joints laissent entrevoir un décor bourgeois de bibelots et de reproductions de toiles de maîtres. Piégé par un bout de ferraille sortant du sol, Arnold s'étale dans une flaque d'eau grasse avec la lourdeur d'un cadavre, se relève en gémissant et en recrachant de la fange par le nez et la bouche, roule des yeux effarés de tous côtés à la recherche d'un ennemi insaisissable, puis reprend sa course le buste penché en avant, poursuivi par Karl qui émet de temps à autre des hurlements inarticulés, d'abord couverts par ceux de l'aéronef, suspendu entre les dernières maisons et les pistes étincelantes.

La maison de Marcel est un peu en retrait de la rue. Sur le côté, un passage donne accès à une cour, au fond de laquelle se trouve un hangar désaffecté. Bien que la nuit soit très avancée, la cuisine est encore éclairée, comme si Marcel attendait le retour de ses invités. D'ailleurs il leur ouvre la porte avant même qu'ils aient frappé, et pousse une exclamation amusée en voyant l'aspect dégueulasse d'Arnold, plâtré de boue et de gravillons.

— Eh ben, c'est le retour à la terre ! Vous êtes drôlement arrangé !

Les deux jeunes gens entrent sur la pointe des pieds, soucieux de salir le moins possible le carrelage de la cuisine. Un gâteau de riz au caramel est démoulé sur une assiette. Sur l'opercule de la coupelle en plastique, abandonnée sur la toile cirée, on peut lire : « Saveur gourmande ».

— Ce sont des gars employés par l'aéroport qui me ravitaillent chaque semaine, explique Marcel comme pour se justifier. Ils sont bien serviables, malgré tout ce qu'on peut dire... Moi j'ai perdu l'habitude de conduire. Et surtout, l'installation puis l'agrandissement de l'aéroport ont complètement chamboulé le réseau routier, des villes nouvelles ont été construites, je n'y reconnaîtrais plus rien.

Tandis qu'Arnold est parti se décrotter à l'étage, dans le cabinet de toilette attenant à la chambre de Marcel, Karl raconte au vieil homme la mauvaise soirée qu'ils ont passée au foyer, et l'agressivité inexplicable dont ont fait preuve certains résidents. Marcel l'écoute avec attention, les bras croisés, les yeux rivés au sol ; sur son gros crâne incliné, quelques mèches de cheveux blancs sont soigneusement peignées en arceau, et il les remet parfois en ordre de sa main gauche, dont l'auriculaire porte une alliance.

« Je crois savoir ce qui s'est passé, remarque-t-il enfin. Bien sûr, beaucoup de gens ici sont rendus nerveux par le passage des avions, mais ce n'est pas la seule raison. Si j'avais pu savoir que vous iriez au foyer dès ce soir, je vous aurais prévenus. Du moins je pensais que votre ami le boxeur vous protégerait.

« Voilà quelques années, le village n'était habité que par des vieux comme moi qui n'avaient pas voulu partir, ou alors par des petits salariés de l'aéroport, des vigiles et des bagagistes, qui cherchaient à se loger gratuitement près de leur travail. C'était le bouche à oreille qui amenait les gens au Vieux Pays. Il y avait aussi des vagabonds, évidemment, des gars fatigués de faire la route depuis des années, et puis un jour on a vu débarquer une dizaine de voyous dans des grosses voitures. Ils se sont mis à terroriser tout le monde, à réquisitionner la plupart des bâtiments en bon état pour y stocker leur marchandise. Ils trafiquaient on ne savait quoi. Les autres habitants sont devenus leurs esclaves, il y avait beaucoup de violence à l'époque. Mais finalement la police est descendue en masse, je crois bien qu'ils étaient plus d'une centaine, avec des cagoules, des véhicules blindés, des mitraillettes… Ils ont forcé toutes les portes, emmené la plupart des résidents dans des fourgons, c'était comme une opération militaire. Moi ils m'ont laissé tranquille, sans doute à cause de mon âge. Mon épouse vivait encore, mais toutes ces histoires l'ont découragée. Heureusement qu'elle n'a pas vu la suite, dans un sens. Elle était trop douce pour continuer dans ces conditions.

« En tout cas, les gangsters ont disparu, et beaucoup de résidents sont revenus dans les semaines qui ont suivi. Ils ont festoyé des journées et des nuits entières. Le docteur était parmi eux, il donnait déjà des consultations, après son travail de conducteur d'engins. Avec le temps, il est devenu en quelque sorte le maire de la commune. Il avait une façon à lui de promettre vaguement des choses, en parlant aux gens comme s'il avait déjà réfléchi à leurs problèmes et trouvé la solution. On raconte que c'est lui qui a appelé la police et qu'il est toujours en relation avec elle aujourd'hui. Les résidents les plus anciens se méfient de lui, d'autant qu'il a favorisé l'arrivée de nouveaux habitants, des gens qui avaient été intrigués par les articles sur le Vieux Pays parus dans la presse à la suite de la descente de police. C'étaient souvent des ouvriers, des petits fonctionnaires, des employés des compagnies aériennes, qui gagnaient assez bien leur vie sans avoir pour autant les moyens de louer ou d'acheter un logement dans le coin ; enfin, certains d'entre eux auraient pu, mais ils étaient comme séduits par l'ambiance du village. C'est à croire que même le vacarme des avions leur plaisait…

« Bref, le docteur s'est appuyé sur eux pour créer une milice dont a fait partie votre copain le boxeur. Elle a fait fuir les clochards, tous ceux qui étaient vraiment trop pauvres pour contribuer aux dépenses communes, et il a attribué les maisons qu'ils occupaient à ses nouveaux amis. Depuis, il y a une grosse tension entre les partisans du docteur et les autres, les anciens, qui ont dû croire que vous alliez vous installer dans le village et renforcer encore son influence. Ce sont certainement eux qui vous ont fait mauvais accueil au foyer ce soir. Le docteur a dû être content de leur donner satisfaction sans que ça lui coûte rien, en vous disant de partir. Les anciens détestent tous les nouveaux arrivants, et il ne faudrait pas grand-chose pour que tout bascule encore une fois dans la violence. Le docteur est obligé de les ménager, sinon ils finiront par mettre le village à feu et à sang, et alors la police reviendra. Mais quand ils sauront que vous n'êtes là que pour quelques jours, tout se calmera. »

— Et vous, vous êtes dans quel camp ?

— Oh moi, je suis l'ancêtre, je me suis toujours entendu avec tout le monde, même au temps des voyous. Les gens aiment bien que je leur raconte comment était le Vieux Pays avant l'aéroport, qui était propriétaire de la maison qu'ils occupent maintenant, quelles étaient les principales familles du village... Ils ont besoin d'un grand-père, en quelque sorte. Les plus anciens me demandent souvent de témoigner qu'ils sont arrivés les premiers, mais dans ces cas-là je réponds qu'à mon âge je ne me souviens plus des visages et des dates, ce qui est en partie vrai. Il y en a même qui prétendent que je suis de leur famille, peut-être avec l'espoir de mettre la main sur cette maison à ma mort. Moi je ne dis rien, tout ça m'est égal.

Après un bref silence, Marcel se lève, comme s'il venait de se rappeler d'une tâche à accomplir. Il se dirige vers un meuble en bois laqué, relève un capot de verre fumé qui cachait un tourne-disques. Après quelques manipulations précautionneuses, il s'assoit dans un fauteuil placé juste à côté de l'appareil. Les sillons grésillent et craquent sous le diamant, bientôt on entend les premières mesures d'un classique de Charles Trenet :

Fidèle, fidèle, je suis resté fidèle,
À des choses sans importance pour vous...

Le vieil homme est absorbé dans un recueillement que même Arnold, faisant sa réapparition dans un pyjama élimé, veille à ne pas profaner. À l'extinction de la dernière note, Marcel semble reprendre peu à peu conscience de son entourage. Apercevant la face de craie d'Arnold, il se croit tenu de parler, par courtoisie :

— C'était bien, hein ? J'écoute toujours les mêmes disques depuis des années, j'espère seulement qu'ils vont durer aussi longtemps que le bonhomme… Mais je vais vous servir quelque chose à manger, il est déjà bien tard.

Négligeant les protestations de ses deux hôtes, il s'extrait avec peine de son fauteuil et s'approche de la gazinière en se dandinant plus encore que d'habitude, à cause de l'engourdissement engendré par la position assise. Il soulève des couvercles, remue un liquide épais qui résiste à la poussée de la cuillère avec un bruit de succion. Le carrelage mural de la cuisine, orné de coqs et de poussins bleus, conserve les traces d'anciennes tambouilles du même genre. Marcel n'y voit plus assez clair pour maintenir une propreté scrupuleuse. Les recoins poussiéreux, les traînées grasses échappent désormais à son regard affaibli, et quand il penche sa grosse tête au-dessus du faitout pour scruter la cuisson, comme s'il espérait voir surgir un bon génie du jus de viande en ébullition, il ne fait sans doute que répéter des gestes immémoriaux, ceux qu'il a vu accomplir dès l'enfance, dans le corps de ferme cerné maintenant par les pistes de l'aéroport et les couloirs aériens.

Comme tous les matins, la circulation aérienne s'est intensifiée vers les cinq heures. La veille au soir, Karl a refusé les bouchons d'oreille que lui proposait Arnold, redoutant peut-être qu'ils aient déjà servi. Il se tord dans les draps troués d'usure, écrase son visage dans le traversin bien trop mou, dans l'espoir absurde d'échapper aux vibrations et aux sifflements. En fin de nuit, les yeux grand ouverts dans l'obscurité, il a cherché au plafond l'image d'Alice. Quelques heures plus tôt, tant que la douleur physique l'abrutissait suffisamment, il parvenait encore à la repousser hors du champ de ses préoccupations, qui se restreignait à une bande oblique de peau éclatée et de chair bouffie, dont l'inflammation se communiquait à son cerveau et le laissait inerte. Il lui semblait comprendre alors que toute l'énergie vitale, la personnalité entière d'un être étaient répandues sous la peau de son visage, et qu'un traumatisme facial pouvait suffire à les anéantir, comme une pierre brise un miroir. Ses premières journées au Vieux Pays s'étaient écoulées dans une stupeur d'opiomane, aggravée par la découverte de l'organisation étrange du village et de sa population. Si les anciens, au foyer, avaient décidé de l'assassiner, il n'aurait ressenti qu'un vague mélange de dégoût de l'humanité et de soulagement ; dans toute cette confusion, il n'avait pas eu la force de beaucoup penser à Alice, ni au sort qui avait pu être le sien depuis l'irruption musclée de Mandrake au siège du Blindlife Club.

Mais ce nouveau matin le trouve accessible aux sollicitations du monde extérieur. Tout en cherchant à prolonger un peu son repos malgré la fureur aérienne, il songe qu'Alice a peut-être besoin d'aide, où qu'elle puisse se trouver. Du coin de l'œil, Karl surveille les aiguilles phosphorescentes d'un vieux réveil mécanique ; à sept heures, c'est décidé, il ne pourra plus attendre dans son lit que les événements s'éclaircissent d'eux-mêmes sous le seul effet de l'écoulement du temps, et il sentira renaître en lui la volonté d'agir, de prendre les choses en main. Pour l'instant il s'enfonce encore par intermittence dans des tunnels d'hébétude, d'où il émerge effrayé d'avoir laissé passer l'heure fatidique, tremblant devant le châtiment inconnu qui en résultera.

Mais quand les aiguilles marquent enfin sept heures, Karl est déjà assis au bord du lit, mesurant la lourdeur de ses membres et de son crâne. Après une toilette sommaire à l'eau froide, il descend à la cuisine, plein de projets et de plans. Le carrelage a été frotté et fendu par des milliers de pieds, au point qu'il cède en certains endroits et se dissout en une poudre rouge. Marcel est attablé devant une pile de courrier et de publications. Son visage est disgracié par une énorme paire de lunettes aux montures d'écaille, dont un opticien peu scrupuleux a dû vouloir se débarrasser en l'enfonçant sur le nez en tubercule de ce vieillard timide. Ses yeux agrandis par les verres semblent s'étonner des objets les plus simples, comme si tout était inédit et important – un chat grimpé sur un bout de mur, un pignon de grange mal jointoyé, un bronze ayant récompensé, en 1923, le champion régional de labour, catégorie exploitations familiales.

D'une pression sur le bras, Karl l'empêche de se lever pour lui servir du café, recuit depuis des heures sur un coin de la vieille gazinière. La conversation débute par les considérations météorologiques habituelles, mais Marcel est visiblement préoccupé par une lettre qu'il retourne entre ses mains.

— J'ai reçu un drôle de courrier, dit-il enfin. J'aimerais bien avoir votre avis, parce que vraiment je ne comprends pas.

C'est une feuille de mauvais papier quadrillé sans date ni en-tête, sans aucune formule d'introduction ou de politesse. L'expéditeur anonyme a sans doute frappé et photocopié son texte à la va-vite, peut-être sur son lieu de travail, ce qui expliquerait en partie les nombreuses fautes d'orthographe :

« Ce message vient d'affrique, il est envoyé par un missionaire gravement malade, ancien légionnaire. Il a déjà fait plusieurs fois le tour du Monde. M. Z l'a recu, il a fait 25 copies qu'il a envoyé a des personnes de sa connaissance. Deux semaines après, il a gagné une somme très importante au jeu et il a pu changer de vie. Mme X a recu aussi le message, mais elle a choisi de le mettre à la poubelle. Son mari l'a quitté peu après et un accident de voiture l'a mise dans un fauteuil roulant. M. R a oublié le message sur son bureau, il a perdu son emploi et sa fille est tombée très malade. Il a alors retrouvé le message et envoyé 25 copies : sa fille a guéri et il a eu un emploi beaucoup mieux payé.

« Envoyez 25 copies de cette lettre à des personnes que vous connaissez, et vous serez récompensé. Si vous rompez la Chaine sacrée, des malheurs arriveront à vous et à vos proches et vous le regretterez. »

— Ils ne demandent pas d'argent ni rien, vraiment je ne comprends pas ce qu'ils veulent, reprend Marcel.

— J'imagine que celui qui est à l'origine de cette lettre doit se réjouir à l'idée que des milliers de gens obéissent à sa volonté en lui consacrant une ou deux heures de leur temps et vingt-cinq timbres-poste. Évidemment, il ne peut pas savoir jusqu'à quel point son message circulera et se multipliera, mais il a la satisfaction d'être celui qui tire les ficelles dans l'ombre. C'est sa façon d'agir sur le monde, je suppose, de laisser une trace – juste une traînée de bave sur un morceau de papier, mais une trace quand même. C'est une sorte d'acte de puissance, à mon avis. En tout cas c'est comme ça que je vois les choses.

— C'est curieux ce que vous dites… Je pense que si vous ne partez pas bientôt, vous finirez par rester ici pour toujours. Vous ne seriez pas le premier. Les gens à part aiment le Vieux Pays, ils s'y attachent et un jour ils s'aperçoivent qu'ils ne peuvent plus vivre ailleurs, c'est comme si le village les avait définitivement capturés.

— Personnellement je n'ai pas le sentiment d'être « à part », répond Karl avec un peu de mauvaise humeur, froissé que l'on puisse faire de telles conjectures sur son compte et émettre une opinion sur son caractère et son avenir. Ce sont seulement les circonstances qui m'ont amené ici, je n'ai pas de goût pour les odeurs d'hydrocarbures ou les conversations d'alcooliques du foyer. Non, je n'ai rien à faire avec ces gens-là. Je vais bientôt partir, et d'ailleurs je ne comprends pas qu'un homme comme vous soit resté là, dans tout ce bruit et ce désordre.

— Disons que je suis resté par fidélité, rétorque Marcel après un silence. Pourtant j'ai essayé de partir, après la mort de ma femme, mais quand je me suis arrêté pour regarder en arrière, une fois arrivé sur le plateau, j'ai eu le sentiment que le Vieux Pays m'appelait, qu'il me demandait de ne pas m'en aller, de ne pas le laisser seul avec tous ces nouveaux venus, tous ces inconnus qui forçaient les portes de ses maisons abandonnées. Maintenant c'est différent, je ne sais pas comment vous expliquer… Tous ceux de ma génération sont morts, il n'y a plus d'agriculture nulle part dans la région ; on dirait que le village m'a joué un tour, et que c'est lui qui est parti, en me laissant en carafe dans le passé. Il a changé avec le temps, comme moi, mais sans vieillir – il est juste devenu autre chose, il s'est adapté… Je sors rarement de la maison parce que dehors j'ai l'impression d'être un martien. Quand je vais sur la tombe de ma femme c'est par habitude, je sais bien qu'elle aussi s'est éloignée tandis que je restais sur place. Il ne fallait pas regarder en arrière.

Marcel se tait, essoufflé d'avoir dû forcer sa voix. Il ne peut plus lutter contre le rugissement de moteurs en pleine poussée. Un fuselage décoré d'un oiseau mythologique traverse le haut de la fenêtre donnant sur la cour. On devine même, encerclées dans les hublots, les têtes de passagers attentifs au paysage qui s'efface, en bas, avec ses maisons délabrées, ses routes désertes et ses jardins endormis sous l'hiver. Tout à l'heure, une fois l'avion parvenu à l'altitude de croisière, on leur servira un repas, des plats et des desserts minuscules accompagnés de couverts en plastique, toute une dînette d'enfant que même les plus blasés d'entre eux examineront avec satisfaction.

L'entrée d'Arnold crée une diversion opportune. Depuis deux jours, ignorant les sarcasmes de Karl, il essaie de capter Fréquence subtile sur le vieux poste de radio de la maison. Il y réussit parfois, pendant quelques secondes, mais le signal se perd bientôt dans un brouillard d'interférences, à cause sans doute de la proximité de l'aéroport.

— Tu espères capter un message de la planète des aveugles ? marmotte Karl, avec la malignité d'un briseur d'illusions. Tu perds ton temps… À mon avis, ils continuent leurs émissions et toutes leurs petites activités comme avant, c'est tout. Ils chercheront peut-être à se venger de nous si l'occasion se présente, mais de toute façon ils savent que je n'ai plus aucun crédit au ministère, que je ne peux rien contre eux. Si j'envoyais des lettres de dénonciation aux pouvoirs publics (il prononce ces mots d'un ton amer, comme s'il s'exprimait dans une langue éteinte que lui seul pouvait désormais comprendre), elles finiraient dans les mains d'un larbin quelconque. On me répondrait pour me remercier de ma vigilance citoyenne et m'assurer de la prompte transmission de mon courrier aux services compétents… Nous sommes des zéros sociaux, Arnold, ce n'est pas un hasard si nous avons échoué ici. La seule chose qui me préoccupe, c'est la situation d'Alice. J'espère qu'ils ne lui font pas d'ennuis. Si seulement il y avait du réseau dans le village, je pourrais essayer de passer des coups de téléphone.

Karl a exprimé ce regret sans aucune conviction, en triturant un bouchon de liège, qu'il hésite un instant à lancer par plaisanterie dans la tignasse d'Arnold.

— Pendant que tu dormais, je suis allé dans un hypermarché pas loin d'ici. Un mec du village m'y a emmené en moto, très tôt ce matin. Son boulot, c'est de mettre en place les chariots avant l'ouverture et la ruée des consommateurs. Après il entasse des palettes vides dans un hangar et sa journée est finie. Évidemment, c'est du temps partiel, c'est pour ça qu'il a pu me ramener avant midi.

Arnold se frotte nerveusement le menton. Il semble réfléchir à haute voix à l'organisation du travail et de la logistique dans les grandes surfaces, sans s'adresser particulièrement à Karl.

— De là-bas, j'ai pu passer des coups de fil et envoyer des messages, poursuit-il en se tournant cette fois franchement vers son ami, comme s'il s'apprêtait à lui faire une révélation de la plus haute importance. J'ai demandé à un copain de passer jeter un coup d'œil à mon appart' et au tien, et puis j'ai essayé de joindre Alice, mais je suis tombé sur sa boîte vocale. Demain je les rappellerai tous les deux et je pourrai peut-être en savoir plus. Dans la galerie marchande, il y avait aussi une sorte de cybercafé. J'ai fait des recherches sur le Blindlife Club, mais j'ai rien vu d'intéressant. Au fait, en interrogeant ma messagerie, j'ai trouvé deux mails d'employeurs potentiels, qui ont réagi au CV que j'avais laissé sur différents sites. Je te le signale au passage, parce qu'en ce qui me concerne j'ai pas l'impression d'être un « zéro social », comme tu dis.

Il donne une tonalité ironique à ces derniers mots, pour un peu il rirait au nez de cette pauvre cloche de Karl, qui cherche par tous les moyens à l'associer à sa débâcle morale. Lui a su se hisser à la hauteur des événements, et même les infléchir par des actions singulièrement hardies ! Le moment de faiblesse qu'il a pu connaître lors de la rupture avec Angela lui semble maintenant aboli, renvoyé au néant. Grâce à son esprit d'initiative, demain sera donc un jour important, que l'on attendra en divaguant dans le village sonore, en buvant des canons avec Marcel, en se faisant mépriser au foyer, le soir venu, comme dans n'importe quel lieu plus ou moins branché du globe.

En somme, trois journées avaient suffi pour que des habitudes s'installent. Ce matin encore, en attendant le retour d'Arnold de l'hypermarché, Karl a choisi de s'asseoir à la même place, à cet endroit où la toile cirée couvrant la table de la cuisine présente un renflement roussâtre, vestige, raconte une fois de plus un Marcel tout réjoui, d'un début d'accident domestique causé par la casserole dont le manche mal isolé lui avait brûlé les pattes, oh ! oh ! oh !

Karl sourit avec indulgence, puis plonge le nez dans son café trop fort. C'est à ces répétitions alzheimériennes, à cette hilarité suspecte que l'on s'aperçoit que Marcel, si fin par ailleurs dans l'invocation du passé, est entré dans son déclin. Sur une photographie en noir et blanc posée sur la crédence, il rit aussi du fond de sa jeunesse, au côté de son épouse toute fraîche. Son épaisse chevelure noire est rasée sur les tempes, ce qui lui donne, malgré la douceur fondante de ses traits, une allure sévère, presque militaire. C'est tout à fait incroyable, mais un jour il sera vieux et seul, perdant un peu la boule dans le corps de ferme écrasé par une malédiction aéronautique ; il ne le sait pas encore, et sa femme ne se doute pas davantage que, au siècle suivant, des inconnus scruteront avec curiosité son regard filtré par des lunettes d'institutrice, à la recherche de la vérité d'une défunte dont un vieillard évoque par bribes le souvenir lointain, pieusement préservé dans sa mémoire, comme si seul comptait le passé le plus reculé, alors que la clé de la cave a été oubliée Dieu sait où, la veille, et reste introuvable.

Un deux-roues vient de s'arrêter devant la maison, dans un claquement de béquille. Des formes s'agitent dans le verre dépoli de la porte d'entrée, et bientôt Karl reconnaît, dans une tache de couleur s'écrasant sur la vitre, le navrant pull jaune d'Arnold, lequel tambourine maintenant contre l'huisserie, suivi du pilote de la moto. Les deux hommes entrent en toussant dans la cuisine, trempés de pluie, sans avoir ôté leur équipement. Ils ressemblent à des cosmonautes de film de science-fiction à petit budget. Arnold, avec son long crâne coiffé d'un casque en forme de bol, a vraiment l'air d'un aliéné. La jugulaire tremble au bout de son grand menton. Il balbutie, postillonne des débuts de phrase qu'il ne finira jamais, s'époumone à exprimer son indignation devant la nouvelle injustice qu'il vient de subir après tant d'autres, lui qui fait pourtant l'impossible pour satisfaire les attentes exorbitantes de la société – lui le musicien visionnaire, l'ami désintéressé, le futur gendre idéal, le combattant valeureux du front économique, l'éternel intérimaire à la motivation d'airain.

Le manutentionnaire de l'hypermarché, de son côté, parle sur un ton à peine plus calme à un Marcel étourdi par cette agitation soudaine. Il ignore ostensiblement Karl, qui croit reconnaître en lui un des ricaneurs du foyer et le fixe avec rancune. Bien qu'il n'ait guère plus de vingt-cinq ans, son visage mobile, aux yeux enfoncés dans la graisse, est extraordinairement ridé. Sa voix aiguë d'ancien bébé perce les tympans :

— ... à cause de lui, j'ai failli me foutre la gueule par terre plusieurs fois. Une bécane comme celle-là, c'est déjà pas très stable, mais il arrêtait pas de tortiller du cul comme s'il avait envie de pisser... C'est toujours pareil, tu veux être sympa, et tu récoltes la merde des autres... Tu devrais te méfier de ces mecs, Marcel. Trop bon trop con.

Marcel écoute, le sourcil froncé, comme s'il devait en effet tirer une règle de conduite de tous ces glapissements. Il lève enfin une main de roi pour obtenir le silence des humains, à défaut de pouvoir faire taire les aéronefs :

— Ces deux garçons sont mes invités, Greg. S'ils ont mal agi, je ne leur donnerai pas raison, mais il faut bien réfléchir, bien examiner la situation...

Les paroles du dénommé Greg ont attisé la colère d'Arnold, qui marche d'un air décidé sur Marcel, comme s'il avait l'intention de frapper le vieil homme pour l'influencer dans sa réflexion.

— J'ai filé vingt sacs à ce nain pour qu'il m'amène à l'hypermarché, gronde-t-il d'une voix frémissante. J'ai acheté un service au prix fort, parce que bien entendu rien n'est gratuit, ici comme ailleurs ; ça me donne des droits, non ?

Plus perplexe qu'effrayé, Marcel scrute le visage livide du consommateur mécontent, dont la boîte crânienne semble près d'éclater sous la pression du casque trop étroit.

— Les gens de ce village merdique se voient plus beaux qu'ils ne sont en réalité, poursuit Arnold. Je dis pas ça pour vous, m'sieur Marcel, mais ils sont toujours prêts à dénigrer et à exploiter ceux qui arrivent de l'extérieur, comme si eux appartenaient à une race supérieure qu'on devrait admirer, alors qu'en fait personne ne vient vivre dans un trou aussi bruyant et pouilleux pour de bonnes raisons. Quand je regarde autour de moi, je vois des aigris, des perdants dont on ne voulait plus ailleurs. Y a vraiment pas de quoi être fiers, et ce soir, quand je serai loin d'ici, je n'aurai rien à dire de positif sur le Vieux Pays et ses habitants aux gens normaux qui m'accueilleront à bras ouverts.

— Tu comptes partir aujourd'hui ? demande Karl, qui jusque-là n'avait écouté qu'avec répugnance son ami, lequel plastronne maintenant au milieu de la cuisine, tout ragaillardi d'avoir affirmé, une nouvelle fois, sa puissante personnalité. La main posée sur la poignée de la porte, un sourire sarcastique aux lèvres, le manutentionnaire parcourt la pièce du regard, apparemment indifférent à la misérable tranche de vie qui se déroule sous ses yeux porcins.

— Tu vas te tirer, oui ? lui hurle Arnold en serrant les poings.

— Je suis là incognito, répond Greg d'un ton glacial, comme si ces paroles absurdes mettaient fin à toute discussion.

Arnold éclate de rire, se tourne vers Karl et se met à lui parler avec effusion, tel un touriste égaré dans une contrée lointaine, heureux de rencontrer un compatriote et de pouvoir décharger sur lui son sac d'anecdotes succulentes, de notations venimeuses sur les mœurs locales :

— T'as entendu ? Rassure-moi, dis-moi que c'est un cauchemar et que je vais me réveiller… Je sais pas s'ils sont nés comme ça ou si c'est le bruit des réacteurs qui les esquinte, mais faut qu'on se barre au plus vite, Karl, des fois que ça serait contagieux. Viens, montons à l'étage, j'ai des trucs super importants à te dire au sujet de tu sais quoi.

Une fois hors de portée des oreilles de Greg, Arnold expose précipitamment ce qu'il a appris au cours de la matinée, sur le parking de l'hypermarché, en téléphonant à des gens méprisants ou terrifiés, qui lui répondaient d'une façon toujours imprécise, énervante, comme depuis un monde confus où les mots n'avaient pas de définition claire et servaient bien plus à masquer les choses qu'à les exprimer :

— Le pote que j'ai envoyé chez moi a eu la trouille de sa vie. L'appart' a été complètement saccagé. Il m'a dit que des squatters s'étaient déjà installés, un gars et une fille de la route, prévenus on ne sait comment. Ils ont arrangé la porte défoncée par tes anciens copains. Il m'a dit aussi qu'en bas de l'immeuble des mecs patibulaires l'ont regardé bizarrement, mais dans mon quartier c'est normal, ça signifie rien de particulier. En tout cas, j'ai plus rien sur la Terre que les fringues que je porte, Karl. Je suis devenu un vagabond, un homme sans foyer…

Arnold débite ce discours sur un ton pleurard, pareil à un mendiant sollicitant les travailleurs qui défilent devant sa soucoupe, à l'heure de la sortie des bureaux. Karl, de plus en plus agacé, lui demande s'il a pu obtenir des nouvelles d'Alice, mais il répond d'un haussement d'épaules, fâché que l'on puisse interrompre le récit de ses malheurs et de ses projets par une question secondaire.

— Il faut qu'on laisse refroidir la situation en se mettant au vert, Karl. En ce qui me concerne, j'ai décidé d'accepter l'offre d'une école privée du Sud-Ouest qui cherche un prof de graphisme pour remplacer le titulaire hospitalisé pour dépression. C'est un contrat de quelques mois, jusqu'aux vacances d'été. Ça me laissera le temps de respirer et de réfléchir tranquillement à mon avenir.

Quelqu'un comme Arnold ne renonce jamais à ses rêves de grandeur. Un jour, c'est sûr, ceux qui l'ont dédaigné reconnaîtront sa valeur, il échappera au sort commun. Si aujourd'hui il est encore noyé dans la masse, demain il s'élèvera bien au-dessus d'elle, citoyen du monde et résident monégasque.

— Mon train part cet après-midi, ils me veulent le plus tôt possible. J'ai acheté le strict nécessaire à l'hypermarché, pas question de repasser chez moi et de tomber sur un dingue en embuscade. De toute façon j'avais emporté mes papiers et les trucs auxquels je tenais le plus avant d'aller te rejoindre au Blindlife Club. Je me doutais qu'il y aurait une embrouille et qu'ils trouveraient mon adresse sur internet. Toi, je t'aurais bien conseillé de rester caché ici quelques semaines, mais le climat du village est plus malsain que je le croyais au départ. Mon nouveau boulot est dans une petite ville pépère, tu devrais venir avec moi. Là-bas les gens croiront qu'on est pédés mais tant pis, on s'en fout.

Avant de répondre, Karl considère les murs de sa petite chambre, le lit trop court et son édredon gonflé comme une cloque. Lorsqu'il s'éveille le matin, son premier regard se pose sur un chromo représentant un paysage océanique. Il se promet de se rappeler tout cela, plus tard, quand il se sentira affreusement bas.

— Non Arnold, dit-il enfin, je vais t'accompagner jusqu'à la gare, mais pas plus loin. Il faut au moins que je sache ce qu'est devenue Alice, s'ils ne lui ont pas fait de mal. Pour le reste, je me débrouillerai.

Quand les deux hommes redescendent au rez-de-chaussée, Greg a disparu. Ils trouvent Marcel assis à la table de la cuisine, occupé à manger un esquimau en veillant à ne pas disloquer la couverture de chocolat noir. À leur entrée, il s'essuie précipitamment les lèvres, s'excuse de « faire le cochon » et sourit enfin sans rien ajouter, tenant du bout des doigts, comme un sceptre, le bâtonnet glacé dont la vanille se met à couler goutte à goutte sur la toile cirée.

— Les meilleures choses ont une fin, m'sieur Marcel, annonce Arnold. On va devoir vous quitter pour retourner à la civilisation.

— Je m'en doutais. J'ai déjà demandé à Greg de se tenir prêt à vous conduire où vous voudrez dans ma vieille voiture. Je la lui laisse quand il en a besoin, il peut bien me rendre ce service en échange, même s'il ne vous apprécie pas spécialement. J'espère que vous ne garderez pas un trop mauvais souvenir du Vieux Pays malgré tout.

Karl et Arnold braillent des remerciements sous le mugissement d'un quadriréacteur. Ils auraient voulu devancer toute scène d'adieu, s'éloigner sur la route comme on part au travail, avec la certitude de retrouver la maison, le soir venu, à moins qu'un drame imprévisible et inimaginable ne vienne rompre la douceur quotidienne, sans laisser l'occasion d'un au revoir.

En ce début d'après-midi pluvieux, Arnold trouve la grande gare désagréablement dépeuplée, lui qui espérait se dissimuler dans une foule compacte, à l'abri d'agresseurs éventuels. Il scrute les voyageurs qui se faufilent dans les allées, entre les chariots à bagages et les marginaux affalés au pied des piliers métalliques. Des regards fascinés s'arrêtent sur la cicatrice jaune et bleue de Karl, puis se détournent à regret. Seuls deux guichets sont ouverts sous les charpentes d'acier où quelques pigeons claquent bruyamment des ailes. La mise à quai du train se fait attendre ; des familles entourées de valises s'étonnent du retard et se tournent vers l'horizon sans y voir autre chose que des faisceaux de rails et des bonbonnes de gaz.

Arnold s'est acheté un sandwich dont les miettes, à son vif mécontentement, attirent une nuée d'oiseaux qui le désignent à l'attention des éternels oisifs des halls de gare.

— C'était bien la peine qu'on se mette dans un coin à l'écart, bougonne-t-il.

Après s'être promis de s'écrire en poste restante, le temps de trouver chacun un nouveau domicile, Karl et Arnold se taisent jusqu'à l'arrivée du train, aux wagons couverts d'une crasse hivernale, mélange de glace et de boue.

— Bon, c'est l'heure.

Arnold monte dans la voiture à la suite d'une petite vieille dont la lenteur l'exaspère. Il porte à l'épaule un ample sac de toile à l'emblème d'un grand magasin d'articles de sport, lui qui transpire à la simple idée d'enfiler un short. Une fois assis à sa place, il regarde Karl à travers la vitre sale, puis les retardataires qui courent vers les wagons de tête, enfin Karl à nouveau, à qui il fait signe de s'éloigner, excédé de le voir planté là devant lui, immobile et muet – merde à la fin !

Le train démarre, s'arrache dans un couinement au quai et aux mains qui s'agitent, prend peu à peu de la vitesse dans un décor d'usines et de cimetières urbains. Arnold se laisse aller dans son siège, étend les jambes et cesse bientôt de dévisager les passagers indécis qui remontent le couloir, à la recherche d'une place plus enviable que celle dont le numéro figure sur leur billet. Des troubles intestinaux assez violents viennent le distraire de ses réflexions. Jusqu'à destination, il surveillera les gargouillis de son abdomen traversé d'éclairs de douleur, de contractions involontaires. Cela lui rappelle les voyages scolaires en car de jadis, quand les enfants à la digestion détraquée par le mal des transports mettaient un point d'honneur à tenir le coup, blêmes et silencieux, pendant la visite d'un zoo ou d'un château – obnubilés, jusqu'au terme de cette journée de découverte, par leur souffrance.

Bien qu'il n'ait rien mangé depuis la veille au soir, Karl n'a pas faim. Il s'est néanmoins assis à une table chez Dany, pour la première fois, et a commandé un plat du jour, dans l'espoir de s'assurer enfin les bonnes grâces de la patronne.

— En principe on sert plus de plat du jour à cette heure, seulement des sandwiches ou des hot-dogs s'il reste du pain. On va pas rallumer la cuisine pour un seul client…

Malgré cette déclaration peu encourageante, la patronne a fini par transgresser ses principes en apportant à Karl une assiette de riz garnie de boulettes de viande nappées de sauce gluante. « Elle ne m'a peut-être pas reconnu, pense-t-il, à cause de cette cicatrice qui me défigure et qu'elle a longuement observée, sans surprise apparente. » Peut-être ne l'aurait-elle pas reconnu de toute façon. Il se lance pourtant, avant qu'elle ait eu le temps de lui tourner le dos et de s'éloigner :

— Je cherche une amie qui vit dans le quartier, vous pourrez sans doute m'aider... À vrai dire, je ne sais pas si elle habite encore ici. Vous devez la connaître, c'est une jeune femme non voyante qui se déplace à l'aide d'une canne...

La patronne le fixe avec une telle intensité que Karl se croit obligé d'ajouter des précisions :

— J'aurais pu demander à la gardienne de son immeuble, bien sûr, mais je ne connais que son prénom, pas son nom de famille, comme cela arrive souvent entre amis. C'est un peu gênant, vous comprenez... J'ai essayé de lui téléphoner, mais personne ne répond, il n'y a même pas de message enregistré. C'est curieux, et même un peu inquiétant. Il est possible qu'elle ait dû déménager précipitamment, pour des raisons d'ordre privé. Avant de sonner à sa porte et de tomber peut-être sur des inconnus, j'aurais voulu savoir si elle habitait encore ici... Je me suis blessé dans un accident de voiture, sans gravité heureusement. Ce n'était qu'un accrochage, juste de la tôle froissée, mais c'était suffisant pour que je me cogne contre le volant, comme vous voyez... Je l'ai échappé belle... Je viens souvent boire un café chez vous, vous m'auriez certainement reconnu dans d'autres circonstances. Nous avons même eu une conversation assez longue, il y a quelques jours – une conversation sur des thèmes plutôt généraux, si ma mémoire est bonne...

Karl a le sentiment que ses phrases anodines ont éveillé un intérêt fantastique parmi les buveurs de bière et les joueurs de loto. Il croit deviner que, dans son dos, ils ont suspendu leurs activités minuscules et l'observent maintenant, avec la même réprobation que s'il s'était hissé sur sa table nu comme un ver.

— Une aveugle ? J'en sais rien, répond lentement la patronne. Avec la gare et l'hôpital juste à côté, on voit défiler toutes sortes d'infirmes et de détraqués. On n'y fait plus attention, à force.

Elle s'éloigne pour prendre la commande d'un autre client, et les bruits prosaïques du bar renaissent peu à peu. Un homme au crâne dégarni, portant un pull sans manches et des bottines en caoutchouc, lève un index sentencieux et s'engage dans un discours de syndicaliste, sans doute maintes fois répété devant tous les comptoirs du quartier :

— La société ne veut rien savoir de notre existence, pourtant les employés de funérarium sont aussi utiles que les chirurgiens, même si leur statut est moins rutilant…

Ses yeux d'un bleu transparent lui donnent une expression vide, comme s'ils étaient collés au fond des orbites sans être reliés à un cerveau.

— Nos avantages, d'ailleurs très minces, sont la contrepartie nécessaire de sujétions de service particulièrement lourdes, sans parler du climat psychologique dans lequel nous travaillons… Il y a aussi des répercussions sur la vie personnelle. Par exemple, je peux vous dire par expérience que ce n'est pas évident, quand on commence à fréquenter quelqu'un, de lui avouer quelle profession on exerce…

Karl songe avec amertume qu'il s'était fait conduire en taxi chez Dany par souci de discrétion. Il pousse le riz trop sec avec des gorgées d'eau du robinet. Le départ d'Arnold, tout à l'heure, ne lui a pas semblé moins irréel que les événements des jours précédents. Il a constaté, anesthésié, le démarrage du train, l'effacement des traits de son ami derrière la vitre, mais tout cela s'est fondu, comme le reste, dans une distorsion de l'espace et du temps, analogue à un jeu de miroirs et d'échos.

Engourdi par le long voyage, Arnold titube sur le quai de sa gare d'arrivée. Son sac de toile s'entortille dans ses longues jambes et manque de le faire tomber. Près des toilettes, il aperçoit deux hommes habillés de noir, maigres, qu'il devine être des responsables de l'école technique venus à sa rencontre. Ils ressemblent à des bourreaux attendant la livraison d'un condamné. Le plus petit, une sorte de vieux gentleman à la chevelure argentée, sans doute le censeur des études, prend la parole pour un mot d'accueil :

— Alors, vous nous apportez la pluie ?

Debout sur le trottoir, tournant le dos au mur du funérarium, Karl lève les yeux vers la fenêtre du troisième étage. Il n'est plus temps de monter chez Alice. L'heure est passée, il le sait bien. Alors il se contente d'examiner cette fenêtre muette, en se disant que s'il a déjà vu à des dizaines de reprises ce type de scène à la télévision ou au cinéma, ce n'est pas sans raison. Tant d'images convergentes ne peuvent mentir ; il doit être légitime de procéder ainsi, de contempler une dernière fois d'un air grave ce que l'on ne reverra plus, avant de s'éloigner pour toujours. Tout cela est très banal et très clair. Karl se met en marche vers la station de métro, sous la pluie qui s'est remise à tomber. Il n'a jamais cessé d'errer. Une fois encore, tout était donc à recommencer.

www.ingramcontent.com/pod-product-compliance
Lightning Source LLC
La Vergne TN
LVHW010540160826
845677LV00013B/2935

* 9 7 8 2 9 5 6 1 2 3 7 1 2 *